見えない世界を視る

近代日本における〈非リアリズム小説〉

山中正樹

第三文明社

『見えない世界を視る——近代日本における〈非リアリズム小説〉』目次

第二部　近代日本における〈非リアリズム小説〉を読む

【凡　例】

一、作品名は「　」に入れる。『　』は刊本を示す。ただし、引用文中では元の文献の表記に従う。作品名に続く（　）には、発表媒体または出版社名と発表・出版年(月)を記す。

一、引用文中の旧字体は新字体に改める。ルビは適宜省略する。「／」は改行を示す。傍点、傍線、太字については、指示がない限り原文のままとする。

一、年号の表記は原則として西暦とするが、必要に応じて和暦を（　）で併記する。なお、巻末に付した「参考文献表」は、元の文献の表記に従い、和暦の場合は西暦を併記する。

一、数字の表記は原則として「十」や「十一」などの表記を用いるが、引用文中や著作名では元の文献の表記に従う。また、西暦や巻数を示す場合、適宜「一〇」や「一一」などの表記を用いる。

一、括弧の使用は原則として以下の通りとする。

（　）　言い換えや補足など
〔　〕　引用文中における補足など
〈　〉　特殊な意味を持つキーワード、概念等
［　］　著者・訳者・編者の別

一、文献の書誌については、本文に示さなかった情報のみを注釈に示し、「著者・編者名、作品名、出版社、年月」の順に並べる。なお、編著者が複数の場合は、本文中では筆頭者一名のみを記す。また、作品に発表媒体がある場合や全集等に収録されている場合は作品名の

後に示す。一度刊行された後、別の出版社から発行された場合等は、↓以下に示す。

（例）「はじめに」『思春期をめぐる冒険―心理療法と村上春樹の世界―』日本評論社、二〇〇四年五月↓新潮文庫、二〇〇七年六月

一、各章において初出でない文献については、「前掲、著作名の主題」と示す。また、その章において中心に論ずる作品名は、同一章内で二回目以降に記す場合について、適宜「本作」と略記する。

一、本文中、敬称は省略した。

装幀・本文レイアウト
株式会社クリエイティブ・コンセプト

はじめに

私たちを取り巻く世界とその認識

私たちは、五感を通して私たちを取り巻く外界や、周りの他者を認識している。外界の情報は、目（視覚）・耳（聴覚）・皮膚（触覚）・舌（味覚）・鼻（嗅覚）などの感覚器官によって受容され、それらは信号となって脳に送られる。それらが脳のさまざまな機能によって統合され、対象物のイメージが形成されている。五感によって得られた情報を、脳内で構成し概念化することで、外界についての私たちの認識は成り立っているのである。

つまり、私たちが知覚し、そこに存在していると考える対象物は、実は、私たちの脳内で創り出されたイメージにほかならない。私たちは外界の事象を、直接認識することはできない。目の前に存在すると信じている事物が、自分が知覚した通りの色や形でそこに存在しているのかを確認することはできないのだ。仮に私たちの感覚器官が、現在とは異なった構造からなり、別のシステムで構成されていたとすると、私たちの認識する世界は、いまとはまったく異なった姿になるだろう。

例えば、蛇の目は視力も弱く、前方六十度程度の範囲しか見えないし、色を識別することもできないという。聴覚も発達しておらず、耳はなく内耳によって空気の振動を感じる程度だという。しかし、視覚や聴覚の代わりに嗅覚が優れており、舌の先で空気中の粒子を集め、上顎《うわあご》にあるヤコブソン器官と呼ばれる所で匂いを感じ、周囲の状況を詳細に把握できるという。さらに一部の蛇は、目と鼻の間のピット器官と呼ばれるところで、熱や赤外線を感じることができる。これは非常に高い機能を持っており、温度の変化によって獲物の動きも正確に捉えることができる。いわばレーダーのような物である。

草食動物のように目が顔の横についている場合、距離感はつかみにくいものの、広い視野を持つことができる。これは捕食者をいち早く視界に捉え、逃げるためのものである。また、昆虫は複眼を持ち、赤外線や紫外線を感じることができるものもいる。コウモリのように超音波を使って暗闇でも物の存在を認識する生物も存在する。これらの生物の周りには、それぞれの感覚器官によってもたらされた、人間が認識するものとは違う世界が広がっているはずだ。

このように、人間以外の生物の感覚器官から得られる世界の姿は、私たちが感じるものとは大いに異なるものであろうことは想像に難《かた》くない。同じ世界を捉えていても、まったく違う世界を知覚しているのである。

また、私たちは肉体を持っているがゆえに、身体という〈外延《がいえん》〉の中にいわば「閉じ込められ」

ており、外界とは遮断されている。しかしその肉体によって、存在が固定され生命活動が維持され、個として存在することができるのである。

肉体によって他人と切り離されているのであるから、感覚を共有することはできない。だとすると私と隣に立つ友人が同じものを見ていたとしても、本当に同じものを見ているのかは結局のところわからない。いま友人に見えている景色や形・色と、私が見ているものは、本当に同じなのだろうか。これは古くから、哲学において認識における根本的な問題として論じられてきたことである。

「向こう側」に対する西洋と日本の思想様式の違い

西洋においては、こうした人間に不可知なものの領域は、〈超越〉、あるいは「向こう側」の問題として、さまざまに議論されてきた。古くはプラトンの〈イデア〉論のように、「事物を事物たらしめているのは、私たちが知覚することができない〈イデア界〉にあるイデアに与《あずか》っているからだ」と考える。現実の事物は、〈イデア〉の似姿だというものである。このような、私たちの感覚器官では知覚できないもののことを、十八世紀イギリスの哲学者ジョージ・バークレーは「物質的実体」と呼んだ。同じくイギリス人のデイビット・ヒュームは「外的対象」と呼び、ドイツのイマヌエル・カントは「物自体」と名づけた。「物自体」とは、「われわれが経験的に知り得る現象としての物とは別に、それ自体としてあると考えられる物そのもの。これは我々の感官を触発して表象を生じさせるが、それ自体がどんなものであるかは不可知であるとされる」（『日本国語大辞典』引用は、Japan Knowledge Libによる）もののことである。

ヒュームは、「精神には知覚以外のいかなる存在者もけっして現前しないので、われわれは、たがいに異なる知覚の間に、随伴《ずいはん》、または原因と結果の関係を、観察することができるが、知覚と対象との間には、この関係をけっして観察することができない。それゆえ、われわれは、知覚の存在または一つの性質から、対象の存在に関して何らかの推論を行なうこと、あるいは、この点（対象の存在）においてわれわれの理性を満足させることは、不可能なのである」（「知性について」木曾好能［訳］『人間本性論　第一巻』法政大学出版局、一九九五年二月）と述べている。

だが西洋哲学においては、だからと言って、「向こう側」の存在を頭ごなしに否定することはしない。例えば、ドイツの現象学者エトムント・フッサールは、「超越物の存在が的確にとらえられるかどうかは疑問だとしても、超越物と認識との関係そのものは、純粋な現象のうちにとらえうるものである。超越物と関係し、超越物をなんらかのかたちで思念するという作用そのものは、現象の内的性格である」（長谷川宏［訳］『現象学の理念』作品社、一九九七年六月）として、その存在を退けることはしないのである。このような〈超越〉の領域に対して、日本人はどのように考えるのであろうか。

東洋思想を専門とする古田博司は、その著書『ヨーロッパ思想を読み解く――何が近代科学を生んだか』（ちくま新書、二〇一四年八月）で、この「向こう側」に対する西洋人の思想的・思考的アプローチが近代科学を生んだということを、西洋思想の歴史を辿《たど》りながら詳述している。(1) 古田が言う「向こう側」とは、「人間が人間の感覚器では切り取ることのできない、物の別の側面たちの集合のこと」であり、それに対する「西洋人と日本人、東洋人の思想様式」を、「西洋（複雑型）」「日本（単純型）」「東洋（単細胞型）」と分類し、次のように述べている。

西洋人にとって、向こう側とは「この世」に属するのである。この世にありながら見えない世界、我々の五感でとらえることのできない世界が、向こう側なのである。それを直観や、超越によってとらえるのが西洋の思想様式であり、それを「複雑型」と呼んでおこう。

ところが、日本人の思考様式では、この世の反対側は、全部異界になってしまう。このような「単純型」のため、ギリギリの境界まで接近することしかできない。したがって、その科学する心は向こう側の探求ではなく、こちら側からの地道で誠実な職人的接近が主ということになる。

ちなみに、東洋、とくに日本以外の東アジアでは、儒教的な世界観が支配している。彼らの世界は、あの世を想定しない「この世一元論」である。単純型よりもさらにシンプルな、単細胞型と呼んでおこう。彼らの特異な歴史観も、このような思考様式から出てくるものであることは後述したい。

ここには〈超越〉の領域に対するそれぞれの捉え方の違いが、見事に表現されている。西洋においては、「向こう側」を否定するのではなく、私たちの感覚では捉えられないが、私たちの世界に存在するものとする。だからこそ、それを少しでも探求しようとするのである。

近代日本文学における世界認識の問題

さて、そろそろ話題を本題の〈文学〉に移そう。「序章」で詳述するが、日本の近代文学は、世界や身の周りの事象を「ありのまま」に写し取ることを目指すところから出発した。いわゆる〈写生〉である。世界は私たちが見た通りに存在する。だからそれを「ありのまま」に写し取ることが可能になる。それは日本における〈自然主義〉と、そこから展開した日本特有のジャンルである〈私《わたくし》小説《しょうせつ》〉として実を結んだ。しかし、それとは異なる態度で世界と対峙《たいじ》した文学者たちがいた。

彼らは、目に見える世界だけを見ていたわけではない。むしろ逆に、見えないものや人間の五感では捉えられない世界の存在を疑わずに、それを見極め、明らめようと創作に向かった。あるいは、霊の存在に意識を向け、死者との交感の可能性を探り、生命の永遠性を信じていたと思われる作家も少なくない。現実世界における真偽や認識の問題はともかく、そうした現象を真正面から作品のテーマに据えた作品も数多く存在する。

これらの現象や存在は、いわゆる「スピリチュアル」なものとして、眉をひそめる向きもあろう。科学が発達した現代においては、科学的に実証・観測されたことしか信じられないという風潮もあろう。しかし近代日本の作家たちの中には、こうしたことを非科学的であるとして言下に退けることをしない者も少なくない。むしろ積極的にそうしたものを描こうとしたのである（西洋においては、そうした不可知なものを探究することで、逆に近代科学が生まれたというのは、右に引いた古田の述べるところである）。

三島由紀夫は、中村光夫との対談（『対談・人間と文学』講談社、一九六八年四月→講談社文芸文庫二〇〇三年七月。引用は文庫版によった）において、中村の評論「仮構《かこう》と告白」（「季刊芸術」一九六七年七月）の中の「現実はこれを言葉で繊細に表はさうとすればするほど、筆者の創作になつて行くといふ性格を帯びてくるので、現実の生き生きした再現とみられる文章は必ず仮構なのです」という言葉について、「これを逆にして、「虚無はこれを言葉で繊細に表わそうとすればするほど、現実になって行くという性格を帯びてくる」そういうことがいえるかどうかという問題」とした上で、その実践者として二十世紀半ばに活動したフランスの文学者ジャン・ジュネの名を挙げた後、次のように述べている。本書で扱う問題につながる発言なので、少し長くなるが引いてみたい。

三島　大事なことなんだけど、ここに見えている現実は現実でないという考えですね。それはある意味でア・プリオリに芸術的な見方だといえるかもしれない。それを言葉で精細に表わそうとすると、これがほんとうの、人が信じるような現実になるということを言いたい。第一に言いたいのは不信です。まわりにあるのは現実ではない、あなたが坐っているように見えるが、あなたはいないのだ、ものを食っているようだけれど料理なんかありはしないのだ。そういうところから出発して、それをどうして言葉で表現したらいいだろうか、一生懸命言葉で表現すれば辛《かろ》うじてそれが人が見えるような現実になるという考え、それはホフマンスタールが「チャンドス卿の手紙」のなかで書いている。十九世紀末は現実の物象が信じられなくなるところからくる時代思潮というものがあって、そこから実存主義なんか出てきたんでしょう。実存主義や行動主義に入ってゆくのもそれからきたんでしょう。チャンドス卿が庭を歩いていると如露《じょうろ》がある、そのうち、どうして如露という名前がついていて、どうして如露という存在があるのかわからなくなってきた。いままでそれは自分で如露だと思って見ていたが、何だかわからなくなってしまった。そこからだんだん物が見えなくなっちゃって、こわくなって友達に手紙を書く。あれはそういう体験に対する最初の声で、それはサルトルの「嘔吐《おうと》」まで行くのですね。私小説の人たちの人生体験というのは決してそういう形で出てこない。物は全部意味を持っており、意味を持っている世界のなかでいろいろなことが起こる。志賀さんの小説に出てくるお父さんは間違いないお父さんです。それからどこかの女は間違いない女で、その女がその場で消えてしまうということはあり得ない。そういうことから出発して、自分の経験したことは全部実体のあるものとして文字で表現する。そういうものは創作にちがいないから芸術にちがいないという。だけど、ぼくたちはそういうものがなくなったところから出発しているでしょう。それが虚無といえば虚無という言葉は通俗的ですけれども。

三島の発言は、西洋における〈超越〉の問題から、〈私小説〉の作家の世界観との違いにも触れながら、文学における世界認識に関する重要な観点を示してくれている。

中村の発言は、現実世界を描写する際の作家の創作態度や技法に関することであるのだが、三島はそれにとどまらず、作家における認識と態度の問題として展開している。もちろんここで三島の発言を長々と引いたのは、三島が物質的な世界の存在を疑っているということを言いたいなどという単純な理由からではない。

ここで三島が、世界は言葉によって表現されてはじめて現実になること、つまり「言語に先立って事物は存在しない」というソシュールの〈言語論的転回〉と同じ発想で文学と現実の関係を捉えていることに注目したい。世界が最初から存在しているわけではないから、それを信じるなと言っているのだ。その上で、言葉によって世界を描き出すことが現実となるという。現実は〈ありのまま〉に存在しているのではないことを基本としながら、人間の認識と世界の関係、作家の創作に関する重要な問題を提起しているのである。

〈超越〉的な世界を描こうとする作家たちは、極めて鋭い感性で、言語化が困難な、そうした不可知の世界を捉え、私たち読者にも伝わるように言語化して表現している。そうした、文字通り「筆舌に尽くし難《がた》い」格闘に、まさに命をかけて取り組んでいるのである。

〈第三項〉論による文学研究

こうした意識をもって世界を描いていく作家の作品に対して、私たちはどのようにアプローチしていったらよいのだろうか。

文学作品が言語によって現実を描き出していることを考えれば、まずは丹念にその言葉の流れを辿り、そこに書かれているものの意味を考えることに尽きるだろう。しかし文学作品のテクストは、一般の言語や説明文とは異なり、ひと通り表面的な論理や文脈をおさえるだけでは、その意味を捉えることはできない。

これはもちろん、比喩表現や寓意《ぐうい》、象徴的な意味といった文学特有の技法や表現構造のみにとどまるものではない。さらに言えば、作品に書かれているストーリーやトピックスの内容を理解するだけでもない。

右に挙げた〈自然主義〉や〈私小説〉の作品においては、書かれていることを理解し、そこから作者が述べたいことを言外に探っていくことも可能だろう。しかし、現実世界をリアルに描きながらも、その中に〈超越〉的な領域・「向こう側」の世界を描いている作品については、ある意味でそれに対応した〈方法論〉的なアプローチが必要なのではないだろうか。

その際に意識しなければならないことは、まず、私たちが認識している世界は、どこまでも私たちの脳の中に作り上げたイメージであること。さらに、私たちが認識しているその世界の向こう側に、私たちの感覚では捉えられない世界があること。そして、それは本来、言語では表現できないものだ、ということを念頭に置くということではないだろうか。

それを明確に打ち出して文学作品に挑んでいるのが、田中実《みのる》が提唱する〈第三項〉論であると考える。

〈第三項〉論の内容については本書第一部で詳述するが、まずはその概要を、かつて筆者の勤務先で田中自身が講演した内容の要旨によって簡潔に紹介してみたい。

春季大会　講演要旨（平成二十五年六月七日）

「読むこと」を読む―第三項とは何か―

田中実

文学研究の世界では、一九七〇年代に〈作品論〉が登場し、その後〈テクスト論〉が誕生した。〈テクスト論〉では、文学作品を読むという行為は、読み手の意識内だけに生ずる一過性の現象であり、客体の文章は存在しない。ロラン・バルトが『物語の構造分析』で唱えた〈容認可能な複数性〉は、客体の実体を認めるものであったが、『作品からテクストへ』に至って文学は記号化される。文脈は解体され、どこにも実体や根拠を求めることのできない〈還元不可能な複数性〉へと変貌《へんぼう》した。そのことで文学研究は不毛なものとなり、二〇〇〇年代に文学研究は、文化研究へと移行した。

この流れを受けた国語教育の世界でも、正解はどこにも存在しない〈還元不可能な複数性〉として、すべての〈読み〉は「ナンデモアリ」という状況となり、文学教育は崩壊した。しかし作品のストーリーや〈語られたこと〉だけを読むのではなく、隠された〈文脈〉を読み取ることが肝要である。作品に拉致《らち》され、自分自身の読みや価値観や人格そのものを倒壊させる力が、文学作品にはある。

そのためには、〈客体〉と〈主体〉に加え、〈客体〉を生み出す源泉である〈客体そのもの〉の存在を措定《そてい》する必要がある。それを〈第三項〉と命名した。〈第三項〉によって、〈私の中の他者〉が問題化される。単純な実体論である〈容認可能な複数性〉からも、アナーキーな懐疑論である〈還元不可能な複数性〉からも免《まぬか》れ、文学のいのちをよみがえらせることが出来るのである。

（「日本語日本文学」第二四号、創価大学日本語日本文学会、二〇一四年三月）

バルトの批評理論のわが国への移入は、「文学作品を読む」という行為におけるそれまでの私たちの常識を瓦解させてしまった。またバルト自身の、初期の伝統的な文芸批評に依拠した態度から、中期前半の構造主義への展開、さらにその後の、ポスト構造主義的な〈文学の記号論〉へと変化した彼の理論の諸相のすべてが、一九八〇年代初頭に、いちどきに日本に移入されたことによる混乱が、その後の文学研究の枠組みを破壊してしまった。それは、〈作品論〉から〈テクスト論〉への移行であり、さらに続いた混乱は、近代日本文学研究および国語教育（学）そのものを破壊してしまった。

バルトの〈還元不可能な複数性〉によって、「読書行為は、一回限りの誤読である」ということになり、「文学を研究すること」も「文学を教育すること」も不可能であり不毛であるという考えを生んだ。そこで二十一世紀に入ると、近代日本文学研究者の大半は、こぞって〈文学研究〉から最新の〈文化研究〉（カルチュラル・スタディーズ）へと移っていったのである。

こうした状況に対して田中は、〈読むこと〉の復権と、〈文学〉の持つ本来の意味を取り戻すためには、文学研究にグランドセオリーを打ちたてるべきだとして〈第三項〉論を提唱したのである。それはバルトの〈還元不可能な複数性〉をどう乗り越えるかという挑戦であった。本書は、この〈第三項〉論を、近代日本文学に描かれた〈超越〉の領域を明らかにするための中心的な方法として使用している。

〈第三項〉論への批判について

〈第三項〉論は、近代日本文学研究者などの中から激しい批判にさらされた。〈第三項〉論への批判に対する応答については、本書の中で随時述べているが、ここで少し触れておきたい。

先に本章「注（1）」で紹介した論考の中で石原千秋は、「言語ゲーム一元論」を唱える黒崎宏の、「世界とは、初めから、言語と織り合わされてそこに在るものであり、言語に先立つ世界、というものは、一切存在しない。全ては言語と共にある」（『言語ゲーム一元論　後期ウィトゲンシュタインの帰結』勁草書房、一九九七年十二月）との所説を援用し、「黒崎さんは「全ては言語と共にある」と言っているのであって「世界はない」などというアホなことは言っていません」とするが、右の黒崎の文言では「言語に先立つ世界、というものは、一切存在しない」と明確に否定しているのではないだろうか。

黒崎の言う「言語ゲームの外はない」という観点からの〈第三項〉論に対する批判は、過去に哲学者の西研《にしけん》からも提出されている。詳細は本書「第一部第二章」で詳述するが、西の批判に対しては相沢毅彦《たけひこ》が、「〈超越〉的なものは言語ゲームの外であるにもかかわらず、〔中略〕「言語」を使ってその存在を表現せざるを得ないが、だからと言って必ずしもその領域のものが言語ゲーム内に属するとは限らない」（「〈超越〉とポストモダン――「語ることの虚偽」の課題を内包しつつ」「日本文学」二〇一二年十二月）と的確に反駁《はんばく》している。

言うまでもなく「言語ゲーム」は、言語の意味を〈外延〉や〈内包〉、あるいは「心象」として捉えるのではなく、特定のゲームにおける機能として理解するというものである。ソシュールの〈言語論的転回〉にも通ずるが、言語を完成した体系と見ていたソシュールに対し、ウィトゲンシュタインは、私たちが問題を解きながら「数列の規則」を把握していくように、言語も使用しながらそれを学ぶ点に注目している。言語の意味はその〈使用〉であり、言語の外に意味の源泉となるものはない。ここから「言語ゲームの外はない」という〈第三項〉論批判も提出されているわけだ。

しかし最晩年のウィトゲンシュタインは、それ自体は根拠がないが、すべてはそれを前提するような信念体系を認め、それを「世界像」と呼んだ（『確実性の問題』）。ウィトゲンシュタインも〈超越性〉を認めていたのだ。このことにいち早く気づき、「言語ゲーム」論を、その本来の意義から論じようとしていたのが、実は大森荘蔵《しょうぞう》だったのである(2)。

また石原は、ウィトゲンシュタインの「振る舞い」に関する黒崎の「私の言語使用の根拠は、実は、他人の言語使用にある」との言葉を引きながら、「「私」は「痛い」という言葉の使い方（＝意味）を他人の「痛みの振る舞い」を見て学んだ」とし、「「痛みの振る舞い」がなければ「痛み」が「存在」しない」とする。

そして「研究的な「振る舞い」は、その研究的な「諸規則にもとづいて営まれている体系だった言語ゲーム」を信じてる者だけにしか有効ではありません。「振る舞い」が絶対的な根拠にはならないことは、すべての研究に言えることではないでしょうか」とした上で、「「田中理論」においては「第三項」という言葉を使うのが、「振る舞い」に当たるのではないでしょうか」としている。

確かに石原の言葉通り、どんな研究においても、そこで使用される〈方法論〉や〈分析概念〉などは、それを妥当だと評価している者が使用するのであり、それはいわば「振る舞い」であると言えるだろう。だからこそ研究者たちは、自説が正しいことを必死になって論証しようとするのであり、それが「振る舞い」として広く他の研究者に共有されることを目指すのであろう。

筆者は、自分を取り巻く世界をどのように認識するのか、その認識はどのように成り立っているのかという、世界認識の根源的なモデルとして、また非常に原理的な〈認識論〉のモデルとして〈第三項〉を捉えている。その点では「振る舞い」と言ってもよいのかもしれない。

また、やはり〈第三項〉論に厳しい批判を加えているのが西田谷洋《にしたやひろし》である（「6　ある文学教育学派のコスモロジー」『文学教育の思想』令和四年十月、渓水社）。

西田谷は、かつて「日文協国語教育部会」において〈第三項〉論が他の思潮や学派を排除し、戦前の国粋思想さながらに部会を独占的に運営してきたとして、「田中思想支持者」の陥《おちい》った誤謬《ごびゅう》や、田中自身の態度についても批判している。ただ、これは本書の内容とは離れることなので、ここでは〈第三項〉論そのものに対する西田谷の批判のいくつかについて、簡単ではあるが筆者の私見を述べておきたい。

西田谷は、田中思想が「語り手を（機能としての語り手も含め）人物として実体化して」と言うが、筆者はそれをＭ・フーコーが言う〈機能としての作者〉と同じ意味合いで捉えている。〈語り手〉そして、それをメタレベルから相対化する〈機能としての語り手〉は、まさにテクストから〈読者〉によって導き出される「仮設概念」として機能するものであると考える。

また西田谷は、「〈本文〉／プレ〈本文〉／原文／元の文章を設定することはどのような読解の差異をもたらすのかは何も説明できていない。それらの概念を設定せずとも類似の読解は可能だからである」とする。確かに優れた〈読み〉においては、そのようなことも言えるかもしれない。しかし〈第三項〉を措定することは、世界を単一のものとして捉え、その解釈は多様であるという、バルトが退けた「容認可能な複数性」の世界観からの脱却を意味している。そして絶対的に不可知である「還元不可能な複数性」の懐疑論的世界を潜り抜けて、〈世界〉を、そして〈文学〉をもう一度私たちの手に取り戻そうとするものであると筆者は考えている。

右に記したシンポジウムの後、日文協の運営委員の中でシンポジウムの内容が話題になった際、「最後は〈神学論争〉になるね」という発言があった。不可知の領域・超越的存在の有無や在り様が問題となるとき、明確な結論は出ず、信ずるか信じないかの議論であるかのように見えるのかもしれない。それを〈神学論争〉と表現されたのだろう（それも「振る舞い」なのであろう）。

近代の知の領域は、デカルトの「コギト」に発する近代科学を基盤として成立している。それは、自身の感覚や知覚の正しさを確信し、観測や測定によって得られたデータを客観的なものとみなす価値観である。私たちが知覚したものは、実在するもの、いわば客観世界として、目の前に厳然と存在する。逆に、私たちに知覚できないものは、胡散臭《うさん》いものとして退けたくなるのが常だ。

一方、〈第三項〉論では、私たちが〈客体〉と捉えているものは、〈客体〉が私たち〈主体〉の意識に映った〈影〉に過ぎないとする。それは一見、私たちが信頼する客観世界を否定するものと受け取られてしまいがちだ。〈第三項〉論は、外界の一切を否定する〈独我論〉であるという誤解。また、知覚不能な〈超越〉の領域に対する不信感等々。〈第三項〉が受容されにくいのは、こうした意識に由来しているのだろう。そうした意識の転換が、〈第三項〉の理解には求められるのであり、それは田中が言う「「古典物理学」の時代から「量子力学」への転換」（「世界像の転換、近代小説を読むために——続々〈主体〉の構築——」「日本文学」二〇一四年八月）と同等のレベルなのかもしれない。

本書の内容について

本書の第一部第一章では、〈第三項〉論の持つ意義を論じ、第二章では〈第三項〉論によって世界を捉えることの意味について考えた。第三章では、〈第三項〉論による「読書行為の復権」について論じ、第四章では、現在筆者が関心を持っている、臨床心理学・大脳生理学・認知神経論・物理学など諸科学の知見や、仏教における〈唯識論《ゆいしき》〉の概念から、〈超越〉的な世界（「向こう側」）を描いたとされる村上春樹の文学世界の内実について考察した。

第二部第一章では、仏教の概念から芥川龍之介の「羅生門《らしょうもん》」の描き出した世界について考察した。その後、川端康成・横光利一《よこみつりいち》・川上弘美の作品を〈第三項〉論から読解した論考（第二章から第五章）と、〈第三項〉論に基づいた作品の〈読み〉を使用して国語教育の視点から、三浦哲郎《てつお》の作品と、民話を元にした岩崎京子の作品を分析し、その〈教材価値〉を探ったものを収めた（第六章・

第七章)。

最後に「終章」として、現今の教育現場において子どもたちの心が荒廃していると言われる状況に対して「文学教育に何ができるのか」という観点から、〈第三項〉論によって文学作品を読むことの意義について私見を述べた。

右に引用した古田博司によれば、「超越とは、向こう側に超え出ることにより、こちら側に有用性のある法則や理論をもたらすことである。向こう側でどうなっているのかは絶対に証明できない。しかしこちら側を便利にしてくれるものだ」という。

本書が、また〈第三項〉論による文学作品の研究や読解が、読者に文学を読む意味や楽しさを感じてもらえること。〈超越〉的な世界を描いた文学作品の持つ深さを味わう助けとなること。さらに国語教育において、文学教材の持つ価値や魅力を再発見するための一助となれば、望外の喜びである。しかしながら内容はまだまだ未熟である。読者諸氏の御批正を賜れれば幸いである。

【注】

(1) 本書については、「日本文学協会第69回大会(二日目) 教科書と文学 国語教育・文学研究合同シンポジウム」(二〇一四年十一月十六日)における、石原千秋の発表によって教えられた(「日本文学協会」については、適宜「日文協」と略記する)。

（2）石原千秋は、当日の発表内容に基づいて起稿した「宗教としての研究——教室で文学は教えられるか——」（「日本文学」二〇一五年四月）の中で、「「第三項理論」は、ヴィトゲンシュタインの誤解＝無理解のうえに成り立ってい」るとして、〈第三項〉論について批判的に論じているが、古田のこの所説を紹介した後で、「この説を読んだときに、「この「向こう側」が第三項ではないか」と思いました。少なくとも、「第三項」の説明に応用できるではないかと思いました。西洋哲学は「向こう側」について千年単位で考えてきたわけですから、これを参照すれば「第三項は〜である」と言うことができるようになるのではないかと考えています」と記している（石原をはじめ、〈第三項〉論批判への応答は、後述する）。石原が右の「注（1）」で記した「日本文学協会　第69回大会」の会場での配布資料の中で紹介した黒崎の別の文章（「晩年の大森哲学」『大森荘蔵著作集　第二巻（付録）　月報2』一九九八年十月、岩波書店）では、大森の「言語ゲーム論に同意する」との文言に関し、「言語ゲーム論に同意するという事は、言語ゲームを所与とみなし、それ以外に実在を認めないということである」としているが、果たして大森の言葉をそのように読んでいいものだろうか（石原自身は前掲「宗教としての文学」の中では、黒崎のこの言葉は掲載していないが、「言語ゲーム」の外を想起できるかどうかにおいて、極めて重要な問題を孕《はら》んでいるので、ここで検討しておきたい）。

黒崎が引用している部分を、大森自身の著作から抜き出してみよう。長い引用となるが、正確さを期すために御容赦いただきたい。

「われわれは想起と言えば〔中略〕過去の映像のようなものが浮かぶだろう。しかし〔中略〕それは過去の記憶像ではなく、したがって過去記述の真理性の根拠ではない。過去記述は言語による記述であって非映像的、非知覚的であり、高々その記述の挿絵として映像が働くに過ぎない。この想起とは過去の映像的浮遊であるという根深い誤解は更に一般に言葉の意味を映像的浮遊だとする誤解に根ざしている。この誤解から脱出して言語の意味、そして過去想起から一切の映像を断絶する試みがウィトゲンシュタインの言語ゲーム論であったと私には思える。言語ゲーム論を今流行の思想的アクセサリーから解放してその内実をみるならば、言語の意味をあらゆる映像的不純物から精製して社会的言語交信にまで煮つめたものである。それゆえ言語ゲーム論に同意するには、あらゆる映像的意味を拒絶してその禁断症状に堪える必要がある」（「言語的制作《ポイエーシス》としての過去と夢」「現代思想」一九九一年八月→『時間と自我』一九九二年三月　青土社。傍線は筆者による。以下同じ）

大森の主張の要点は、映像によってではなく、「言語的に想起される、ということによって過去形の経験が成るのであり制作されるのである」ということであり、決して黒崎の言うようなものではない。大森が述べたいのは、「言語こそが〔外界の事象だけでなく〕過去を制作する」ということである。

また大森は、黒崎の理解とは逆に、「言語ゲームの外」を想起することを認める発言もしている。

「私は「私―他人」の意味からして他者の意識を知ることができないという鉄のカーテンと同様に、電子や電場はその意味の中に直接知覚できないという鉄のカーテンが組みこまれているのである。それにもかかわらず、われわれは電子や電場について様々なことを知っているのはどうしてだろうか。〔中略〕それを念頭に置いて理論概念を観察してみると、理論概念の意味は何ら知覚的な映像に類するものが含まれていない純粋に思考的（conceptual）な意味であることに気づくだろう。理論概念の意味は、知覚的映像的な想像によって理解されるのではなく思考的に理解される意味として与えられているのである」

（「他我」の意味制作《ポイエーシス》」「現代思想」一九九一年十月→前掲『時間と自我』）

知覚することが出来ないものの意味を私たちが理解できるのは、それが「思考的に理解される」からであると大森は述べる。知覚も言語によってしか成立し得ないことは大森も述べているところであるから、大森が「思考的意味」と言うときには、言語や知覚の外側にあるものを「言語」で「思考」し、その意味を理解するということになる。さらに大森は、「思考的意味」と〈言語ゲーム〉をめぐり、次のように結論している。

「以上のような思考的意味の広大な領域を思わないではウィトゲンシュタインの近来有名な言語ゲームの本当の意義も理解できないはずである。言葉の意味として映像的な意味（イマージュ）しか考えられないソシュールをはじめとする言語学者の偏見から免れて、言語使用を意味とする見解に到達し、それを洗練したのが言語ゲーム論なのである。それ故に知覚的映像的意味とは相反する思考的意味を認めないでは言語ゲーム論は不可能であったと思われる」（前掲『時間と自我』）

大森は、ソシュールの「知覚的映像的意味」を退けるとともに、「言語ゲーム」の成立には、「思考的意味」の存在が不可欠であることを強調する。この「思考的意味」は、先に触れたウィトゲンシュタインの「世界像」を前提とするものであることは贅言《ぜいげん》を要しないだろう。

このように大森の所説を丹念に辿れば、黒崎の言うような「言語ゲームを所与とみなし、それ以外に実在を認めない」と捉えることは、「言語」をその〈使用〉で見ようとした、「言語ゲーム」論の持つ優れた面さえ切り捨ててしまうことになるのではないか。

序章　日本の近代文学における〈二つの流れ〉について

明治維新と日本の近代化

明治維新によって、日本社会は劇的な変化を蒙《こうむ》ることとなる。政治の面では、鎌倉時代以来七百年近くも続いてきた封建《ほうけん》制度が崩壊し、天皇を中心とした中央集権的な政治体制へと転換した。それに伴《ともな》い、「士農工商」の身分制度が廃止され、「四民平等」を旨《むね》とする社会になった（実際には身分差別や格差がなくなったわけではなかったのだが）。「文明開化」という言葉に象徴されるように、猛烈なスピードで近代化が進み、国民生活も大いに変貌《へんぼう》した。しかし、特に注目したいのは、日本人の精神性に関する問題である。

それまでの日本人の意識は、〈家〉や〈藩〉を中心とした集団的な意識を基盤とするものであった。自分の属する集団の価値が、個人の価値と同義だった。偉大な集団に属することで、自分の存在意義も決まる、つまり個人的な意識やアイデンティティ（「自分が自分であるため」の自己同一性）といったものは皆無《かいむ》だった、あるいは封じ込められていたと言ってもよいのではないだろうか。

それが明治維新によって西欧から移入された〈啓蒙《けいもう》思想〉の導入と、それまでの幕藩体制という大きな精神的基盤を失うことにより、「四民平等」を基調とした他者との平等化、および、その中から必然的にもたらされる、他人や周りの人間との〈差異化〉の要請により、いわゆる〈近代的自我〉の確立が求められるようになる。

また、西欧化はすなわち〈科学万能主義〉であり、それは〈計量可能性〉や〈観察可能性〉、つまり〈実証可能性〉を基本としている。それはダーウィンの〈進化論〉に基づいたものであり、自己の能力や社会の成長や発展を、数値や形あるものとして捉えることにほかならない。それは確かに、人間の成長を促すことにつながったのかもしれない。しかしこうした「数値絶対主義」は、効率や成果を最重要視する風潮を助長することになったと言えるのかもしれない。

江戸期までの日本は、〈進化〉や〈成長〉を至上課題とするような社会ではなく、そうした、計量可能な、可視的なもののみに価値を見出すような発想ではなかったのではないだろうか。その頃の日本は、自分たちの身の回りの〈自然〉や、超自然的な〈目に見えないもの〉を崇拝し畏怖《いふ》し、それらと共生する社会だったはずだ。

しかし、そうした〈目に見えないもの〉も、明治維新によってもたらされた近代化の大波の中で、陳腐《ちんぷ》なものとして退けられていく。人々は、文字通り「神をも畏《おそ》れぬ」蛮行に走り、それが先の悲《ひ》惨《さん》な戦争に突き進む遠因にもなったのではないだろうか。

また、科学が極度に発展した現代社会にあっても、いまだに科学では解明できない現象は数多く存在する。何よりも、現代の素粒子論や量子力学をはじめ、宇宙物理学の世界では、目に見えないものの存在が確実だと考えられているのは周知の事実だろう。

例えば、かつては「〈宇宙は真空〉であり、その中に太陽などの恒星や私たちの住む地球などの惑星が浮かんでいる」と考えられていた。しかし、現代の宇宙論では、「宇宙は目に見えない物質（「暗黒物質（ダークマター）」や「ダークエネルギー」）で満たされている」ことが明らかになってきた。目にも見えず、現代の科学技術では測定することさえできない〈暗黒物質〉が、私たちの宇宙の九〇パーセント以上を占めているという。このほかにも、人間の生命そのものの実態や、いわゆる〈霊魂〉の存在などについても、まだまだ解明されていない。

私たち近代人は、科学万能主義を基本とする近代化の流れの中で、大切な何かを失ってしまったのではないかと危惧《きぐ》する識者も少なくない。

本書では、〈目に見えないもの〉の世界を描き出した、日本の近代小説を読み解きながら、かつての日本人が持っていた意識を辿《たど》りつつ、私たちと私たちを取り巻く〈世界〉との関係（性）や、現代社会に生きる私たちの生活や〈生き様〉について、改めて考えてみたい。

が、その前に、本書で扱う問題の基礎的な要素として、また、近代の日本文学を理解する前提として、日本の近代文学の流れをごく簡単におさえておきたいと思う。

近代日本文学の発生

日本の近代文学の誕生は、明治維新と深く関わっている。日本の近代化は、西欧からの新しい文物や制度・文化を移入することで始まるわけだが、それらはまず、西欧のものを日本語に〈翻訳〉することによって導入される。小説の世界でも、いわゆる〈翻訳小説〉として、西欧の名作が日本に紹介される。例えば、イギリス人作家リットンの「アーネスト・マルトラヴァース」と続編の「アリス」は、一八七八（明治十一）年から翌年にかけて、丹羽（織田）純一郎によって『欧州奇事《きじ》花柳春話《かりゅうしゅんわ》』として訳出される。また、有名なジュール・ヴェルヌの『新説　八十日間世界一周』（川島忠之助訳）のほか、多くの作品が翻訳されている。こうして日本にも、西欧から近代的な文学が移入される。

それとときを同じくする形で現れてきたのが、〈政治小説〉である。〈政治小説〉は「それまでの戯作《ぎさく》・小説を駆逐《くちく》しつつ当時の〈文学〉の中心にいすわ」（山田有策「第二章　政治小説と文学改良」、前田愛［編］『国文学解釈と鑑賞　別冊　日本文学新史　近代』至文堂、一九八六年三月）ることになる。

それは、自由民権運動の進展とともに民衆の間に芽生えた政治に対する関心に支えられて、〈文学〉の主流に押し上げられることになる。

〈政治小説〉の内容は、一八八一（明治十四）年から翌年に相次いで結成される「自由党」や「立憲改進党」が、それぞれ「自由新聞」と「郵便報知新聞」という機関紙を通じて、それぞれの政治的主張を展開することを基盤としている。〈政治小説〉の代表的な作品には、矢野龍渓《りゅうけい》「経国美談」（明治十六～十七年）や、東海散士《さんし》「佳人乃奇遇《かじんのきぐう》」（明治十八～三十年）などがある。

これに対して、日本文学の改良と近代化を一気に進めたと言えるのが、坪内逍遥《しょうよう》の「小説神髄」（明治十八～十九年）の登場である。「小説神髄」は、「〈小説《ノベル》〉を「美術」すなわち芸術として規定し、〈近代〉の〈文学〉の中心に位置づけたこと」（前掲「第二章　政治小説と文学改良」）が、その最大の功績であると言えよう。

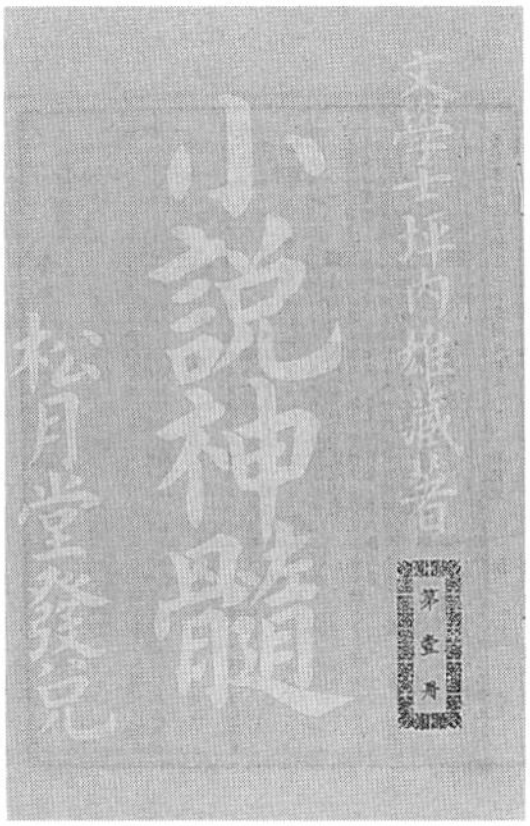

坪内逍遥『小説神髄』（1885〈明治 18〉年、復刻版）
提供：日本近代文学館

その中でも「小説神髄」の、「小説の主脳は人情なり。世態・風俗これに次ぐ」という有名なテーゼは、その後の日本文学の趨勢《すうせい》を決定づけるものになる。これによって、この後の日本文学が扱うメインテーマともいうべき事項が、人間の心理描写であるという点を導き出した功績はまことに大きいと言えるだろう。

さらにそこに、俳人の正岡子規《しき》が一八九七（明治三十）年頃から唱えた「写生説」（写生文）という技法の影響が加わることになる。「写生説」とは、〈理想〉（空想）より〈写生〉の重要性を訴えたもので、「現実的な対象、特に自然物をありのままに客観的具象的に写すという技法により、俳句・短歌の革新を図り、それを散文にも及ぼして写生文を創始した」（北住敏夫「写生説」、久松潜一ほか［編］『現代日本文学大事典　増訂縮刷版』明治書院、一九六八年七月）ものである。

これらがその後、日本の文学界における〈自然主義文学〉の誕生をもたらすことになる。日本の〈自然主義文学〉も、もともとは十九世紀後半にフランスで興《おこ》ったものを起源としているのだが、その発祥であるフランスの〈自然主義文学〉とは、様相を異にするものとして発展する。

フランスの〈自然主義文学〉は、医学や生物学の発展に伴って十九世紀に思想界を席捲《せっけん》する実証主義・科学主義に基づいたものである。ゾラの「実験小説論」（一八八〇年）によれば、「人間を決定するものが体質であり、その体質は遺伝と環境とによって形成されるという理論から、実証的に人間を描きとらえる方法として遺伝と環境とを観察分析し、それによって社会の病弊《びょうへい》を救おうと主張した」（和田謹吾「自然主義文学」、前掲『現代日本文学大事典』）ものだとされている。

〈自然主義文学〉と〈私小説《わたくししょうせつ》〉

〈自然主義文学〉は、「芸術を自然の再現とみる芸術理論で、そのために人間の現象を実証的、科学的に追及してそれを客観的に描写することを目標とする文学」であり、「日本では明治三九頃から四三年頃までがこの文学思潮の最盛期に当たる」（前掲「自然主義文学」）とされている。その代表的な作家には、国木田独歩《くにきだどっぽ》・島崎藤村《とうそん》・田山花袋《かたい》・正宗白鳥《まさむねはくちょう》・徳田秋声《しゅうせい》らが挙げられる。特に、田山花袋は、〈自然主義文学〉の旗手とも言える存在であり、彼の「蒲団《ふとん》」（一九〇七〈明治四十〉年九月）は、自己の内面を〈ありのまま〉に描写したものとして、世間に大きな衝撃を与えるものであった。

また、その田山花袋と交友を結んだ島崎藤村も、「若菜集」（一八九七〈明治三十〉年八月）で、浪漫《ロマン》派の詩人として出発するのだが、後に、被差別部落出身の青年の懺悔《ざんげ》と告白を描いた「破戒」（一九〇六〈明治三十九〉年三月）に至って、花袋と並ぶ〈自然主義文学〉作家となり、その後自身の体験を踏まえた問題作を次々に発表していくことになる。本格的な社会派の小説として位置づけられる「破戒」であったが、「蒲団」がもたらした影響が強すぎて、その後の〈自然主義文学〉には、〈社会小説〉である「破戒」の系譜は失われてしまう。

〈自然主義文学〉は、「現実に対して理想的判断も解決も与えずに、ただ傍観的態度で無理想・無解決に客観し、現実暴露の悲哀に徹する」（前掲「自然主義文学」）ものになっていく。さらに、島村抱月《ほうげつ》の理論化を経て、田山花袋が「自然主義の主張を、醜《みにく》い自己の事実を大胆に傍観的に描写するという方法で実践し、それが評論界の決定的な評価を得てその後の自然主義の方向を定めたために、日本の自然主義は、西洋のそれとは違った特殊な形をとることになり、仮構性を排して自己周辺の事実を客観的に描写するという方向」に進んでいく。〈自然主義文学〉は、その後、世界でも類を見ない種類の文芸とも言われる〈私小説《わたくししょうせつ》〉へと展開していくことになる。

〈私小説〉という用語は、大正の後半から使われるようになる。そして〈私小説〉は、特に〈純文学〉の中心と考えられていく。〈私小説〉とは、「作家が日常生活のなかで獲得したものを、自己の体験として語るところに成立するが、フランス流の芸術家小説とは異なって、平凡人の平凡な身辺雑記に終始するところに特色があ」り、「作家が自己の生活の矛盾《むじゅん》や葛藤《かっとう》を通じて生の意義なり、生きがいを発見して制作に志す」とされ、「その文学の世界が作家の実生活によってリアリティーとして保証されている」（瀬沼茂樹「私小説」、前掲『現代日本文学大事典』）というものである。このため、〈私小説〉の作家たちは、芸術のために自己の生活を破壊し、その体験を作品に描こうとする。その流れはいくつかの変化を伴うわけだが、現在まで続く日本の近代小説の中心的なスタイルの一つである。

〈非リアリズム文学〉

一方、日本の近代文学には、このような〈自然主義文学〉、あるいは〈私小説〉の流れとは異なる、もう一つの流れが存在する。これは、〈非リアリズム文学〉と呼べるものである。ただし、本書で言う〈非リアリズム文学〉というのは、一般的な理解の「反自然主義文学」とは異なるものである。

一般に「反自然主義文学」とは、「20世紀前半の文壇において「自然主義文学」を批判しこれと対立した文学的立場の総称。耽美《たんび》派・白樺《しらかば》派など」（weblio辞書「実用日本語表現辞典」）とされるもので、具体的な文学史上の思潮では、〈耽美派〉〈高踏《こうとう》派〉〈余裕派〉〈白樺派〉〈新現実主義〉などの文学を指す。

もちろん、これらが〈自然主義文学〉に抗して、それぞれの文芸を展開したことは言うまでもない。しかし本書で取り上げたいのは、そうした文芸思潮のことではない。

〈自然主義文学〉に代表される〈リアリズム文学〉が、現実をありのままに描くことを目指すものである以上、それは〈現実〉がありのままに存在することを前提としている。しかし、本書で言う〈非リアリズム文学〉とは、〈現実〉を〈ありのまま〉そこに存在するものであるとは捉えないという考え方を持った作家の文学のことである。

言い換えれば、最初に述べたように、言語や感覚では捉えられないものが世界には存在すると考え、それを表現しようとした作家や作品、ということになる。例えば、日本を代表する文豪である、森鷗外《おうがい》や夏目漱石《そうせき》にもそうした要素は見られ、特に、芥川《あくたがわ》龍之介・川端康成・三島由紀夫などがこれにあたる。また現代の作家では、村上春樹・村田喜代子・川上弘美なども、この系譜に連なる作家であると言えよう。

これらの作家は、もちろん現実の世界を描写し、そこで起こる出来事や人間ドラマを活写している。ところが、物語世界はそこにとどまらないのだ。〈リアリズム文学〉では、私たちの目の前の事物は、そのままそこに実在するものであるという〈実体論〉的に世界を捉えている。そのため、目の前の事物を「ありのまま」描写することが可能になる。

しかし、〈非リアリズム文学〉の作家たちは、目の前にある現象や事物の背後に、感覚では捉えられない世界があることを認識の基盤としている。私たちの感覚では捉えられない世界、言語では表現できない世界の存在を、疑わないのだ。

〈非リアリズム文学〉の作家が描く物語の舞台は、あくまでも現実世界に設定されており、そこで起こる出来事や描写も、基本的には現実的なものであるにもかかわらず、その内容が、私たちの感覚では捉えられないものであったり、現実世界を超越したものになっているのである。

例えば村上春樹は、私たちが通常でも意識することができない〈深層心理〉の、さらにその下の世界を「地下二階」と表現し、自分がそこまで降りていって、そこで見たり聞いたりした事柄を、意識の表層にまで戻ってきて物語として記述していると述べている（本書第一部第四章を参照）。

この点について川端康成は、

現実と云《い》ふものに就《つい》ても、言葉と云ふものに就て右に述べたと同じやうなことが云へる。現実の形を、現実の限界を、安易に信頼し過ぎてゐる人から深い芸術は生《うま》れない。人間は現実界に生活するものであり、一歩進んで、人生とは現実界であると云ふ考へ方は、なかなか動かし難《がた》い現実主義の芸術を形造るが、精神の低迷を招きがちな危険がある。事実また、少しく凝視すれば、現実と云ふものは底抜である。現実をより鋭く捉へる精神程《ほど》、現実の相に就てより多くの懐疑に陥《おちい》る。

（「表現に就て」『川端康成全集　第三十二巻』新潮社、一九九九年十月）

と、私たちが認識する世界を「底抜」と捉えているのだ。これは、私たちが認識している世界は、その下に私たちが認識できない世界が広がっており、確実だと言えるものは存在しないということを表現している。

三島由紀夫も、柳田國男《やなぎたくにお》の「遠野物語《とおの》」の第二十二節にある、亡くなった人物が幽霊として自分の通夜《つや》会場に現れ、その霊の着物の裾《すそ》が床に置いてあった「炭取」の柄にあたって、「炭取」がくるくると廻《まわ》ったと記されていることについて、次のように述べている。

物語は、このとき、第二段階に入る。亡霊の出現の段階では、現実と超現実は併存してゐる。しかし炭取の廻転《かいてん》によって、超現実が現実を犯し、幻覚と考へる可能性は根絶され、ここに認識世界は逆転して、幽霊のはうが「現実」になつてしまつたからである。

（「小説とは何か　九」『決定版　三島由紀夫全集34』新潮社、二〇〇三年九月）

三島はここで、私たちが「超現実」と考えることが、物理的に私たちの「現実」世界に働きかけることで、両者の位置が逆転してしまうことを述べている。

このように、〈非リアリズム文学〉の作家たちは、私たちが「非現実」「超現実」（あるいは、少し現実に引き戻したレベルで言えば、ときに「異界」などと呼ばれる）と捉えるものを、まさに「現実」と位置づけ、言語では表現し得ない世界を、言語によって表現することに挑戦してきたのだ。

先に述べた現代物理学の知見などを考え合わせると、こうした〈非リアリズム文学〉の作家たちの表現した世界を、迷信や錯覚と簡単に片づけることはできないのではないだろうか。本書では、こうした〈非リアリズム文学〉作家の作品を取り上げ、世界の存在や世界認識、またその表現について考えていきたいと思う。

こうした〈リアリズム文学〉と〈非リアリズム文学〉を、田中実は、近代小説の「〈本流〉」と「《神髄》」と呼ぶ（「近代小説の〈本流〉と《神髄》―童話『白』論と芥川の自殺」「都留文科大学研究紀要」第一〇〇号、二〇二四年十月／「近代小説の《神髄》―「表層批評」から〈深層批評〉へ―」「都留文科大学研究紀要」第九五号、二〇二二年三月ほか）。

第一部　深層心理の闇／〈暗黙知〉と世界認識

――近代日本文学研究上の課題

第一章　近代日本文学研究上の課題

日本における近代文学研究の課題（一）　―〈作品論〉の誕生まで―

近代の日本文学研究においては、伝記研究の成果をもとに作家の思想信条を明らかにし、作品はその表現だと位置づける〈作家論〉がその主流であった。そうした状況の乗り越えを図るため、長谷川泉《いずみ》による〈三契機〉説による〈鑑賞〉の提唱などもあった（『第五版　近代名作鑑賞　三契機説鑑賞法70則の実例』至文堂、一九七七年八月）。

一方、小西甚一《じんいち》らによってアメリカからニュー・クリティシズムが導入され、作者を超えて作品を扱おうとする姿勢が登場する。

ニュー・クリティシズムはその主要な所説として、従来の文学研究における「意図に関する誤謬《ごびゅう》（インテンショナル・ファラシー）」と「感情に関する誤謬（アフェクティブ・ファラシー）」を説く。これは作品を、作者や社会などの一切の外的事象から切り離して、完全に閉じたものとして扱う立場である。また読者の価値観や感情などの解釈も排除し、〈パラドックス〉・〈アイロニー〉・〈テンションン〉・〈ジェスチャー〉・〈ストラクチャー〉・〈テクスチャー〉などに注目しながら、文学作品の言語的構造を客観的に分析しようとする。

ニュー・クリティシズムの代表的な論客の一人であるクリアンス・ブルックスは、文学作品を「精巧に作られた壺《つぼ》（The Well Wrought Urn）」（Brooks Cleanth, *Keats's Sylvan Historian: History Without Footnotes*, Chales Kaplan and William Dvid Anderson,eds. *Criticism: Major Statements*, 4th ed. New York:Bedford, 2000.）に喩《たと》える。壺の閉ざされた空間的秩序や左右対称的統一性をテクストに当てはめてのことである。

すなわち「（一）文学テクストは、たったひとつの言葉を変えることによっても崩れてしまう、パラフレーズ不可能な完璧な言語的秩序を形成し、作者の意図からも読者の感情からも超越し、あるいは他のテクストからも独立し、それだけで自立・自律している閉ざされた空間秩序である、ということ。そして、（二）二項対立をなす形式的（音韻《おんいん》的あるいはイメージ的）要素がたがいにからみあって、「パラドックス」や「アイロニー」と呼ばれる有機的統一性――「対立する力の平衡」「多様な衝動の和解」――を形成している、ということ」（「第一章　読むこともまた創造である――批評理論とは何か」、丹治愛［編］『知の教科書　批評理論』講談社選書メチエ、二〇〇三年十月）を説いているのだ。

しかしそれは、作品内部の関係性だけを論じたものである。ニュー・クリティシズムは鮮やかに作品を腑《ふ》分けして見せたが、その先に出るものではなかったため、次第に衰退した。一方その間も、〈作家論〉は依然として、近代日本文学研究の方法論の中心を占めていた。

そこに登場したのが、三好行雄の〈作品論〉という概念である。三好は、「作品を一箇《こ》の独立した世界として把《と》らえ、その内的構造を解明することで作品の主題（テーマ）と、そのテーマを必然とした作家の意図（モティーフ）を正確に知悉《ちしつ》すること」（「奉教人の死（芥川龍之介─現代文学鑑賞 一）」「国文学 解釈と鑑賞」一九六一年十一月）を研究の主眼とし、最終的には「文学研究は文学史の体系によって完結する認識の純粋運動」（「作家論の形の批評」『岩波講座 文学9』岩波書店、一九七六年四月）と規定した。こうして、作品を作家理解の媒介として従属させる〈作家論〉に代わり、〈作品論〉が近代日本文学研究の主流を占めることとなる。

しかし三好作品論は、どこまでも〈作品〉の内部に〈意味〉という実体的構造を措定《そてい》し、その集積が作家像へと集約され、さらにその全体像を、作家を超えた文学史の流れの中に位置づけようとするものであった。それを打ち崩したのが、西洋から輸入された文学理論、なかんずくロラン・バルトの批評理論である。

日本における近代文学研究の課題（二）　―バルトのテクスト論―

バルトは、「作者の死」「作品からテクストへ」等の文芸評論で「作者の死」を宣言し、文学作品における意味創出の主体を〈作者〉から〈読者〉へと転換する。そして従来の〈作品〉に代わって〈テクスト〉という概念を導入した。バルトは、〈テクスト〉について次のように説明している。

テクストとは、一列にならんだ語から成り立ち、唯一のいわば神学的な意味（つまり、「作者＝神」の《メッセージ》ということになろう）を出現させるものではない。テクストとは多次元の空間であって、そこではさまざまなエクリチュールが、結びつき、異議をとなえあい、そのどれもが起源となることはない。テクストとは、無数にある文化の中心からやって来た引用の織物である。
（「作者の死」、花輪光［訳］『物語の構造分析』みすず書房、一九七九年十一月。以下、バルトの引用はすべて本書による）

このように〈テクスト〉は、作者が作り出した絶対的な意味の表出の場ではなく、多様な要素の錯綜体《さくそうたい》であり、読者が「読むこと」を通して意味生成を行う流動的な場なのである。

一編のテクストは、いくつもの文化からやって来る多元的なエクリチュールによって構成され、これらのエクリチュールは、互いに対話をおこない、他をパロディー化し、異議をとなえあう。しかし、この多元性が収斂《しゅうれん》する場がある。その場とは、これまで述べてきたように、作者ではなく、読者である。読者とは、あるエクリチュールを構成するあらゆる引用が、一つも失われることなく記入される空間にほかならない。あるテクストの統一性は、テクストの起源ではなく、テクストの宛て先にある。〔中略〕読者の誕生は、「作者」の死によってあがなわれなければならないのだ。

と、バルトは「作者」を葬り去り、「読者」の誕生を高らかに宣言するのである。テクスト論の立場から、作品の起源としての〈作者〉をバルトは否定する。「作者の死」は「読者の誕生」と同義であり、作品の中に実体的な意味が存在すると考える実体論的把握を打ち砕いたのである。それは作品の〈意味〉の源泉を作者に求めることを完全に否定するものでもある。

しかしバルトは、作家を否定したばかりでない。テクストにあって意味創出の主体は私たち読者であるはずだが、その私たち読者の〈読み〉さえも一回性のものとして、意味の源泉や参照項とすることを強く退けるのだ。他者の〈読み〉との比較が不可能であることは言うまでもない。私たちがテクストを読むたびに、常に新しい〈読み〉が出現するのであり、私たちがテクストの意味を参照するためのいかなるものをも否定し、その意味の源泉にはなり得ないのである。そこに示されるのは「還元不可能な複数性」だけである。バルトは次のように述べている（「作品からテクストへ」）。

> 「テクスト」は複数的である。ということは、単に「テクスト」がいくつもの意味をもつということではなく、意味の複数性そのものを実現するということである。それは還元不可能な複数性である（ただ単に容認可能《アクセプターブル》な複数性ではない）。「テクスト」は意味の共存ではない。それは通過であり、横断である。したがって「テクスト」は、たとえ自由な解釈であっても解釈に属することはありえず、爆発に、散布に属する。実際、「テクスト」の複数性は、内容の曖昧《あいまい》さに由来するものではなく、「テクスト」を織りなしている記号表現の、立体画的複数性とでも呼べるものに由来するのだ（語源的に、テクストとは織物のことである）。

ロラン・バルト
提供：Bridgeman Images/ 時事通信フォト

田中実は、読書行為が「読み手の向こうに現実の実体が隠れていると考える「容認可能な複数性」ではなく、永遠に読み手のなかだけの現象、「還元不可能な複数性」」であることを、ロラン・バルトが明らかにしたとしている（「読むことのモラリティ」「神奈川大学評論」第五五号、二〇〇六年十一月）。

さらに田中は、そのことで「読み＝解釈」の根拠の絶対性＝「正しさ」が失われ、日本の文学研究が本質的には「真・偽」という範疇《はんちゅう》から「〝生きるに価値ある言語〟、すなわち、〈文学のことば〉という研究が拓《ひら》ける領域を手に入れたと示唆する（「まえがきに代えて―「極点」を通過して―」、田中実［編］『「読むことの倫理」をめぐって　文学・教育・思想の新たな地平』右文書院、二〇〇三年二月）。しかし、日本の研究状況は、バルトの思想を正しく理解し得ず、田中が提起したような〈文学〉研究における新たな地平の開拓はなされなかった。

近代日本文学研究の衰亡とその問題点

「テクストは複数的である」とバルトは指摘するが、それはテクストが「いくつもの意味をもつ」という「容認可能な複数性」を言うのではない。どのような起源も、参照項をも許さない、「還元不可能な複数性」なのである。

作品の起源としての作者は否定され、意味を担保しえなくなった。また作品の本文自体も「シニフィアン（意味するもの）」にすぎない。〈テクスト〉の意味は、読書行為の中で読者の意識に生ずる一回限りの解釈、すなわち「シニフィエ（意味されるもの）」でしかなく、それは他者の解釈とも、読者自身の過去の解釈とも比較検討することができない。〈読み〉は孤立し、ここに「読みのアナーキー」が現出することになる。

しかし近代日本文学研究では、バルトが峻別《しゅんべつ》した「容認可能な複数性」と「還元不可能な複数性」の区別を曖昧にしたまま、ポストモダンの名の下に、解釈の一義性だけを否定した。その背景には「正解到達主義批判」もあるだろう。ここに、多様で雑多な〈解釈〉が、なんらの根拠も持たないまま、いわば文字通り「垂れ流される」ように排出される状況が生まれることとなる。どのような〈読み〉も許されるという「ナンデモアリ」の混乱状況が招聘《しょうへい》されたのである。

こうした事態の中で、近代日本文学研究は、自らの研究の基盤としてきた〈作家〉も〈作品〉も失うことになる。いままでしのぎを削ってきた、作品〈解釈〉の妥当性はおろか、その当否を判定する基準さえもどこにも見出しえなくなり、学問としての検証可能性を喪失してしまうことになる。そのため、〈文学研究〉も〈文学〉を教育することも不可能であるという絶望的な見解が、研究者の間に蔓延《まんえん》した。

さらに新しい世紀を迎える直前に、「国文学者の自己点検」（坪井秀人「日本文学」二〇〇〇年一月）などが提出され、堰《せき》を切ったように〈国文学〉あるいは〈国文学者〉による先の戦争への加担がクローズアップされ、問題化されることとなる。さらに、明治維新以来の近代国家建設に対する日本文学の貢献についての糾弾さえも行われるようになる。もちろん、研究者による自己点検、それ自体は忌《い》むべきことではない。しかしそこにバルト理論の導入による、中途半端な〈テクスト〉論（これを田中実は「エセ読みのアナーキー」と呼び、バルトが提示した「真正のアナーキー」と峻別する）の流行が相乗し、近代日本文学研究は、研究者自身の、いわば自虐的とも言える〈内部告発〉によって崩壊の道を辿《たど》ることになるのである。その結果、学問としての自立性を喪失した近代日本文学研究は衰退し、その必然の結果として、ほとんどの研究者が〈カルチュラル・スタディーズ〉へ移行することとなった。

二〇〇〇年代から大流行する〈カルチュラル・スタディーズ〉は、文字通り〈文学作品〉をその時代の文化の様態を測る〈史料〉として扱い、作品の〈解釈〉や〈読み〉は一切問題にしない。ある時代の文化や言説の編成やその変遷《へんせん》を知る術《すべ》として作品を位置づけ、一人の作家にその時代がどのように受け留められ、またその作品が流布することで、社会や民衆にどのように受容され、どのような影響を与えたのかといったようなことが問題化される。こうして、自立性を失った〈文学〉を補綴《ほてつ》するために、さまざまな隣接諸科学の知見の援用がなされることになるが、その選択は、研究者各自の課題解決のためにもっとも有効な領域からの援用が求められ、問題設定によって種々の援用がなされることになる。もちろん、〈カルチュラル・スタディーズ〉の中には時代の変遷と時代の言説の相関を解明した優れた研究成果も見られる。

しかしそのような優れた成果にあっても、それまで〈文学〉あるいは文学作品が湛《たた》えていた、人間に対する豊かな洞察や、社会・世界に対する多様な認識の諸相、あるいは一個の人間の直面する苦悩と現実への省察などは、まったく省みられることはなくなってしまう。〈文学〉でしか解明しえないだろう、こうした諸問題への探求は、むしろ恥ずべきこととして厳しい批判の対象となってしまったのである。こうして二〇〇〇年代の〈文学研究〉は、〈文学〉の持つ本質的な意味を問うことも、人文科学としての〈人間〉へのまなざしも失い、学問研究における自らの立脚点を失ったまま迷走しているという状況を呈したと言ってよいだろう。その後、「東日本大震災」による〈人間〉と〈生命〉への問い直しを経たことに加え、〈カルチュラル・スタディーズ〉の持つ限界性も露《あらわ》になり、研究者の間では、再び文学研究への回帰現象が見られる。

しかし先にも見たように、現時点でも、近代日本文学研究の学としての自立性を問い直すことはなされていない。さらに、使用する分析概念の概念定義や学術用語の定義さえもバラバラであり、その内実も研究者によってまちまちであるのが現状である。

「読むこと」そのものを、私たちの認識活動の中でどう位置づけ、どのような意味を担《にな》わせるのか。私たちが〈読む〉ときに、私たちの意識の中ではどのようなことが行われているのか。そこを出発点として、「読むこと」の意味を問い、読書行為の様相を明らかにして初めて、私たちに「読まれた」内容の吟味が始まり、分析が可能になるのではないのか。現在の近代日本文学研究の領域、さらには日本における〈文学研究〉の領域において、「読むこと」の〈原理論〉構築が求められているのは必然であると考えられるのである。

以上で見てきたような、近代日本文学研究における〈文学（教育）否定〉論とそれに呼応する〈カルチュラル・スタディーズ〉の隆盛は、国語（文学）教育の現場から、作品を丹念に読み、解釈するという活動をも放棄させることになる。教室ではどのような奇怪な〈読み〉も受け入れられる「ナンデモアリ」という混乱が続いてきた。そこでは表面的な語句の意味を追うことに終始し、文章の内容を深く捉えることをせず、自分の理解の範囲の中でしかものを考えないという悪弊《あくへい》も横行した。〈文学〉のそして〈文学教育〉の場から、作品（テクスト）を精読し、その〈意味〉を考え、自らの課題として自身を問うような姿勢は失われてしまう。

こうした状況を打破し、〈文学（作品）〉を〈読み〉〈学び〉〈教える〉ことの意義を、再び取り戻そうとするのが、田中実の〈第三項〉論である。それでは次に、〈第三項〉論について見ていくことにしよう。

〈第三項〉論とは何か

通常の日常感覚に基づく世界観では、私の前にあるコーヒーカップは実在しており、そのカップの姿や触感は「ありのまま」のものであると捉える。しかし、それは私たちの感覚を通して脳の内部に作られたイメージにほかならない。そうであるならば、私たちは目の前のコーヒーカップを〈直接〉知覚することはできない。

つまり私たち〈主体〉が捉えていると考えていた〈客体〉は、実は〈客体〉の実像（〈客体そのもの〉）とは異なるものである。それは〈客体そのもの〉が私たち〈主体〉の内部に結んでいる〈客体（そのもの）の影〉なのである。このように、世界を〈主体〉と〈客体〉の二項で捉えるのではなく、〈主体〉と〈客体（そのもの）の影〉と〈客体そのもの〉の三項で捉える。それが〈第三項〉論である。

よく誤解されるのであるが、〈第三項〉論は机上の空論や、作品の〈読み〉を離れた単なる文学理論などではない。私たちが外界や世界を認識する際の根本的な仕組みを厳密に捉えたものであり、どこまでも私たちの感覚に根ざし、認識という行為の基盤になるものである。もちろんそれは文学作品を読むことにも通ずる。田中は次のように述べている。

読書主体と客体の文章との相関、メカニズムを考えてみよう。〔中略〕ポイントは文学の言語は常に誰かに語られ、誰かに読まれていることである。「一般言語表象」の問題ではない。文学の言語でなくとも例えば、目の前に一組のコーヒーカップがあるとしよう。確かにある、これは疑えない。しかもこれに美しい思い出があるとしよう。だが、別の人は別のイメージを持っている。そうすると、今「そこにある」と指したはずのコーヒーカップも自分のイメージしたコーヒーカップでしかない。とすれば、本当のコーヒーカップそのものとはどこにあるのか。自分の捉えているその向こうでなければならない。では、その向こうとは何か。認識の彼方《かなた》、そこは究極のニヒリズムの場か、〈神〉の隠匿《いんとく》か、それともそれ以外か。ともかくも決定することはできない。言語で捉えること自体を超えている。そこはもはや了解不能の《他者》と呼ぶしかない〈言語以前〉、〈人間以前〉の領域、人間が人間として誕生、生存する以前の物質だけがあって言語のない混沌《こんとん》である。わたしは自分の捉える対象を〈わたしのなかの他者〉、その外部を了解不能の《他者》と呼んできた。捉えられるのは了解不能の《他者》を前にした時の、その手前、〈わたしのなかの他者〉でしかなく、これを対象化して捉えようとしているのである。

（前掲「読むことのモラリティ」）

このように田中は、私たちの認識の源泉ではあるが、決して直接的には捉えることのできないものを「了解不能の《他者》」と呼ぶ。これが〈第三項〉である。その〈第三項〉を、読書という行為に当てはめるとどうなるのか。田中は、次のようにも述べている。

> 読み手が客体の文章を文脈（コンテクスト）として捉えた瞬間、客体の文章は〈**わたしのなかの他者〉と化し、〈元の文章〉**はその向こうに**了解不能の〈他者〉**となって、〈わたしのなかの他者〉とは分離する。読み手の捉えるものは永遠に客体そのものには還元されない。無明の闇の中に広がって永遠に見ることはできない。にもかかわらず、〈元の文章〉は確実に読み取った〈わたしのなかの他者〉に〈元の文章〉そのものではないが、一種の**影**として内包され、働いている。筆者はこの了解不能である〈元の文章〉そのものの領域を**〈原文〉と言う「第三項」**と呼び、その**影（プレ〈本文〉）**が読み手に現象する〈本文《ほんもん》〉に内包されていると捉えた。〔中略〕**見えないもの、聞こえないもの、触れられないものという、いわば了解不能の〈原文〉と言う第三項の領域、この知覚できないが想定するしかない不可知の領域が影（プレ〈本文〉）として、見えるもの、聞こえるもの、触れられるものに内包されている。**
>
> （「「読むことのモラリティ」再論」「国文学」二〇〇七年五月）

このように〈第三項〉を措定しなくては、私たちの〈読書行為〉／〈認識活動〉は十全に説明できない。さもなくば、〈還元不可能な複数性〉に飲み込まれ、永久に不可知論／懐疑論の世界の中で彷徨《ほうこう》するしかないのではないか。先に〈第三項〉は、机上の空論や作品の〈読み〉を離れた単なる文学理論ではないと述べた所以《ゆえん》がここにあるのだ。それでは次に、〈第三項〉を措定することと近代日本文学を〈読む〉こととの関係について見ていくことにしよう。

〈第三項〉論の持つ意義

田中実は、これまで日本の「近代小説」として位置づけられてきたものを、〈近代の物語〉と定義し直している。そうした〈近代の物語〉に対し、田中の言う〈近代小説〉は「物語＋〈語り手の自己表出〉」と定義される。さらに田中は、「〈近代小説〉は三人称客観描写を雛形《ひながた》にしています。これを達成するためには〈わたしのなかの他者〉と峻別された了解不能の《他者》、〈向こう〉の領域が要請されています」（「都留最期の日のために――これからの文学研究・文学教育――」「国文学論考」第四八号、二〇一二年三月）と述べ、単に「自己」以外のものを「他者」とすることを退けている。

それは〈近代的自我〉を実在するものとして捉え、それを描くことが〈リアリズム〉であるとしてきた〈近代の日本文学〉を相対化する動きでもある。

田中のこの定義に従えば、近代小説の誕生は、文学作品の〈創作〉と〈受容〉、すなわち〈作者〉と〈読者〉もしくは〈語り手〉と〈聞き手〉の位相へと直接的に結びついてくる問題でもある。田中は〈近代の物語〉と〈近代小説〉が区別されてこなかった現状について、次のように述べている。

これまでの伝統的物語文学に、〈**超越**〉という異国の《神》を隠し持った「小説」が侵入し、「日本近代小説」という新しいジャンルが日本に登場します。三人称客観と言う形式に端的に現れる、捉えている客体の〈**向こう**〉、**了解不能の**《**他者**》に対峙《たいじ》するそれ自体通常人間業《わざ》を超える形式でした。それを読者共同体のほうは「近代小説」を「近代の物語」と峻別しないまま受容して来ました。客体の文章を自立した客体の出来事と捉え、物語内容を読めばことたりていたのです。

（「〈原文〉と〈語り〉再考――村上春樹『神の子どもたちはみな踊る』の深層批評」「国文学　解釈と鑑賞」二〇一一年七月）

さらに田中は、そうした「「近代小説」」を〈読む〉行為の本質を次のように説明している。

作中に固有名詞の人物なり、三人称の「彼」なりが登場すると、その「彼」は語られて現れる働きであり、「彼」とは作中の実体＝生身でありながら、〈語り―語られる〉相関の機能として読み手に表れ、「読むこと」それ自体が関係のメカニズムとして読まれるのです。それは客体の文章そのものが関係のメカニズムのなかにあり、それが読み手のフィルターを通して一回性として現れるのであり、それが「近代小説」という対象「作品」なのです。そうすると、「近代小説」の読書空間は**読書主体**と**その捉えた客体の領域**と**客体そのもの**の三項に峻別されます。

人に捉えられた客体は客体そのものではなく、その人のフィルター（感受性や体験）で捉えた、ある種の屈折を通したものですから、客体そのものは永遠に捉えられません。しかし、その客体そのものがなければ自分自身の捉えた客体もないのですから、言わば対象の客体の〈本体〉ではなく、〈影〉にあたるものを我々読者は捉える、これが基本、「読むこと」の出発です。

（前掲「〈原文〉と〈語り〉再考」）

このような田中の理論の背景には、ソシュールによる〈言語論的転回〉を経たポストモダン以降の〈読みのアナーキー〉や、〈還元不可能な複数性〉によってもたらされた〈文学〉の終焉《しゅうえん》から、いかにして〈文学〉を救い出すのかという切実な問題設定があると言ってよいだろう。そうした自己閉塞《へいそく》的な状況を脱するためにはどうしたらよいのか。田中は次のようにも述べている。

近代小説とは極点から折り返し、世界を新たに見せる装置なのです。小説というジャンルは物語と詩から成り、〈**語り手の自己表出**〉とともにあるのです。〔中略〕物語があって〈語り〉があるのでは全くありません。語りが記憶（物語）を想起させて叙述が行われているのです。そのため、全ての小説の言語空間は〈語り、語られる〉現象としてしか生身の読み手の前にはなく、これが生かされる「読み方」が「読むことの背理」と闘う〈**自己倒壊**〉であるとわたくしは捉えています。

（「「読みの背理」を解く三つの鍵―テクスト、〈原文〉の影・〈自己倒壊〉そして《語り手の自己表出》―」「国文学　解釈と鑑賞」二〇〇八年七月）

先に述べたような、近代日本文学研究における問題点は、「近代小説」と「近代の物語」を区別しないために起こっていた、と田中は言う。その実態を田中は次のようにまとめている。

「三人称客観」が与えるリアリズムの価値が近代小説の画期的意義でありながら、同時にこのリアリズムの提出とその超克とを併せ持っていたことが近代小説を小説たらしめていた。近代小説がその誕生の時からポストモダンを抱えた「世界視線の帰属点」をより否定したところで成立していたのである。柄谷《からたに》〔行人《こうじん》〕らの説く危機や終焉説は根本的な誤謬を含んではいなかったか。

（「小説は何故（Ｗｈｙ）に応答する―日本近代文学研究復権の試み―」、松澤和宏・田中実〔編著〕『これからの文学研究と思想の地平』右文書院、二〇〇七年七月）

くどいようだが、日本の近代小説の主流は、その存在価値を〈リアリズム〉に置いているが、それは、世界が「ありのまま」に私たちの前に存在し、それを「ありのまま」に描写することが可能であるという実体論に依拠するものである。それは世界を〈主体〉と〈客体〉の二項で捉えることである。研究の領域でも、作家論・作品論は、世界を〈主体〉と〈客体〉の二項で捉えているために、両者の関係性やその真偽が問題になるのである。またテクスト論においては、〈客体〉を否定した後には何も残らなくなってしまう。これらの立場では結局、近代日本文学の持つ大いなる魅力や、作家たちの苦闘の内実を明らかにすることはできないだろう。しかし世界を〈第三項〉で捉え直したとき、状況は劇的に転回する。実体論やテクスト論の持つ矛盾《むじゅん》や限界点を、〈第三項〉論は超えてゆくことができるのである。

本来は、認識不可能な外界を切り取り描写しなければならないという、矛盾した運命を背負う近代日本文学の研究において、田中が言う「〈語り、語られる〉現象」という営為と、それによって作り出される「近代小説」という作品世界を探究してゆくためには、〈第三項〉は有効な視座をもたらしてくれると考えられる。

〈日本近代文学〉における〈他者〉および〈他者認識〉の問題

水田宗子《のりこ》は、近代文学に描かれる女性像の問題を、フェミニズムの問題系から次のように批判している。

近代文学は、男と女が〈他者〉として互いの前に立ちふさがる光景を、その文学的空間の原像としている。しかし、その原像には、細部にわたる複雑な構図や濃淡さまざまの色彩などが塗り重ねられていて、原画がそのままでむき出しにされることはめったにない。とりわけ近代の男性作家の作品では、この重ね塗りが色濃く行なわれ、〔中略〕男と女の原像的光景をありありと描き出す道だけは回避しようとしてきた跡が歴然と見てとれる。〔中略〕

男という支配的な他者にその自我を封じ込められる中で、冷徹な観察者として鍛え上げてきた女性のリアリズムの目には、近代の男性文学を特徴づけるこのような女への幻想と女からの逃避による救済絵図は、〔中略〕長い歴史の時間にわたって描かれつづけ、蓄積された、〈女という夢〉の分厚い文化のテキストに、女性もまたその内面を呪縛《じゅばく》され、みずからを表現しようとした女たちもまた、そのテキストの中心に据えられた〈女というメタフォア〉に頼ってみずからの内面風景を描いてきたのである。

（「〈他者〉の発見と回避」『物語と反物語の風景　文学と女性の想像力』田畑書店、一九九三年十二月）

男性の描き出した〈幻の女性像〉に呪縛されて、自らの内面を、男性作家の描く女性像通りになぞってしまう女性の表現者の姿。それは、あたかもラカンがフロイトの「エディプス・コンプレックス」において指摘した、ないはずの陰茎《いんけい》を切除される恐怖に怯《おび》える「女の子」の姿を彷彿《ほうふつ》とさせるものではないだろうか。図式的な見方をすれば、そこに日本近代社会と〈日本近代文学〉における、男性中心的な家父長制による女性と女性心理の抑圧を見出すこともできるとも言えるだろう。

続けて水田は、川端文学に描かれる女性について次のように述べている。

『雪国』（一九三五―四七年）や『山の音』（一九四九―五四年）、『千羽鶴』（一九四九―五一年）など、川端康成の小説の男たちもまた、セクシュアリティをのみ備えた理想の〈女〉を求めて、家庭の外へと放浪するのだが、その〈女〉は家庭の中だけでなく、すでにこの世にはいない、失われた夢の中の〈女〉である。〈女〉を求めるとき、彼らは自らの内面風景を夢見ている。無垢《むく》な処女であり、母である、これらの夢の女がいなければ、彼らに自分たちの内面は見えてこない。〈女〉を求めるこれらの小説は、あくまでも男の内面劇なのである。彼らは、セクシュアリティとして顕現してくるはずの〈女〉の本質が、ひとりの女に体現されることを夢想するが、その夢が成就されることはほとんどない。

（「女への逃走と女からの逃走」、前掲『物語と反物語の風景』）

川端文学に描かれる女性もある意味では、「理想の〈女〉」としてカテゴライズされた女であり、作中の男性主人公がそれを希求するというパターンは、川端文学において容易に見て取ることができると言えるだろう。そしてその〈女〉たちは水田の指摘通り、現実の世界には存在していないだろう。

ただ、水田の指摘からは、（男性と女性の関係の問題の当否についてはひとまずおいて）本章で問題とする〈他者〉と〈他者〉認識の問題や、「リアリズム」の在り様をめぐる、典型的・伝統的な捉え方を見て取ることができる。水田は明らかに、実在としての「男性」「女性」および、外側から観察可能な両者の関係性を問題にしている。もっともそれは、フェミニストとしての水田の問題意識からは当然のことであり、それを単純に批判するつもりはない。水田にとっては、現実の、生身の〈女〉を見る〈男〉たちのまなざしや認識が問題なのであり、外界あるいは世界全般の認識の在り様を問題にしているわけではない。

そのような女を描き出す川端のテクスト空間、あるいは川端文学の世界像について、柄谷行人は次のように述べている。

ノーベル賞を受けた川端康成の『雪国』は、「国境の長いトンネルを抜けると雪国であった」ではじまる。主人公にとって、トンネルの向こうは別世界である。〔中略〕彼が温泉の芸者たちとの愛の関係に苦悩したとしても、彼はそこで傷つくことはない。傷ついた女たちを冷徹にながめる主人公の自己意識は揺るぎもしない。なぜなら、別の（他の）世界であるにもかかわらず、彼はなんら「他者」に出会っていないからである。しかも、川端がそのことをはっきり自覚していることは、頻繁《ひんぱん》に用いられる「鏡」のイメージからも明らかである。つまり、主人公にとって、女たちは鏡に映った像においてあるだけなのだ。女たちが現実にどうであろうと、彼は鏡に、いいかえれば自己意識に映った像以外になんらの関心ももたない。『雪国』とは、他者にけっして出会わないようにするために作り出された「他の世界」である。ここでは、歴史的文脈さえ消されている。

（「歴史と他者――武田泰淳」『終焉をめぐって』福武書店、一九九〇年五月）

一般的な〈読み〉のレベルでは柄谷の指摘するように、川端作品に登場する女性たちは、現実とは離れた別世界に住んでいるとひとまず言っておいてよいだろう。ただしこの柄谷の発言には、〈近代小説〉をめぐる重要な問題が含まれている。それは柄谷の言う「「他者」」の概念定義、あるいは「「他者」に出会っていない」ということがいかなることなのか、ということであり、それは〈近代小説〉成立の根幹にもかかわる重要な問題でもある。

柄谷は〈他者〉をどのようなものとして認識しているのか。単に〈自己〉以外の存在、あるいは〈自己の外側に存在するもの〉という意味なのか。はたまた〈未知の存在〉という意味合いなのだろうか。いずれにせよ「「他者」」の内実は詳述されていない。さらに引用部分後段の、『雪国』とは、他者にけっして出会わないようにするために作り出された「他の世界」である。ここでは、歴史的文脈さえ消されている」という言辞においても、「雪国」の作品空間が、どのように〈他者〉を排除しているのかという仕組みについての具体的な説明を欠いている。

川端康成『雪国』英訳本の表紙（サイデンステッカー訳、1956年）
提供：日本近代文学館

前にも述べたように田中の〈第三項〉論は、〈近代的自我〉を実在するものとして捉え、それを描くことが〈リアリズム〉であるとしてきた〈近代日本文学〉を相対化しようとするものである。右に見た柄谷の発言は、〈リアリズム〉を基盤として発せられており、その基底には近代文学が描こうとし続けてきた〈近代的自我〉が存在することは明らかである。〈近代的自我〉と対置されるものという認識を基盤とするからこそ、柄谷の言う「「他者」」は概念定義を必要としないのであり、その意味では、川端作品の主人公たちは「他者にけっして出会わない」ことになるのである。柄谷の認識モデルは、決してひとり柄谷だけが持っているものではない。多くの批評家あるいは近代文学研究者だけでなく、広く一般の読者もこれと同じ認識をしていることだろう。

さて柄谷行人は、右に見たように、「雪国」が「「他者」にけっして出会わないようにするために作り出された「他の世界」である」としたのであるが、別の文章ではそれに加え、次のように発言している。「日本浪曼派がまだ彼らが払拭《ふっしょく》しようとした「他者」・西洋や「現実」に逆接的にとらわれていたのに対して、川端はそれを一切括弧《かっこ》にいれてしまう装置を発見したからである。「雪国」とは、そのような装置である。それはいっさい現実を見ないこと、「鏡」のなかに映った像のみを愛《め》でることである。かくて、どんな戦争イデオロギーとも無縁で、滅びゆく「美しい日本」の像のみが定着される」(『近代日本の批評　昭和篇〔上〕』福武書店、一九九〇年十二月)とし、日本の伝統的な美を定着させるための川端の独特な認識の在り様を明らかにしたとも言える。

これに対して田中実は、柄谷の「雪国」を捉える世界観に疑問を投げかけ、その解釈に疑義を示して次のように論難する。

柄谷行人氏は川端文学を「他者消去の装置」と呼び、『雪国』を「いっさい現実を見ないこと、『鏡』のなかに映った像のみを愛でることである。かくて、どんな戦争イデオロギーとも無縁で、滅びゆく『美しい日本』の像のみが定着される。」と指摘する。〔中略〕ここには〈ことばの仕組み〉に向かおうとしない読み手の基本的な誤謬があると私は考えている。この小説では、「『鏡』のなかに映った像のみを愛でる」島村が最初から生きていたわけではなかった。主人公の島村は昭和初年代から十年代「実際運動」に関わっていた。島村は闘う青年だったのである。敗戦のことは何も書かれていないが、敗戦をはさんで、かつて社会体制との闘争に挫折《ざせつ》し、中年となった男の内なる「がらんどう」が今すべてを空無と捉えるような感性から抜けられずにいる現実が語られていたのである。『雪国』には歴史が消えているのでも歴史的文脈がないのでもない。『雪国』は戦時下の社会体制と厳しく対峙した経験を持つ主人公の感性が、日本の最も優れた伝統文学（ここでは芭蕉《ばしょう》）に連なり、宇宙（悠久）と一体化しているすがたを描き出している。ここにこそ戦争へ向かうイデオロギーを含めて無化させる表現の自立した世界、川端文学の真髄がある、と私は思うのである。

（「戦争と川端文学——川端康成『ざくろ』『小説の力——新しい作品論のために』大修館書店、一九九六年二月）

ここには、川端本人では意識し得なかった（あるいは意識していても語ることが許されなかった）、「川端文学」の戦争への〈加担〉という深刻な問題が横たわっている。川端自身、あるいは同時代や旧来の川端の〈読者〉なら、「川端は戦争と距離を置いていた」と楽観的に語ることができたかもしれない。しかし現代の「私たち」には、そうした無責任な態度は許されるはずがない。

田中のこの指摘はとりあえず、「ざくろ」（一九四三年五月）における〈戦争〉や〈天皇制〉をめぐっての発言なのだが、柄谷が拠って立つところの実体論的世界認識への批判としても有用であると考える。柄谷の発言は、自己と他者、あるいは世界と自己の関係を、どこまでも実体的なものと捉え、それを現実のレベルにおいて「一切括弧にいれてしまう装置」と位置づけている。これは実体論的な立場から発するものであることは言うまでもないことだろう。

田中の〈第三項〉論から捉えれば、柄谷の認識はどこまでいっても、日本近代文学における「リアリズム」の伝統の枠から出るものではなかったのであり、世界認識において決定的な過ちを犯したままのものであると言えるのではないか。

田中が口を酸《す》っぱくして論じてきたように、日本の近代文学研究においては、〈他者〉や〈世界〉は、私たちの外側に、実体として存在するものと捉えてきた。そのことが、柄谷はじめ多くの研究者の誤りの源泉である。田中実の〈第三項〉論から日本の近代小説を読み直したときに、それらとはまったく別の世界像が展開されるのである。

〈非リアリズム的文学〉の世界　―〈第三項〉と〈世界像の転換〉のために―

これまで見てきたように、柄谷たちの言う「近代小説」は、その存在価値を〈リアリズム〉に置いているが、先に挙げた「雪国」をはじめとする川端康成の作品世界は必ずしもそうではない。新感覚派時代の作品は言うまでもないが、〈心霊学〉の影響をうけ超常的な現象を描いたと言われる昭和初期の段階においても、また非現実的な空間を描き、その中で起こる反社会的・非倫理的なドラマにより、いわゆる〈魔界〉と言われる世界を描出した戦後の作品世界においても、川端文学における非〈リアリズム〉の姿勢は一貫していた。自分を取り巻く現実を超えたものをいかにして捉え、それをどのように表現していくのか。川端の文体上の腐心はそこにあったのであり、それが〈新感覚派〉的な文体をはじめとする、さまざまな実験的表現に込められた真の意味だったのである。

本来は認識不可能なはずの外界を切り取り、描写しなければならない矛盾した運命を背負う、作家という立場において、田中が言う「〈語り、語られる〉現象」の営為と、それによって作り出される「近代小説」の世界像をどこまでも深く追求した一人の作家として、川端康成も位置づけられることは間違いない。それを皮相なリアリズムの眼《め》で捉えようとすると、おのずから「危機」も限界も見て取れるのだろうが、それははなはだしい誤解といわざるを得ない。「序章」でも紹介したように、川端は世界を「底抜」と認識していたのであり、言語のみならずいかなる認識や感覚も、世界の実像に到達することは不可能であると考えていたと思われる。それは、表現や言語をめぐる川端のさまざまな言説から窺《うかが》えるところである。

これはいままで見てきた、日本の近代文学における伝統的な実体論的な世界観とは正反対のものであり、田中の言う〈第三項〉論の考え方と認識を共有するものであることは、論を俟《ま》たない。田中は〈第三項〉にかかわる議論の際、村上春樹の小説を例として挙げることが多々あるが、川端康成の小説世界もこれらと共通する世界観を持っている。そこには〈近代小説〉というジャンルが持つ、始原的・根源的特徴が見られるのであるが、そのことを田中は次のように説明している。

村上〔春樹〕は『風の歌を聴け』では宇宙のかなたから吹く「風」、後に「同時存在」、さらに「パラレルワールド」と呼ばれる問題と向き合っていったのですが、それは〈近代小説〉というジャンル、三人称客観という文学形式が原理的に要求していたことでした。もともとこれは知覚の領域では捉えられない、すなわち、近代的リアリズムでは成立しない仕組みであり、一旦〈言語以前〉の〈向こう〉、永劫《えいごう》の「沈黙」の世界からこちらに〈折り返し〉て現世を捉える試みに踏み込んでいたのです。

（「『舞姫』の恐るべき先駆性―近代文学研究状況批判／〈語り手〉の語らない自己表出―」、清田文《せいたふみ》武《たけ》［編］『森鷗外『舞姫』を読む』勉誠出版、二〇一三年四月）

田中は、私たちを取り巻く世界を、「〈言語以前〉の〈向こう〉」（あるいは「感覚以前」）と位置づける。それは「了解不能」であり、私たちの認識の及ばないところであり、本来は、言語では表現できないところである。それを捉えるための仮設概念が〈第三項〉である。繰り返すことになるが、これは世界を、〈主体〉と〈客体〉の二つで捉え、それぞれを実体として認識しようとするものではない。世界を二元論で捉えようとすると、「不可知論」か「懐疑論」の無限ループに陥ってしまう。そこから脱して、自己と世界の関係をどう捉えていくのか。世界の在り様をどう定義していくのか。近代的な科学観の限界を超えていくためには、この〈第三項〉論が必要なのである。田中は次のように述べている。

近代社会になると、「ありのまま」に世界を捉えようとしましたが、同時にそれを相対化し、「ありのまま」とは人が知覚し、意識された世界でしかないことを知ります。それはまた無意識領域が存在することを知らしめます。この言語化を許さない領域と葛藤しながら、目指すべきことは主客相関の世界像のメタレベルでの永劫の沈黙、了解不能の《他者》と向き合うことです。そのためには、捉えた世界像それ自体が底抜けの領域で成立していたことを引き受けなければなりません。

（「世界像の転換、〈近代小説〉を読むために―続々〈主体〉の構築―」「日本文学」二〇一四年八月）

〈第三項〉を前提とした世界認識や読書行為がもたらす「了解不能の《他者》」との対峙によって、〈近代小説〉の意味も正しく捉えられるのであろうし、そのことが私たちの「宿命の創造」や「〈主体〉の（再）構築」を可能にすると田中は訴える。そのために、いま、〈世界像の転換〉が求められているのである。「「〈主体〉の構築」を実践していくには「世界像の転換」を必須とするのです。相対主義の闇、ここから退却し、撤退するのではなく、これを潜り抜け、〈いのち〉の意味を抉《えぐ》り出すことを願います」（「現実は言葉で出来ている―『金閣寺』と『美神』の深層批評―」「都留文科大学大学院紀要」第一九集、二〇一五年三月）と田中は言う。〈第三項〉を措定し、「了解不能の《他者》」と向き合うこと。そこからすべてが始まるのだ。

第二章　〈暗黙知〉と〈世界認識〉

——M・ポランニー『暗黙知の次元』と世界認識

〈了解不能〉の領域をめぐって

マイケル・ポランニーは、人間には言語の背後にあって言語化されない知があるとし、それを「暗黙知」と名づけている（高橋勇夫［訳］『暗黙知の次元』ちくま学芸文庫、二〇〇三年十二月）。

私たちは言葉にできるより多くのことを知ることができる。〔中略〕こうした認知〔われわれは例えば百万人の中から知人の顔を見分けることができるが、どのようにして自分が知っている顔を見分けるのかはわかっていないなど〕の多くは言葉に置き換えられないのだ。

こうしてポランニーは、この「暗黙知」を、心理学はじめ私たちの日常生活のさまざまな現象を分析し、「暗黙知」の「機能的側面」と「現象的側面」、そして「意味論的側面」・「存在論的側面」として定義づける。さらに、

事物が統合されて生起する「意味」を私たちが理解するのは、当の事物を見るからではなく、その中に内在化するから、すなわち事物を内面化するからなのだ。

として、私たちの「暗黙知」理解のシステムを明らかにしていく。そして、

暗黙知は、身体と事物との衝突から、その衝突の意味を包括《コンプリヘンド》＝理解することによって、周囲の世界を解釈するのだった。

と、「暗黙知」理解の根源を人間の「身体」に置く。

本書はじめ、佐藤敬三訳で一九八〇年に紀伊國屋書店から発刊された。「人間はパンツをはいたサル」とのテーゼで一世を風靡《ふうび》した経済人類学者、栗本慎一郎がこのマイケルと、非市場社会こそ

普遍的な社会であることを立証した兄のカール・ポランニー（経済人類学者）に共感を寄せ、大いに紹介したところである。

「暗黙知」について、栗本は次のように定義している（「意味と生命―マイケル・ポランニーの暗黙知の理解のために」『意味と生命　暗黙知理論から生命の量子論へ』青土社、一九八八年六月）。

暗黙知とは人間の人格的参加による知の全体のありかたに対する表現である。それは、人間が対象を理解すること、そして実は対象を設定すること自体の中に現われ出るとともにそれを包摂《ほうせつ》する人間の行為全体を指す。

ポランニーは、私たちの認識を身体内部のプロセスと捉え、「身体―行為―意味」の相関を見る理論を構築した。だがそれは、人間の内部にとどまるものではなく、人間を取り巻く外界にも拡大していくものである。そのあたりの様子を、栗本は次のように述べている。

その行為全体の目的は、人間が自らの宇宙における存在論的位置を知ろうとすることであり、意味は（物理的定義ではない生理的なプロセスとしての）身体を外界に空間的に拡大することであることから、意味形成の中に我々が感知することのできない体内の（原理としての）メカニズムが働くプロセス及びそこに含みこまれている進化や発生の論理を引きずり出して看《かん》取《しゅ》するためにあると言ってよい。勿論《もちろん》、その進化や発生とは実体的な対象ではなくて、それを制御している原理それ自体のことである。

ポランニーの「身体と事物の衝突」という発想は、〈身体論〉の側面から、私たちの外部に「事物」を実体としておくこと、あるいは宇宙内存在としての私たちの存在を前提としている。その部分についてはプレ・モダン的とも言える面を持つようにも見えるのだが、ポランニーが本書で論証しているさまざまな事柄を見ると、科学や言語では説明できない領域の事例検討、さらにそうした検討によって得られた論証から「実在《リアリティ》の認識を、科学者たちを発見へと導く予知の種類と同列に置く」（前掲『暗黙知の次元』）ことによって、科学的な発見の前駆的な要素にまで、確度をもって論及している。栗本も、「マイケルはノーマルと表現した姿勢や方向に沿って、人と言語の関係を含む暗黙知の全体像たる階層的構図が、生命の進化、ＤＮＡの役割、意識の発生、時間と空間論の取り込み、精神と身体の関係と「外部」と内部の対立までも一つの理論で語れることに確信を持っていた。何故《なぜ》なら暗黙知が示すところのものは我々が言語に意味付与して語りうる以上のことを既に知っているということであり、学問の問題としては後《あと》はいかにそれに具体的に注目して言語にするかということだけになるのだ」（前掲『意味と生命』）とし、ポランニーの先駆性を称揚する。

いずれにせよポランニーの「暗黙知」は、私たちの認識が、宇宙全体との連関を持つものであること。また、それが感覚では認知されない面、特に言語化されない要素によってもたらされるものであることを、論証して見せたのである。

ポランニーのもたらした知見からは、〈了解不能〉な領域を、それが〈了解不能〉という理由だけで否定したり排除することの不毛性が炙《あぶ》りだされる。いったいいつから私たちは、〈了解不能〉な領域に対して、これほどのアレルギーを抱くようになったのか。

本章で引用している、ポランニーの新訳をなした高橋勇夫は、巻末の「訳者解説」の中で、初めて本書の日本語訳が登場した一九八〇年頃の日本の思想状況を評して、次のように述べている。少し長くなるが引用してみよう（傍線は引用者、以下同じ）。

もうずいぶん昔のことのようにも思えるが、前世紀末の、少し詳しく言うと一九八〇年代後半以降の日本にも、「ポストモダニズム」と総称されていいようなムーヴメントがあった。その日本的モダニズムが標榜《ひょうぼう》したのは、詰まるところ「根拠主義」の否定である。現代思想の指南書やらその亜流書が町の本屋に平積みにされ、あらん限りの意味と真理と価値と権威について、その根拠の「恣意性《しい》」が我勝ちに洗い立てられていったものだ。〔中略〕

当時、ポストモダニズムに浸潤《しんじゅん》され始めた文学を始めとする文化系諸学の世界では、しばしば難解で奇矯《ききょう》な語彙《ごい》が飛び交ったり、軽薄な言動が不必要に誇示されたりもしたものだ。あまつさえ、そうした言論の多くには、反権威主義的な表向きの言動とは裏腹に、いじましい覇権的動機すら見え隠れしていた。例のごとく、外来の新理論のあれやこれやは、言論を半歩リードし、本や論文を量産するためのバイブルとして珍重されていたのである。

（前掲『暗黙知の次元』）

高橋が指摘するこうした状況は、ポストモダン思想が、世界の実像や真理、認識の根拠を喪失した「ニヒリズム」に陥《おちい》った様子をよく捉えている。それは社会の、あるいは学問領域のさまざまな分野に影響を及ぼした。「多様な価値観」の美名のもとで、「到達不可能性」や、無限に増殖していく「差異（線）」によって、「価値の相対性」すなわち「ナンデモアリ」の状況を生み出し、その混乱は現在まで尾を引いている。

特に〈文学〉研究と〈文学（国語）教育〉の分野では、その弊害《へいがい》は大きかった。つとに田中実が「八〇年代問題」として提起してきた所以《ゆえん》でもある。それはなぜか。

右の指摘に続けて、高橋は次のようにも述べている。

ポストモダニズムを原理的に支えていたのは言語批判の哲学であった。〔中略〕「言葉」と

> その言葉が担《にな》う「意味」との固定的関係を絶対視しない、疑ってかかる、ということである。むろんこうした言語を相対化する視線は、ポストモダニズムの専売特許ではない。二十世紀自体が、いわば、丸ごとそういう時代だったのである。〔中略〕しかし世紀末のポストモダニズムはさらに一歩進んで、言葉と意味の遊離それ自体を謳歌《おうか》しようとした。言葉は私たちが常識的に信じている意味（＝根拠）を離れて、言葉同士の「差異」の連鎖で自律的に運動するのだと言い、彼らはそれを「テクスト」と称したものだ。言葉は意味からの自由を得て、同時に、意味の内実たる倫理や価値や真実といった重荷からも解放されることになる。ここに至って、所もあろうに世紀末ニッポンで、究極のニヒリズム、奇妙に明るくて浮薄なニヒリズムの時代が到来したのである。

この指摘は、特に我が国のポストモダンの状況を的確に言い当てていると言えるだろう。これこそ田中が糾弾する「エセアナーキズム」ではないだろうか。そのような指摘が、何よりも「暗黙知」について論じた理論書の翻訳者によってなされていたことは偶然ではない。筆者は高橋と田中の交流の有無などは、寡聞《かぶん》にして知り得ぬところである。しかしそれは、やはり〈了解不能〉な領域への理解を共有する者同士が、期せずして抱いた、あるいは行き着くべき共通の認識であると言えるのではないかと考えるものである。

ポスト・ポストモダンと文学教育の課題 ――問題の所在――

こうした状況について、須貝千里《せんり》は次のようにまとめている。問題の根幹にかかわることなので、長くなることを厭《いと》わず引いてみよう（「〈第三項〉と〈語り〉、ここから始まる。―「まえがき」として―」、田中実＋須貝千里［編］『文学が教育にできること―「読むこと」の秘鑰《ひやく》―』教育出版、二〇一二年三月）。

ロラン・バルトのテクスト理論が日本に導入されてから三〇年余り、この間、「言語論的転回」によって読みのアナーキーがもたらされ、文学の記号学の地平がひらかれてきましたが、これは同時に文学の〈いのち〉を抹殺《まっさつ》することでもありました。文学研究と文学教育研究は依然として、この文学の〈いのち〉が見失われた「ポストモダン」の混迷の中にあります。その混迷は、「ポストモダン」の非実体主義、それゆえの正解到達主義批判と「モダン」の実体主義、それゆえの正解到達主義とを曖昧《あいまい》な形で共存させる自他未分の日本の風土によって、ますます拍車がかけられてきました。こうしたナンデモアリに対する自意識を欠落させてしまっている事態は、この三〇年余りの教育、国語科教育の現場においても軌を一にしています。

ここで須貝が指摘する問題は、右に挙げた高橋の憂慮《ゆうりょ》と見事なまでに照応している。まさに「ポストモダン思想」によって「言葉は意味からの自由を得て、同時に、意味の内実たる倫理や価値や真実といった重荷からも解放され」（高橋）、「「ポストモダン」の非実体主義、それゆえの正解到達主義批判と「モダン」の実体主義、それゆえの正解到達主義とを曖昧な形で共存させる自他未分の日本の風土によって、ますます拍車がかけられて」（須貝）きたのである。

続けて須貝は、「わたくしたちは、各自の研究と実践によって、〔中略〕「ポストモダン」の混迷からの脱却を求め、「読むこと」の原理の問題に立ち戻って自らの考えを醸成《じょうせい》してき」たとし、私たちの読書行為の実体を〈第三項〉論から次のように規定し、それによって「「ポストモダン」の混迷」からの脱却を図ることを希求している。

> 「読むこと」とは、対象そのものが読まれているのではありません。対象そのものの〈影〉が読み手に働いているものを読んでいるのです。すなわち読み手のとらえているものは読み手自身に現象したものであって、対象そのものでは決してありません。対象そのものは到達不可能です。了解不能の《他者》であります。その上で、わたくしたちは、「読むこと」には主体と主体が捉えた客体と客体そのものの三項が必要であり、この客体そのものを「〈原文〉

という第三項」と呼び、その〈影〉の働きによって読み手に〈形〉となって生成する、事後的な現象を〈本文〉と呼んでいます。このように問題をとらえることによって、「読むこと」の根拠と倫理の問題に正対し、「ポスト・ポストモダン」の時代を切りひらいていくことができる、と考えているのです。

しかし、こうした田中実の唱える〈第三項〉論は、「存外理解されない」らしい。が、それはなぜか。

田中自身も述べているように、日常生活では〈第三項〉を問題にする必要はおそらくない。「〈わたしの捉えるコーヒーカップ〉と〈コーヒーカップそのもの〉とは何等峻別《しゅんべつ》する必要はない」わけで、「コーヒーカップを意識するとは何かを認識の対象とした時」(「消えたコーヒーカップ」「社会文学」第一六号、二〇〇一年十二月)に困難は始まる。自らが生きてきた世界を相対化して新たなる「世界観認識」を確立するのは、自己否定に等しい行為だからだ(それこそ田中の言う「自己倒壊」を起こすことである)。しかし、その「意識すること」を〈意識〉することは、なかなかに容易なことではない。誰しも、自分が信ずる世界観を捨て、慣れ親しんだ日常を離れたくはないからだ。

さて、こうした〈第三項〉論そのもの、あるいは〈第三項〉論による「読むこと」に関する論及は、すでにさまざまな検討がなされてきた。そこで本章では、〈第三項〉論をめぐる議論を、〈超越〉

あるいは「了解不能の《他者》」の問題に絞って検討してみたい。もちろんそれは、最終的には〈第三項〉に回帰する問題であり、「読むこと」をどう捉えるかという、〈読み手〉の〈倫理〉（すなわち「読むことの倫理《モラリティ》」）の問題に帰結することは言うまでもない。ここでは「読むこと」の〈原理〉を問い直すこと、すなわち〈第三項〉そのものの〈原理〉について考えたいのだ。そのために、〈第三項〉あるいは「了解不能の《他者》」という〈超越項〉を排除することへの疑義について検討したい。問題の核心を示す格好のヒントは、二〇一一年および二〇一二年の日本文学協会（日文協）の大会（一日目）「国語教育の部」にある。以下、そこで展開された加藤典洋《のりひろ》の主張と、その根拠となっている竹田青嗣《せいじ》の所説のあらましを追いながら、〈超越項〉、そして〈超越項〉批判と〈第三項〉の問題を検討してみたい。

「物そのもの」と「事そのもの」をめぐって

「〈第三項〉と〈語り〉――ポスト・ポストモダンと文学教育の課題」をテーマに据え、二〇一二年十二月に開催された日文協第六十七回大会（一日目）において加藤典洋は、テクスト論の立場から生ずる「ナンデモアリ」の読みに対する違和感を唱え、「〈第三項〉の理論は、同じ出発点に立って」いるとしながらも、「読者と作品の関係性の一回性に基礎を置く文学理論」として、「読者と作品のなかに浮上する」「作者の像」が、読者一人ひとりの「「コレシカナイ」性を作り上げる」という「読書行為論」を提唱した（「理論と授業――理論を禁じ手にすると文学教育はどうなるのか――」「日本文学」二〇一三年三月。以下の引用は同論文から）。

冒頭加藤は、〈第三項〉としての「原文」は、「了解不能の他者」とされているが、それはカントの物自体とかレヴィナスの他者と似ており、「了解不能」の「物そのもの」、という感じだと述べた。

さらに、カントによれば、「感覚によって経験されたもの以外は、何も知ることはできない」としたヒュームの経験論が成り立つためには、「経験を生み出す何か」「物自体」が前提されなければならず、そうした「物自体」は経験することができない。つまり「物自体」は認識できず、存在するにあたって、私たちの主観に依存しない。〈第三項〉としての「原文」も、読者の主観に依存しない。読書行為というものが成り立つとしたら、それに先立ち、「それを生み出す何か」が前提されなければならない、という論理的帰結、因果律に立って、主観の外部に設定されている。これが「了解不能の存在」とされているところも同じであると述べ、田中の提唱する〈第三項〉である「原文」と、カントの言う〈物自体〉は、私たちの認識を超えた「了解不能の存在」という点で相似なものであるという見解を示した。

続けて加藤は、「去年は、竹田青嗣さんがヘーゲルをもとに「批評のテーブルと事そのもの」という講演を行ったようですので、ほんとうなら、もう少し議論を進めて、カントの〝物そのもの〟

と、ヘーゲルの、〝事そのもの〟の対置が、論じられたら、面白かったかもしれません」とも述べ、二〇一一年の第六十六回大会（一日目）に登壇した竹田の主張に触れた。言うまでもなく、この「カントの〝物そのもの〟」は〈第三項〉を指すのであり、一方「ヘーゲルの、〝事そのもの〟」は、竹田・加藤（そして第六十五回大会に登壇した西研《にしけん》も含めた、言うなれば竹田現象学派）の所説の要諦である。

また加藤は、自身が「批評の現場、授業の現場に立ち続けるうち、そこからテクスト論ではもうだめだ、しっかりと作品に向かい合うには、テクスト論はむしろ害になる」と考え、「テクスト論の限界と誤りを示す必要を感じ」、それを示すための「代替の文学理論の骨子」を提出することに思い至り、「理論モデルとしては「作者の死」に代わる「作者の像」」を鍵概念とする「読書行為論」を提出するに至る経緯を述懐した。そのきっかけを与えたものが竹田の著書『言語的思考へ　脱構築と現象学』（径書房、二〇〇一年十二月）であり、そこに示された「一般言語表象」という考え方であったと述べている。

しかし〈第三項〉を、「了解不能の存在」というだけで、単純にカントの「物そのもの（物自体）」と同一視し、排除してよいものだろうか。さらに加藤の「読書行為論」や竹田の言う「批評のテーブル」また「事そのもの」を導入することによって、現在の〈文学〉研究、特に〈国語（文学）教育〉をめぐる困難な状況は解消できるのだろうか。

そこで次に、加藤の「読書行為論」の背景となった竹田の理論、「事そのもの」と「一般言語表象」について検討したい。その上で、またそこから私たちの読書行為を再検討し、〈第三項〉論が拓《ひら》く新たな「読み」の可能性を探っていきたいと思う。

それではまず、「日本文学」（二〇一二年三月）掲載の「批評のテーブルと事そのもの」を参照しながら、竹田の主張を整理してみることにしよう。

「事そのもの」と「信憑関係」をめぐって

日文協第六十六回大会で竹田青嗣は、はじめに「根本的な社会思想として、もはやポストモダン思想はその役割を果たせなくなった。これからの人間社会についての構想を立てる能力がなくなって、いまではもう批判思想として桎梏《しっこく》になってきた」（前掲「批評のテーブルと事そのもの」。以下同じ）と指摘した。そしてポストモダン思想が現代思想として果たした役割は「思想や文化の多様性という観念を強く掲げた」ことにあるとし、その功罪を詳細に辿《たど》ってみせた。

すなわち、ポストモダン思想はマルクス思想を破壊したのみにとどまらず、それまでヨーロッパ思想を支配し文化や表現を圧迫してきた「（キリスト教、世界史、類的人間）「大きな物語」（超越項）」を抹殺しようとした。さらにその批判は、「絶対的な「正しさ」の存在しないことを論理相対主義によって証明する」という方法によっていた。つまり、「徹底的な「相対主義」の論理によって、あらゆる権威と制度の正当性を否認すること。これが二十世紀の「真理への意志」であるポストモダン思想の帰着点です。このことでポストモダン思想は、社会思想における一切の「大きな物語」を打ち倒したが、また必然的に、深刻な価値根拠の喪失の場面へと進んだ」のであり、「人間が倫理と生の意味の根拠を見出せない」状況を招くことになったのである。ここまでは〈第三項〉論を支持する私たちも問題意識を共有できるところであろう。

さらに竹田は、自らの主張のポイントを次の二点に整理している。すなわちポストモダン思想がマルクス主義に代わって社会批判の思想的役割を担おうとしたときに、「価値相対主義と論理相対主義の限界を内在的に克服することができなかったために、「義の要求」を超越項としておく、倫理的ポストモダン思想になってしまった」こと。そして「かつてのマルクス主義文学観と同じ、文学と表現の自立性を拒否して、その意味を社会批判の文脈へと還元するものになった」ということである。一点目の問題に対して竹田は「「義の要求」を超越項としておくことによって社会思想は敗北する」とし、一切の〈超越項〉を否定する立場を明確に宣言している。そして、この問題に対する竹田の回答が「事そのもの」ということになる。

ヘーゲルによれば、「道徳」を倫理の根拠とするカントが提出した普遍的「善」としての理念である「最高善」は、個々人の独自の幸福の自由な追求を承認する近代にあっては、各人の「理想理念」の対立（イデオロギー対立）を必然的に招来するものである。竹田は、そこに「近代の「善」の根拠の難問」があり、その「難問を克服するためのヘーゲルの答え」が「事そのもの」であると位置づけている。

そして竹田は「事そのもの」について、次のように説明している。

個々人の「理想理念」を、よきこと、「ほんとう」を求める人間どうしの営みのテーブルにおくこと。それが「事そのもの」のゲームです。自分の「理想理念」について、絶対的な全知のないことを自覚し、独断的な態度をとらず、「ほんとう」を求めることを承認しあうテーブルの上で、自分の理念の普遍性を互いに検証しあおうとする態度と努力。それがヘーゲルの「良心」の概念です。

この「事そのもの」あるいは、〈批評のテーブル〉におけるゲームを成立させるのが、「信憑《しんぴょう》関係」ということになる。

この「信憑（関係）」とそれに基づく世界認識について、現象学はどのように説明するのか。ここでは、これを平明な表現で解説している西研の言葉を参照してみよう（西研・竹田青嗣・本郷和人『歴史と哲学の対話』講談社、二〇一三年一月）。

> 現象学は、一切の事柄を意識のなかに登場するもの（現象）とみなすのでした。それらの現象のなかで、①「時間・空間的な首尾一貫性」と②「他者との共有性」をもつものがある。この①、②を満たすものを、私たちは客観的現実と呼び、また客観的現実のなかで生じた事実として認めているのです。〔中略〕もう一つとても大事なことは、自分の経験と他人の経験との調和・整合、ということです。〔中略〕私たちはふつう「唯一の客観的な現実があるからこそ、他人の知覚と自分の知覚とは一致する」と思っていますが、現象学的には逆になります。他人の知覚と自分の知覚とがこれまでたえず調和・整合してきたからこそ、自他ともに共通する世界＝客観的現実があると信じられるのです。〔中略〕僕らはたえず他者と言葉をかわし、ふるまいあいながら、この他者も自分も同じ世界を生きている、と確かめあって生きています。こうすることによって、「同一の客観世界があって、僕も君も、みんなも同じ世界に生きている」という信憑を、絶えず再生産しているわけです。

以上のように、「信憑」は、現象学における世界認識の基盤となるものであり、普遍性の根拠となるものである。竹田、また西の説く、この普遍性の議論をめぐっては、すでに相沢毅彦《たけひこ》による批判がある（「〈超越〉とポストモダン――「語ることの虚偽」の課題を内包しつつ――」「日本文学」二〇一二年十二月。以下の引用は同論文から）。

相沢は、竹田が「「超越項」自体を拒否している点で私たち〔日文協国語教育部会をさす〕への実質的な「否定」をも意味している」と旗幟《きし》を鮮明にする。さらに、すべては「言語ゲーム」であり「「その外」はない」く、「言語ゲームの外」もまた言語で表されたものであり、その意味で〔「了解不能の他者」も〕言語ゲームに回収される」とした西に対して、「〈超越〉的なものは言語ゲームの外にあるにもかかわらず」「「言語」を使ってその存在を表現せざるを得ないが、だからと言って必ずしもその領域のものが言語ゲーム内に属するとは限らない」と反駁《はんばく》する。そして、本来「普遍性」は「空間的及び時間的な差異をも超えて妥当性を持つはず」だが、竹田と西の説く「普遍性」は「「批評のテーブル」における「検証」という経験的なものに依拠し、「人間的価値」においてのみ妥当とされる」という点で「普遍性」ではなく「一般性」であると喝破する。

相沢の批判は鋭く、先に見た現象学の出発点である「一切の事柄を意識のなかに登場するもの（現象）とみなす」という姿勢とは、根本的に対立する立場をとるものである。現象学は、知識や認識の確実性を保証するために、「時間・空間的な首尾一貫性」と「他者との共有性」という、私たちの知覚しうる明証性に依拠している。立脚点が違い、向いている方向もまったく違う現象学の立場では、「了解不能な領域」を認めることは不可能である。認めてしまえば自らの足場が崩れてしまうのであるから、認めようがないものであろう。しかし「了解不能な領域」を認めないことが、「了解不能な領域」の存在を否定する根拠にはなりえないことを、ここでは確認しておきたい。

「作者の死」と「読者の死」——「確信成立の条件」をめぐって——

右に見た「事そのもの」あるいは「批評のテーブル」とそれを支える「信憑関係」は、現象学的言語論においても重要な要件とされている。

竹田は『言語的思考へ　脱構築と現象学』において、本書が「現象学的方法による言語の本質学」として著《あらわ》されたとして、その意図を二つ挙げている。

一点目は、「近代哲学以来の認識問題の議論は、現代哲学では「言語論」の領域に移されているが、これを現象学的方法によって完全に解明すること」、すなわち現代言語論が行き当たった「言語の謎」というアポリアを、「発語主体と受語主体の間の「信憑構造」一般言語表象」、「言語コンテクスト」、「「意味」の存在論」といった概念を用いて解明すること。二点目は、「現象学的志向の範例を置くことで、原理の提示とその展開によって「普遍洞察性」をめがける哲学的思考のエッセンスを提示すること」としている。そしてさまざまな角度から「現象学的な言語の本質考察」を行っていく。そこでもっとも重要なことが、「認識＝表現関係」（発語主体→言語）と、「伝達＝了解関係」（言語→受語主体）の二つを「信憑関係」（＝確信成立の構造）として捉えることである。そして、この「「聞き手」のうちに相手の言葉の「意味」についての何らかの確信が成立した」ときの「確信成立の条件」を考察するのである。

さて、いまさら持ち出すまでもないことなのだが、バルトは従来の「長いあいだいわばニュートン的方法で考えられ、今日もなお考えられている伝統的な観念」である「作品」を棄《す》てて、新しい対象として「テクスト」を措定《そてい》した。「テクスト」は「方法論的な場」であり、「ある作業、ある生産行為のなかでしか経験されない」ものである。また、「テクスト」は「記号内容を無限に後退させ」る「記号表現の場」であり、「複数的」である。しかしそれは「意味の複数性そのものを実現する」ものであり、それは「還元不可能な複数性」であり「容認可能《アクセプターブル》な複数性ではない」とする。したがって「テクスト」は「意味の共存」ではなく、「通過」であり「横断」であり、「解釈に属する」ことではなく「爆発に、散布に属する」（「作品からテクストへ」、花輪光［訳］『物語の構造分析』みすず書房、一九七九年十一月）のである。そこで私たちの読書行為も一回性のものとなり、文学作品の〈意味〉の根拠を、作者にもあるいは他の読み手の中にも、また読み手自身の「いま・ここ」における〈読み〉以外のものにも「還元」させることが不可能になった。「作者の死」は、私たちに自由な〈読み〉を与えたかのように見える。そして実際、中途半端な〈テクスト〉概念の濫用が、それこそ「ナンデモアリ」という状態を生み出してきたことは、いまさら言うまでもないことだろう。「作者の死」、すなわち私たちを縛ると考えられてきた絶対的な権威の消滅、そこにこそ、自由な

〈テクスト〉を生成するはずの「方法的な場」である「「読者」の死」が必然的に内包されていた。なぜなら、「作者の死」によって誕生する「読者」でさえ、読書行為のたびに生滅する一回性の存在とならざるを得ないし、「読み」の根拠をどこにも求められない「還元不可能な複数性」を体現したものであるからだ。

マーティン・マックィランは、ポール・ド・マンが「いかなる物語も、本来的に、それ自身の誤読を示すすべてアレゴリーなのである」(『読むことのアレゴリー』)と述べたことからも明らかなように、物語はすべてアレゴリーであり、「いかなる読み方であれ、物語を読むことは物語が語っていない何かだけではなく、読み手が言おうとしていない何かをも同時に生起させてしまうからである。つまり、物語の解釈(要するに、意味)は、それ自身とは別の何かを指示するものとなる。物語の読みなしには物語について何も知ることができない上に、そうした読みが常に誤読となる定めにあるとするなら、物語(われわれの物語に対する読み)は常にそれ自身以外の何かを指し示すものになってしまう」と指摘した(土田知則[訳]『ポール・ド・マンの思想』新曜社、二〇〇二年八月)。

バルトの「作者の死」とは別の問題系で、J・デリダも「作者の死」を取り上げている。デリダは、ヨーロッパ思想における「音声中心主義」や「現前の形而上学《けいじじょうがく》」を徹底的に批判したが、その中核に「作者の死」という言葉によって表現された「エクリチュール」(書き言葉)に関する言語論がある。その要点を竹田の整理にしたがって確認してみよう。

パロールにおいては、「意識」と「言語」の直接的な契合《けいごう》が存在するようにみえる。生き生きした「生の現前」は「声」を介して「言語」に結びつき、そのことで「意味」の「イデア的同一性」が確保される。〔中略〕「声《フォネー》」という現象を、言語の根源事象として想定すること、言語理論の暗黙の前提として「声」の特権性をうち立てておくこと、ここにヨーロッパ形而上学のもっとも重要な秘密があった。〔中略〕これがデリダのフッサール批判の要旨だが、彼はこの音声中心主義的言語論につぎのような「エクリチュール」論を対置した。

（前掲『言語的思考へ』）

デリダの「エクリチュール」論では、発話者の現前性が確保された「パロール」と違い、「エクリチュール」においては発話者が不在だという。「発話者の意」は「作者の死」によって抹消されているというのだ。

しかし竹田は、「エクリチュール」においても「パロール」と同様の「信憑関係」が存在するとしてデリダを批判する。誤った文字列を見たとき、私たちはそれを「言語の多義性や矛盾《むじゅん》などとは考えず、書字の欠落や不全と判断してその「意味」を何の問題もなく理解する」のであり、そこで「意味了解についての一定の確信成立」を支えるものとして「状況コンテクスト」を挙げている。つまり、どんな種類のエクリチュールに向き合っても、私たちはそれを何らかの「発語主体の意」の「痕跡」と捉えるというのだ。このことが、「作者の死」を宣告して展開したデリダの言語論への批判となっている。

ところで竹田は、「「エクリチュール」の中に読み手がいだく「信憑関係」」をもってデリダ批判を行っているが、ここではバルトとは別の次元での「読者の誕生」が宣言されていると言ってもいいだろう。「表現されたもの」と「読者」の間の「信憑」が、〈意味〉の確実性を保証するものとなっているのだ。

さらに竹田は、こうした「発話主体」を抜き取られた、いわば〝痕跡〟としての言語を「一般言語表象」と規定する。そして、現代言語理論家たちが見出す「言語」の多義性の不可避性は、「本質的に信憑構造として存在する「言語」を、その生きた関係構造から切り離して単なる言語痕跡として扱うことに由来する」と批判し、先にも見た「言語の謎」が発生する原因を究明している。

こうして「作者の死」を本質とする「エクリチュール」は、「一般言語表象」となる。しかし、「テクスト」は決して「一般言語表象」ではなく「現実言語」であり、「何らかの発話者」を想定している。つまりデリダの言う「テクスト」が持つ「多数の解釈可能性」は、デリダが「エクリチュール」を「一般言語表象」として捉えることに由来するため、現実のテクストにおいては成り立たないこととなる。

こうして竹田は、「作者の死」におけるデリダの批判を退けるのだが、この竹田の論理そのものに、〈第三項〉を認めざるを得ない要素が含まれているのである。次に、そのことを見ていくことにしよう。

「読むことの倫理《モラリティ》」と「読むこと」の虚偽 ——背理としての「一般言語表象」——

田中実は、「文学の言語は常に誰かに語られ、誰かに読まれていることである。「一般言語表象」の問題ではない」(「読むことのモラリティ」「神奈川大学評論」第五五号、二〇〇六年十一月)として、文学においてはかならず「言表主体」があり、〈語り手〉が存在することを強調する。「エクリチュール」をめぐるデリダ批判において、竹田は、「「意味」の了解が向こうから解釈の恣意性を超えるかたちで現れる場合に、われわれはテクストに動かされ、そのことで表現者の表現的意力を〝信憑〟せざるを得ない。読書の経験がわれわれに教えるのはまさしくそのようなテクストの「力」であり、またここにこそ「テクスト」の本質がある」とも述べている。またデリダの考えに反し、「「エクリチュール」においても、「発語主体」と「読み手」の間の信憑構造こそが「言語」や「言語の意味」という存在対象の本質である」(前掲『言語的思考へ』)と規定している。

しかし「「意味」の了解」が〈向こう〉から、〈解釈の恣意性を超えるかたちで現れる〉とはいかなることなのか。われわれに「表現者の表現的意力を〝信憑〟」させる〈テクストの「力」〉、〈「テクスト」の本質〉とはいったい何ものなのか。

竹田は〈超越項〉を認めないという立場であったが、ここに至って田中の論述と相通ずるものを見出せるのではないだろうか。そもそも先にも見たように、竹田の「確信成立の条件」は、「認識＝表現関係」（発語主体→言語）と、「伝達＝了解関係」（言語→受語主体）の二つを「信憑関係」（＝確信成立の構造）として捉えることにあった。実は、そこで「信憑」のあり方は検討されているのだが、「発語主体」の存在はなぜか自明のものとしてあり（「受語主体」についても同様である）、検討がなされていないのである。

先に触れた「読書行為論」における加藤も、「文学理論上、レティサンス、「故意の書き落とし」と呼ばれるあり方」に注目する。「読書行為のなかで、テクストを読みながら、ここで何かが「故意に言い落されている」と感じられるとすれば、そこに読者は、作者の存在、作者の介在を受けとっている」とし、「書かれていないこと」が、読者に「「作者」の像」を想起させるとしている。加藤はこの「「作者」の像」は、「読書行為の外に、外在的に存在する実在の作家とはまったく関係」がなく、「そういう意味でそれは架空の書き手の像」（前掲「理論と授業」）であるという。不思議なことに、ここでもやはり「読み手」の中に〈現象〉するであろう「作者の像」の存在の当否と、それが何によって生ずるかは、検討からはずされているのだ。

先にも挙げた著書の中にある西の別の言葉を引いてみよう。

現象学は、すべての対象——目の前のコップ、数、幽霊、神様、宇宙、無意識など——一切を、意識の中に登場（現象）してくるもの、と考えます。すべてを意識内で現象してくるもの、とみなすので「現象学」というのです。〔中略〕現象学というのはすべてを意識の場で考える、というやり方をしますから、〔中略〕いったんすべてを意識内の事柄とみなしたうえで、ある事柄が客観的だと信じられるための条件を問うのです。（前掲『歴史と哲学の対話』）

ここに、この問題の鍵があるのではないか。先にも触れたのだが、〈現象学〉は、いわゆる「現象学的還元」によって、すべての存在を意識内に〈現象〉するものとし、その在り様を精緻に分析していくわけだが、その〈現象〉が〈どこから〉〈意識〉にやってくるのかについては検討がなされないのである。つまり「一般言語表象」は、「言語の謎」の生ずる原因を究明できても、「テクスト」の〈向こう側〉からやってくる「「意味」の了解」の源泉には触れ得ないのである。

それでは結局、現象学は次の田中の指摘を覆《くつがえ》すことはできないだろう（議論のため再掲する）。

目の前に一組のコーヒーカップがあるとしよう。確かにある、これは疑えない。しかもこれに美しい思い出があるとしよう。だが、別の人は別のイメージを持っている。そうすると、今「そこにある」と指したはずのコーヒーカップも自分のイメージしたコーヒーカップでしかない。とすれば、本当のコーヒーカップそのものとはどこにあるのか。自分の捉えているその向こうでなければならない。では、その向こうとは何か。認識の彼方《かなた》、そこは究極のニヒリズムの場か、《神》の隠匿《いんとく》か、それともそれ以外か。ともかくも決定することはできない。言語で捉えること自体を超えている。そこはもはや了解不能の《他者》と呼ぶしかない〈言語以前〉、〈人間以前〉の領域、人間が人間として誕生、生存する以前の物質だけがあって言語のない混沌《こんとん》である。わたしは自分の捉える対象を〈わたしのなかの他者〉、その外部を了解不能の《他者》と呼んできた。捉えられるのは了解不能の《他者》を前にした時の、その手前、〈わたしのなかの他者〉でしかなく、これを対象化して捉えようとしているのである。

（前掲「読むことのモラリティ」）

ここに田中理論が拓く新たな「読み」の可能性がある。田中は〈テクスト〉の「読解不可能性」や「到達不可能性」を前提としながらも、問題は「太陽の黒点を見るがごとき「還元不可能な複数性」（＝「真正の読みのアナーキズム」）の「極点」を見続けられるか、否か」であり、「そこは読み手が既存の読みを自ら瓦解させ、自己倒壊を起こす力学の場であって、時として読み手を拉致してしまう。これは「還元不可能な複数性」の向こうの広大な名づけられない虚無の海、〈言語以前〉の上に浮んだ一枚の舟板の上の出来事、それが文学の〈いのち〉」であり、「「読むこと」の究極は読み手の「宿命」を創造し、そこに「極点」を折り返した「読むことのモラリティー《ママ》」の場を創出することであったのである」（「「読むことのモラリティ」再論」「国文学」第五二巻、第五号、二〇〇七年五月）と意味づけ、「読むこと」の本質的なあり方を示しているのである。その「了解不能の《他者》」を無視して〈テクスト〉に向かうことは、「読むことの倫理《モラリティ》」を冒すことになるのではないだろうか。

「見える世界」と「見えない世界」――〈了解不能〉の領域を問い続けるために――

以上考察したように、「読むこと」、あるいはそれを含む〈認識〉の問題において、〈超越〉もしくは〈了解不能〉の領域を無視することはできない。確かにそこを除外したほうが、私たちの知についての論証は容易だし、整合性も明白なのだろう。近代の科学的知見に基づいた認識論では、実証可能性のみが真か偽かを判定する基準となるからだ。あるいは、それしか判定基準を持ち得ないとでも言ったほうが適当か。しかし、最近の脳科学によっていままで〈未知〉とされ、〈闇〉として捉えられていた領域に次々と光があてられ、その解明が進んでいる。そこにはいままでの人類の知見、すなわちこれまでの「科学的な知識」では説明できなかった事柄も多く含まれている。そうした日進月歩（というのさえ追いつかない急速な進展があるのだが）という状況の中で、なぜ「読むこと」だけが、〈了解不能〉な領域を排除されなければならないのか。

脳科学者の酒井邦嘉《くによし》は、『言語の脳科学　脳はどのようにことばを生みだすか』（中公新書、二〇〇二年七月）の中で非常に興味深い問題を私たちに提示してくれている。

初めに酒井は、「本書では、言語がサイエンスの対象であることを明らかにしたい。言語に規則があるのは、人間が規則的に言語を作ったためではなく、言語が自然法則に従っているためだと私は考える。この考えは、一般の常識に反したものであろう。しかし、この問題提起がなければ、言語の脳科学は始まらないし、それが正しいかどうかは、科学的に検討してみなくてはならない問題である」と、チョムスキーの言語生得説を基盤とした自身の立場を明確にする。酒井は、この「言語生得説」を最新の脳科学によって証明しようとするのだ。

例えば「言語の発達過程にある幼児が耳にする言葉は、多くの言い間違いや不完全な文を含んでおり、限りある言語データしか与えられない。それにもかかわらず、どうしてほとんど無限に近い文を発話したり解釈したりできるようになるのだろうか」という、行動主義では説明不可能な言語上の難問である「プラトンの問題」について、酒井は次のように考察している。

プラトンの問題に現れているような、言語獲得をめぐる謎は次の三つに整理できる。

第一は、「決定不能の謎」。これは、幼児に与えられる言語データは少なく、それだけで言語知識のすべてを決定することは不可能だというものである。第二は、「不完全性の謎」。これは、幼児に与えられる言語データは不完全であり、そこからなぜ完全な文法能力が生まれるのかというもの。第三は、「否定証拠の謎」。文法的に誤った文のデータを否定証拠（負例）と言う。否定証拠も十分に与えなければ、文法を決定することは不可能である。しかし、親が子どもの言い間違いをすべて直すことも、あえて間違った例文を与えることもない、それにもかかわらず、なぜ文法的に間違った文が間違っているとわかるようになるのか。

この三点の謎に対して酒井は「幼児の脳にはじめから文法の知識があると考えればよいのだ。はじめから言語知識の大筋が決定されていれば、言語データが不完全であろうと、否定証拠がなかろうと、一向に構わない」とし、

チョムスキーは、発生の仕組みで体ができあがるのと同じように、脳に「言語器官（language organ）」があって、言語も成長に従って決定されると考えた。言い換えると、言語は、本人の努力による「学習」の結果生ずるのではなく、言語の元になる能力、すなわち言語知識の原型がすでに脳に存在していて、その変化によって言語の獲得が生ずると考えればよい。

と説明している（酒井は本書でこの後、さまざまな実験の結果やＭＲＩの技術向上による脳機能の分析な

ども踏まえて、さらに論証を進めていくのだが、紙幅の関係や、本章の直接の問題系と異なってしまう虞《おそれ》もあり、これ以上の言及は避ける)。

脳の機能については、まだすべて明らかになったわけではないし諸説もあるところではあるが、いままで不明なことが多かった言語のメカニズムも、少しずつ解明されてきている。それは、いままで「見えなかった」ものが「見える」ようになってきたということでもある。

池田晶子《あきこ》は、「人間にとって言葉とは何か」という問題を論じた哲学エッセイの中で、言葉が喜びや悲しみといった感情を引き起こさせることなどの事例を通して、「言葉の力」について説明している。その上で、「言葉の意味はどこにある?」と問いかける。さらに、言葉の意味は誰にでも通用することを通して、「言葉の意味は、物よりも前に存在していた」と説く。そして「言葉」の本質的な側面について次のように述べている。

　大昔以前、物以前、人間が存在する以前から存在する言葉の意味は、今、ここに、明らかに存在する。見えたり触れたりする物質的存在ではないからこそ、時空を超えて今ここに存在するんだ。だからこそ、読んで、聞いて、「わかる」んだ。これは全く奇跡的なことじゃないか。君が、言葉を読んだり聞いたり話したりするたびに、それを理解するたびに、それは世界の創造に立ち会っているということなんだよ。〔中略〕現代人は、考えることをしないから、こういう考え方がほとんど理解できなくなっている。世界とは物質であり、目に見える世界だけを世界だと思っているんだ。だけど目に見える物より前に、目に見えない意味があるのでなければ、どうして世界が意味あるものになるだろう。

(『14歳の君へ　どう考えどう生きるか』毎日新聞社、二〇〇六年十二月)

言うまでもなく池田の言葉は、ソシュールが「言葉によって連続した世界が分節されて私たちに認識される」としたこと。つまり〈世界は言葉以前には存在しない〉とか〈世界は言語でできている〉という「言語論的転回」を基礎に置いている。

また池田は、「科学は、目に見える物によって目に見えない心を説明しているにすぎないということを、常に忘れないようにしよう」(『14歳からの哲学—考えるための教科書—』トランスビュー、二〇〇三年三月)と、「目に見える物」と「目に見えない心」の違いにも触れている。ホーキング博士の考える「十一次元の宇宙」を三次元の脳が考える不思議さ。さらに「パラレルワールドや時間旅行、多重人格など」を、「単なる創作、「頭の中の」考え」とすることを退ける。池田のメッセージは、世界と自分を現象学的に思考し、当たり前と思えることを捉え直すことの重要性を説いている。しかし池田の思想はそれだけにはとどまらない。冒頭に引いたマイケル・ポランニーの「暗黙知」と同じ地平を、池田も共有しているのだ。

〈文学〉作品を読み、学び、教えること

フォークナーの研究で知られる赤祖父哲二《あかそふてつじ》は、「作品を読む」という行為を、文学の持つ記号的側面から考察していた（赤祖父哲二・中村博保・森常治『いかに読むか——記号としての文学』中教出版、一九八一年十一月。以下の引用は同書から）。

赤祖父は、「文学作品の読みには一方では決定論という罠《わな》が、他方では多義性という罠が待ちうけて」おり、「ことばのもつ記号としての働きこそ、多様な読み方を可能にする」ものであると指摘した。また、「人はいわゆる解釈によって読む側の恣意を作品という鏡に写」すのであり、その「鏡像（自己像）を作品の客観像、ひいては作者の自画像だと思いこみがちである。社会学的読みこみの場合は、いかにも客観的操作に基づいているようでありながら、作品を歴史資料の地位におとしてしまっている」と、早くから作品の背後に作者の像を見る実体論や反映論、さらに文学作品を〈文学〉としてではなく読もうとする姿勢に戒めを向けている。

そして、「書かれている事柄と虚心に接してはじめて、何が書かれていないかという問いが生きてくる」のであり、「作品の素材となっている日常の言語が、ちょうど光線の具合で〈陽画〉が〈陰画〉に転換するように生《せい》の直接的な生々《なまなま》しさを払拭《ふっしょく》し、純粋な記号と化し、読者の顔を映し出す

〈鏡〉――眼に見えない〈変換装置〉――として浮びあがるまで、くり返し作品を凝視し続けることが、何よりも肝要となる」と述べ、どこまでも〈読者〉を作品解釈の第一義として位置づけ、文学作品に真摯《しんし》に向かい合う必要性を訴えた。

赤祖父のこれらの言葉は、現代の私たちから見れば隔世の感もある。しかし彼の言葉は、文学作品の持つ意義を正しく評価し、文学作品を「読むこと」に真摯に向き合った先人のものとして、耳を傾けるのに値するものではないだろうか。〈第三項〉論をもって「読むこと」には及ばないにしても、ここにも〈文学のいのち〉を探求しようとした先人の苦悩を見る思いがするのだ。赤祖父も、「作品を凝視し続ける」ことにより、「眼に見えない〈変換装置〉」を通して、「作品の素材となっている日常の言語」の向こう側に、「純粋な記号」を、そして〈言語以前〉の人間の存在や認識の深淵《しんえん》を見ようとしていたのかもしれない。

「読むこと」の〈原理〉を考えるときに、私たちが目にする〈テクスト〉の、あるいは文字の向こう側にいったい何があるのか。そもそも私たちの「読み」はどこから「やってくる」のだろうか。そうした疑問に答えるためには、可視的な〈了解可能〉な部分だけに目を奪われていては、その真相、あるいは深層に至ることはできないだろう。

田中が措定する、私たちには〈了解不能〉な領域である〈第三項〉を考え、そこから〈言語以前〉・〈認識以前〉の深淵まで至り、そこから「折り返す」ことによってしか、私たちの読書行為、あるいは「読むこと」と〈認識〉のからくりを明らかにすることはできないのではないだろうか。〈認識〉の問題における〈第三項〉論の正しさは、右に見た脳科学の分野での言語や文学に関する研究をはじめ諸科学の探究が進めば、いずれ証明されるであろう。その日までさらに、〈第三項〉論をもとにしながら、「読むこと」の〈原理〉を問い、私たちの〈認識〉や読書行為の実体と〈文学〉の存在意義を考えていきたい。そして何よりも〈文学〉を学び、また教えることの意義とその意味を問い続けていかなければと思う。

第三章　読むことのモラリティ（倫理）

「読むことのモラリティ（倫理）」とは何か

一般に「倫理」とは「人倫の道。社会生活で人の守るべき道理。人が行動する際規範となるもの。」（『日本国語大辞典　第二版』小学館、二〇〇二年一月）のように、人間の行動規範として捉えられるのが通例だろう。それが「読むこと」において問題化される場合、反道徳的な内容を持つ文章を「読む」ことについての議論を指すのではないことは言うまでもない。私たちの通常の読書行為において、「読むこと」の「倫理」が問われるのである。ではなぜ「読むこと」と「倫理」が結びつくのだろうか。

私たちは普段何気なく書き、そして読んでいる。何かを「書くこと」には、何らかの努力や覚悟が必要かもしれない。しかし「読むこと」に関しては、眼の前に「書かれたもの」があれば、ほぼ自然にあるいは受動的に、私たちはそれを「読んで」いるように見える。特に意識しなければ、「書かれたもの」によって示される対象を認識したと信じ、「書かれたもの」に含まれる〈意味〉を理解したと感じている。しかし私たちは、本当に「書かれたもの」を〈あるがまま〉に「読む」ことができるのだろうか。

「「読む」ためにはまず「見る行為」が必要である。「見ること」とは虚偽であり、欺罔《ぎもう》を含んでいる。〔中略〕文学作品を「読む行為」はこの虚偽を読むことが肝心である」と田中実は指摘する（「消えたコーヒーカップ」「社会文学」第一六号、二〇〇一年十二月）。「書かれたもの」には必然的に「虚偽」が存在し、それを意識しない「読み」は、結局「文化共同体に絡《から》み取られたまま」の「読み」なのであり、本当の「読むこと」には至らないのである。

では「読む」という行為を遂行するにあたり、何らかの留意点（指針・指標）あるいは条件といったものがあるのか。あるいは「読むこと」に関して、何らかの「倫理」的側面といったものが要請されるのだろうか。通常の感覚で言えば、「書くこと」（あるいはそれを公表すること）においては、その〈倫理性〉が問われることは言うまでもない。しかし「書かれたもの」を「読む」際には、〈倫理〉が問題視されることは、ほとんどないだろう。では、「読むことのモラリティ（倫理）」とはいったい何なのか。

ロラン・バルトは〈テクスト〉概念を導入し、読書行為が「読み手の向こうに現実の実体が隠れていると考える「容認可能な複数性」ではなく、永遠に読み手のなかだけの現象、「還元不可能な複数性」」であることを明らかにした（田中実「読むことのモラリティ」「神奈川大学評論」第五五号、二〇〇六年十一月）。そのことで、「読み＝解釈」の根拠の絶対性＝「正しさ」が失われ、日本の文学研究が本質的には「真・偽」という範疇《はんちゅう》から「〝生きるに価値ある言語〟、すなわち、〈文学のことば〉」という研究が拓《ひら》ける領域を手に入れたと、田中は示唆する。だからこそ「読む対象を文学作品の文章とともに、「読むことを読む」読書行為に広げ、解釈共同体・文化共同体から作り出される「読み」を問う必要がある」と訴え、私たちの「読み」という行為そのものを相対化し、「読むこと」を捉え直すことの重要性を説くのである（「まえがきに代えて―「極点」を通過して―」、田中実［編］『「読むことの倫理」をめぐって　文学・教育・思想の新たな地平』右文書院、二〇〇三年二月）。

「読む」際に、私たちが捉えているのは〈わたしのなかの他者〉でしかない。私たちには決して捉えることができない「了解不能な他者」を自覚し、「これを拠点にして〈わたしのなかの他者〉を対象化することで「読むこと」が始まり、読み手の生を懸けてこれを批評することで「読むこと」は生きる」のであり、「ここに〝世界観認識の場〟がモラリティとともに創出される」（前掲「読むことのモラリティ」）のである。しかしそれは決してアカデミズムの問題だけにとどまるものではない。

田中は「「小説」というジャンルそれ自体の虚構形式、その仕組みが「内面」や「自我」、「自己」や「他者」の境界を造り出す」（「「小説」論ノート」、鷺只雄《さぎただお》ほか［編］『文学研究のたのしみ』鼎書房、二〇〇二年四月）ものであるとする。であるならば、「小説」は、私たちの「認識」や「知覚」および「思考」の源であり、私たちの「個我意識」や「他者認識」、さらには「世界認識」さえも「小説」によって形成されるということになる。すなわち、「小説」こそが、「読み手」である私たち自身の〈いのち〉と〈生き方〉を決定するものであるということだ。

さらに田中は、「小説」の使命が「絶対という超越性（了解不能の《他者》）を描き出すこと」にあり、「今、情報社会のなかで一旦、死んだかに見えた文学、〈ことば〉の力の結晶である「小説」こそ《他者》への越境を内在させ、この文明の戦争の時代に再び蘇《よみがえ》って、読まれることが要請されている」（前掲「「小説論」ノート」）と提起する。

その際、「読み」の根拠に〈第三項〉を立てることによって、「初めて人の生き方、その価値を問う〈倫理〉の問題、〈読むことの倫理〉がクローズアップされる」とし、読み手自身の〈いのち〉と〈生き方〉こそ「読むこと」の本質であり、根源であるとする。だとすれば「読むこと」にこそ、他のどの行為にもまして「倫理」性が求められなければならないはずだ。ここに「読むこと」と「倫理」を結びつける必要性・必然性がある。「読むこと」に向かう私たちの姿勢・あり方こそが問題にされなければならない所以《ゆえん》である。それが「読むことのモラリティ（倫理）」なのである。

J・ヒリス・ミラーは、その著書『読むことの倫理』（伊藤誓・大島由起夫［訳］、法政大学出版局、二〇〇〇年十一月）において、「読むという行為そのものの中には、必然として、倫理的瞬間というものがある」とし、それは「物事を認識する一瞬でもなければ、政治・社会・人間関係にかかわる一瞬でもなく、まさに純粋に倫理にのみかかわる一瞬」であり、「文学における言語に反応する瞬間」だとしている。その「倫理的瞬間」は「何かに対する反応、責任、応答、敬意として現れ」、常に「強制」を伴《ともな》う。また「読む」「教える」「文学について書く」などの「行為に至る」ものであり、「政治行動、認知行為の源泉」となるべき「独自」なものであると主張する。

さらにミラーは、「アレゴリーは、常に倫理的である」とのポール・ド・マンの所説に触れて自説を展開する。そして人間は、「言語を用いて言語の境界外に出ることはできない」のであり、「生きることとは読解することである。いやむしろ、何度も何度も、人間の運命である読解することの挫折を繰り返すことなのだ。我々は生まれた瞬間から死ぬ瞬間まで、読解という達成不可能な課題をやり遂げようと懸命になる」と結論づける。そしてその「一つ一つの読解」は「倫理的なこと」なのだと規定している。

ミラーは、いま私たちが問題とする「読むことの倫理」の本質の一面を言い当てている。しかし同時にミラーの、そしてド・マンの限界がここには露呈している。

マーティン・マックィランは、「私が読むときに生じることは生じなければならないことだが、それは私の読みの行為として認めなければならない」というミラーの言葉を紹介しながら、「倫理とは読むことに対する、そしてその読みのもたらす効果について責任を負うことに対する、こうした無条件的な義務なのだ」（土田知則［訳］『ポール・ド・マンの思想』新曜社、二〇〇二年八月）として、「読むことの倫理」とは、読者が〈テクスト〉に対して応答を行うという「読みの局面」にあると規定している。

しかしその「倫理」は、「読者」の〈テクスト〉に対する反応である。ミラーたちにとっては、「読むこと」は、あくまでも「誤読」の連鎖であり、それでは最終的に〈テクスト〉の「決定不能性」、あるいは「読解不可能性」を乗り越えることはできないだろう。

ここに田中理論が拓く新たな「読み」の可能性がある。田中は〈テクスト〉の「読解不可能性」や「到達不可能性」を前提としながらも、問題は「太陽の黒点を見るがごとき「還元不可能な複数性」（＝「真正の読みのアナーキズム」）の「極点」を見続けられるか、否か」であり、「そこは読み手が既存の読みを自ら瓦解させ、自己倒壊を起こす力学の場であって、ときとして読み手を拉致してしまう。これは「還元不可能な複数性」の向こうの広大な名づけられない虚無の海、〈言語以前〉の上に浮んだ一枚の舟板の上の出来事、それが文学の〈いのち〉」であり、「「読むこと」の究極は読み手の「宿命」を創造し、そこに「極点」を折り返した「読むことのモラリティー《ママ》」の場を創出することであったのである」（「「読むことのモラリティ」再論」「国文学」第五二巻、第五号、二〇〇七年五月）と意味づけ、「読むこと」の本質的なあり方を示している。

これは「読む」という行為だけにとどまるものではない。それは私たちの〈知覚〉や〈認識〉のあり方を根源的に問うものであり、〈生きること〉の意味の根幹を示すものである。「読むことのモラリティ（倫理）」とは、そのような〈意義〉を持つものなのである。

子どもたちに限らず、世代を問わず心の荒廃が叫ばれている現代社会において、「小説」を「読むこと」こそ、「自己」を見つめ、「他者」を捉える根拠となる。すなわち、「小説」を「読むこと」が私たちの〈こころ〉と〈いのち〉を甦《よみがえ》らせることになると言えるのではないだろうか。

第四章　識閾下の世界
――村上春樹の「地下二階」をめぐって

両極端の評価

近現代の日本の作家の中で、村上春樹ほど毀誉褒貶《きよほうへん》の激しい作家はいないのではないだろうか。世界各地に熱狂的な愛読者が存在し、彼の作品は、世界五十カ国以上で翻訳されているという（「残念！　それでも世界は「村上春樹」が大好きだ　ボブ・ディランがノーベル文学賞を受賞！」「東洋経済ONLINE」）[1]。「ノルウェイの森」は、（現在の正確な数値は未確認だが）三十六言語にも翻訳されているという（「「ノルウェイの森」フランスの監督が映画化」「読売新聞」二〇〇八年七月三十一日付朝刊）。

また、毎年のノーベル文学賞の発表時期には、世界中から注目を集め、イギリスのブックメーカー（欧米における賭け屋）であるLadbrokesやNicerOddsをはじめとして、上位に予想されている（もっとも、女性作家への注目や、日系英国人であるカズオ・イシグロが受賞したあとは、日本人の受賞が遠のいたと見る向きもあり、やや順位を下げてはいるが、それでも二〇一九年のNicerOddsでは七位にランクインした。最近では、二〇二四年十月十日朝の「テレ朝news」でも「三番人気」にランクされていると報じられた[2]）。

一方で、特に国内の批評家や研究者からは辛辣《しんらつ》な評価も寄せられるし、読者の間でも、性描写や暴力シーンの過激さなどを理由に、村上作品に対する嫌悪感を露《あら》わにする傾向も依然として根強い。さらに香港で村上春樹の作品は、「性的な表現が含まれるとして、18歳未満への販売などが禁止される「下品な物品」に指定されたりしている」（「村上春樹さん作「騎士団長殺し」　香港当局「下品」」「読売新聞」二〇〇八年七月二十一日付朝刊）。

いったい何が、このような両極端な評価をもたらすのだろうか。あるいは、そのような評価をもたらす村上春樹の描く作品、あるいは彼の文学は、どのような特徴を持っているのか。

本章では、村上春樹がインタビューやエッセイなどにおいて、自らの創作の秘鑰《ひやく》としてよく口にする「地下二階」という概念に注目し、その内実を考えることで、彼の文学の特徴を考察し、どうして右のような両極端な反応が生まれるのかについて、その一因を考えてみたい。

村上春樹の評価をめぐって ―アメリカ的／非日本的要素からの評価―

村上春樹がデビューした頃の評価で代表的なものには、そのアメリカナイズされた内容を指摘する声が多かった。

村上春樹のデビュー作「風の歌を聴《き》け」は、昭和五十四（一九七九）年四月に、「第二二回　群像新人文学賞」を受賞しているが、その際の選評（「群像」同年六月号）でも、アメリカ的な要素を指摘するものが目立つ。

「ポップアートみたいな印象を受けた」（佐々木基一《きいち》）とか、「現代アメリカ小説の強い影響の下に出来あがつたもの」であり、作者が「カート・ヴォネガットとか、ブローティガンとか、そのへんの作風を非常に熱心に学んで」おり、「日本的抒情《じょじょう》によつて塗られたアメリカふうの小説といふ性格は、やがてはこの作家の独創といふことになるかもしれません」（丸谷才一《まるやさいいち》）との評価を受けている。

また「筋の展開も登場人物の行動や会話もアメリカのどこかの町の出来事（否それを描いたような小説）のようであった。そこのところがちょっと気になったが、他の四人の選考員がそろって入選に傾き、私もそのことに納得した」という島尾敏雄も、本作のアメリカ的な要素を感じ取っている。

続いて本作は、芥川賞（第八十一回、昭和五十四年／一九七九年上半期）にも候補作としても挙げられたが、受賞作は、重兼芳子《しげかねよしこ》「やまあいの煙」と青野聰《あおのそう》「愚者の夜」であった。このときの選評では、「氏が小説のなかからすべての意味をとり去る現在流行の手法がうまければうまいほど私には「本当にそんなに簡単に意味をとっていいのか」という気持ちにならざるをえなかった」（遠藤周作）という手法に関する批判もあったが、やはり「外国の翻訳小説の読み過ぎで書いたような、ハイカラなバタくさい作」（瀧井《たきい》孝作）と、外国文学の影響を否定的に見る向きもあった。特に大江健三郎は「今日のアメリカ小説をたくみに模倣した作品」とした上で、「それが作者をかれ独自の創造に向けて訓練する、そのような方向づけにないのが、作者自身にも読み手にも無益な試みのように感じられた」と、本作をアメリカ小説の模倣として厳しい評価を与えている。このように、初期の村上春樹の評価をめぐっては、良くも悪くもアメリカ的な要素が注目されていたのである。

「風の歌を聴け」における「アメリカ性」について市川真人《まこと》は、村上春樹の前後に登場した、村上龍「限りなく透明に近いブルー」（一九七六年）と田中康夫「なんとなくクリスタル」（一九八〇年）との比較を通して、その相違点を、次のように考察している（『芥川賞はなぜ村上春樹に与えられなかったか　擬態するニッポンの小説』幻冬舎新書、二〇一〇年七月）。

「限りなく透明に近いブルー」と「なんとなくクリスタル」は、「基地の街で米兵やコールガールに囲まれて生きる青年と、消費社会化した東京の街でブランド品に包まれて生きる女子大生を描くことで、一方は「屈辱《はぎしりすること》」として、もう一方は「依頼《たよりにすること》」として、自分たちとアメリカの関係を作品化」した。それは、「本質的には「アメリカではないもの」として自己を（無意識にも）規定している青年と女子大生が、自分とアメリカの関係をどう捉えるかの物語」であり、それぞれの視点は「あくまでアメリカの外部に」置かれていた。その上で、「「アメリカの外部であるところの主人公」が持つ「対アメリカ」の認識や、関与する態度そのものの違いが、作品の性質の違いとして現れていた」としている。

これに対して村上春樹「風の歌を聴け」とその主人公の「僕」は、

> 両者よりはるかに直截《ちょくせつ》に、ほとんどあられもなくアメリカを志向して見えます。〔中略〕その姿は、基地＝占領の歴史を刻み込まれた街でアメリカに屈辱を感じて憎悪する日本人でもなければ、人工的に作られた「おしゃれな街」でブランド品を買い漁《あさ》ってアメリカっぽくファッショナブルになろうとする日本人でもなく、戦前からの貿易港であるがゆえにあまりに自然にアメリカが混在している港町で暮らす、「日本人＝アメリカ人」の姿です。

として、『風の歌を聴け』は作品それ自体も書き手自身もきわめて「アメリカ」的な小説なのである」と位置づ

村上春樹
提供：共同通信社

けている。さらに、

村上龍的な「屈辱《はぎしりすること》」も、田中康夫的な「依頼《たよりにすること》」も、本質的には「アメリカではないもの」として自己（とその視点）を規定してこそ生じる視点でした。彼ら〔右二作の「青年と女子大生」〕にとってアメリカはあくまで「外部」であり、だからこそ逆に「日本」は疑われていなかった。〔中略〕しかし、すでにして「日本人＝アメリカ人」であるような『風の歌を聴け』の「僕」たちにとってアメリカが外部でないならば、そこには屈辱も依頼も存在しません。それはもはや模倣ですらなく、ただそのようであることです。

と、「風の歌を聴け」の「僕」たち（そして、作者である村上春樹）にとって、アメリカは外部ではなく、自然な状態として内部に存在するものだったとしているのである。[3]

こうした位置づけは、日本人の視点からだけのものではない。村上春樹の「風の歌を聴け」や「羊をめぐる冒険」などの初期作品を初めて英訳した翻訳者のアルフレッド・バーンバウムは、BuzzFeedでの中野満美子《まみこ》のインタビューに対し、

「日本の作家じゃないんですね。たまたま日本語で書いている、アメリカの作家ですよ」

「明るいユーモアがとにかく新鮮だった。あと、アメリカっぽい皮肉。アメリカ人のように書こうとしているのがわかったよ」

「村上さんは、趣味でアメリカの小説をよく読んでいた。あの、ライトな感じが欲しかったんだろう」

と答えている（「村上春樹はいかにして「世界のムラカミ」になったのか　初期翻訳者は語る「たまたま日本語で書いている、アメリカの作家」」「Buzz Feed」）(4)。

村上春樹の作品がどのようにして欧米（特にアメリカ）で翻訳され、受容されていったか。また、そのための戦略について、村上作品の翻訳者たちのインタビューを交えながら詳細に辿《たど》ったものに、辛島《からしま》デイヴィッド『Haruki Murakami を読んでいるときに我々が読んでいる者たち』（みすず書房、二〇一八年九月）がある。本書の冒頭で紹介される翻訳家は、やはりバーンバウムであるが、彼が「羊をめぐる冒険」（アメリカ〔海外〕で初めて発表された村上作品の翻訳）を訳したいと思った理由について、次のように紹介されている。

『羊』が魅力的かつ挑戦的だったのは、それまでの〔日本の〕小説が極端なリアリズム（細部に拘泥《こうでい》しすぎて作品の持つ広い視野や深い洞察がぼやけてしまっている）と極端なファンタジー

（ほとんどドタバタ漫画や馬鹿《ばか》げたロボット・怪物ものの類《たぐい》）のどちらかでその中間がすっぽり抜け落ちていたなか、退屈な日常とファンタジーの両方を見事なバランスで切り取っていたところ。超現実的な出来事を、もっともらしくとまではいかなくても、可能性のあるものとして描いていた。その点が（当時は）素晴らしくユニークだったし、完璧に抑制がきいていながら同じくらい大胆に作為的な作品でもあった。他のどんな日本人作家とも全く似ておらず、むしろ圧倒的に英米の小説家に近かった――もちろんそのせいで日本の批評家に攻撃されもしたけど。あれは大江健三郎や安部公房《こうぼう》や唐十郎《からじゅうろう》や中上《なかがみ》健次のような重々しくて陰気で七面倒くさいヴォイスに対する、真っ向からのアンチテーゼだった。

このバーンバウムの発言からも、村上春樹の文学的特異性が、特にリアリズムを標榜《ひょうぼう》する日本の近代小説に足場を置く批評家たちから手厳しい評言を生み出させる要因の一端が、窺《うかが》えるのではないだろうか。

先に紹介したインタビューでバーンバウムは、村上作品の魅力を、川端康成と比較して、次のように語っている。

「川端はいかにも日本文学。一語一句、漢字のニュアンスまで、その繊細さ、微妙さがある。

日本語の機能を最大限引き出している。でも村上さんは全く違う。言葉の美しさや、文化的な文脈に寄りかからない。映画やテレビドラマみたいに、場面の移り変わりを描いていく。だから、英語にしてもわかりやすい」

「映像が頭に思い浮かぶのに、舞台が日本なのかなんなのかわからない。抽象的な感じもある。文化に頼らないから伝わりやすい」

（前掲「村上春樹はいかにして「世界のムラカミ」になったのか」）

ここには、村上の作品がそれまでの代表的な日本文学の特色とはまったく異なる要素、あるいは日本的なものを消去したものであるという評価が、見て取れるだろう。

右に紹介した辛島の書籍では、作品発表当時の書評も紹介されている。一九八九年十月二十一日付 *New York Times* 紙に掲載された、アメリカのベテラン書評家ハーバート・ミットガングによる書評を、辛島は次のように紹介している。

ミットガングは書評で「これは安部公房（『砂の女』）や三島由紀夫（『午後の曳航《えいこう》』）、日本の唯一のノーベル賞作家の川端康成（『雪国』）に見られる伝統的なフィクションではない」と編集部の狙い通り過去の日本の作家と村上を明確に差別化した。[5] そして、その「スタイルや想像力はカート・ヴォネガット、レイモンド・カーヴァー、ジョン・アーヴィングらの方に近い」とし、『羊をめぐる冒険』の魅力を、現代の日本とアメリカ両方の中産階級――特に若者――に共通する部分を「スタイリッシュで軽快な」言葉で表現していることだと評した。

（前掲『Haruki Murakami を読んでいるときに我々が読んでいる者たち』）

以上のように、村上春樹の初期作品の持つアメリカ的要素（それは非日本的な要素でもある）が指摘されているわけだが、それが村上作品が世界で高く評価される要因だったのだろうか。

もちろん基本としてのこうした要素は、村上春樹の作風として以後も継承されていく（村上春樹自身も述べるように、デビュー作「風の歌を聴け」と二作目の「１９７３年のピンボール」は、「それほど納得していなかった」（『職業としての小説家』スイッチ・パブリッシング、二〇一五年九月）のであり、三作目の「羊をめぐる冒険」で村上春樹は、初めて自分のスタイルを確立しようとすることになる）。

その後「ノルウェイの森」「ねじまき鳥クロニクル」「海辺のカフカ」などの長編作品や多くの中編・短編小説を発表する中で、村上春樹の作品は、初期のアメリカ的な要素ではなく、さらに普遍的な、人類に共通する要素を持つものとして評価されていくことになる。

「ねじ巻き鳥クロニクル」「ノルウェイの森」や「１Ｑ８４」などの村上作品の翻訳で世界的に著名なジェイ・ルービンは、村上文学の魅力について、次のように述べている（前掲「残念！　それでも世界は「村上春樹」が大好きだ」)。

村上さんの作風というのは日本以外の人たちにとっても、ある意味「自然」であるといえます。平安時代ものを描く芥川、芸者と茶会を描いた川端、自己犠牲的な現代のサムライを描く三島を歓迎した異国趣味とは一切無縁――それが、日本の村上春樹が、「世界」の村上春樹であることの所以《ゆえん》なのでしょう。読者にとっては村上さんの国籍はほとんど関係なく、文学の重要な発言者として彼の作品を受けいれられるのだと思います。

続けてルービンは、作品に対する村上春樹の姿勢に触れて、次のように述べる。

村上さんの作品への態度には、一貫して「一旦作品を世の中へ送り出してしまえば、その作品はもう自分のものでなく、読者のものになる」という、寛大な姿勢があります。時折象徴的に出てくる、一見何を指すのか分からないような言葉の選択に、あえて筆者の意図を説明しないのは、非常に特徴的だと思います。彼はいわば読み手に物語を「完成させる」のです。こうした個人の読者を信用する立場もまた、彼が世界で愛される理由だと思います。

このことは、作者が自分の作品に対して、その意味決定権を主張しないということを意味するだけではない。村上春樹の「寛大な姿勢」は、作品を読者の手に委《ゆだ》ね、解釈や意味の創出を最終的に読者に任せるということなのだが、ルービンはそれを、

世界中の人々が経験する心的現象――言わば普遍的現象――を把握して、それを国境とも人種とも宗教とも関係のない、シンプルで、鮮やかなイメージで表現する。説明をあえて必要としない言葉のイメージが、直接に村上さんの頭脳から一人一人の読者の頭脳へ伝わる。(6)

のだという。(7)これが村上作品が世界中に受け入れられる要素だとルービンは指摘するのだが、そうした読者における受容の側面だけでは説明ができない要素が、村上春樹の作品には存在している。またルービンの言う「世界中の人々が経験する心的現象――言わば普遍的現象」とは、いったい何を指すのか。

次節では、村上春樹の描く物語に内在する、こうした問題の意味を考えるきっかけとして、心理療法家の発言に触れてみたい。

〈物語〉と深層心理 ——村上文学と心理療法——

村上春樹が二十九歳で小説を書き始めたきっかけについては、彼自身がいろいろなところで語っているが、「ある日突然書きたくなった」のだという。そして小説を書くことは「ある種の自己治療のステップだった」という。彼にとって小説を書くということは「多くの部分で自己治療的な行為」であり、「何かのメッセージがあってそれを小説に書く」ということではなく、「自分の中にどのようなメッセージがあるのかを探し出すために小説を書いている」のであり、「物語を書いている過程で、そのようなメッセージが暗闇の中からふっと浮かび上がってくる」（河合隼雄《かわいはやお》・村上春樹『村上春樹、河合隼雄に会いにいく』岩波書店、一九九六年十二月）のだという。

心理学者で臨床心理士の岩宮恵子は、カウンセリングをはじめ傷ついた子どもたちの心のケアを中心にさまざまな活動を展開しているが、クライエントとのやり取りの中で、村上春樹の作品がよく話題になるという。

岩宮は、右の村上春樹の言葉を受けて、「作家が自分の内側にどこまでも入り込み、その中でメッセージを探し出し、それを物語として生み出していくプロセスと、心理療法の中で治療者との関係に支えられたクライエント（相談者）が自分の内側にひそんでいる自分自身の物語を見出し、その物語を生きていくこととは、どこかでとても似ている」（『思春期をめぐる冒険—心理療法と村上春樹の世界―』日本評論社、二〇〇四年五月→新潮文庫、二〇〇七年六月。引用は文庫版による）という。

さらに、村上との右の対談における河合隼雄の発言の内容を受けて岩宮は、河合の所説の要点を次のようにまとめている。

一方、河合は「各人の生きている軌跡そのものが物語であり、生きることによって物語を創造している」と考えており（河合隼雄「『物語る』ことの意義」『講座心理療法2―心理療法と物語』岩波書店、二〇〇一年）、「病《やま》いを癒《いや》すものとして『物語』というのは、実に大切なことだと思っている。現代はそのような物語を一般に通じるものとして提示できないところに難しさがあるように思う。各人はそれぞれの責任において、自分の物語を創りだしていかねばならない」と述べている（『村上春樹、河合隼雄に会いにいく』）。

ここで岩宮も指摘するように、人間が生きていくことそのものが物語を紡《つむ》ぐことであり、その物語が心の病を癒すための重要な要素としても働くことに、河合隼雄は早くから注目し、昔話や神話の持つ意味について、さまざまなところで言及している。そして河合はこの点で、村上春樹の描く物語に対して大いなる共感を抱いているのだ。

例えば、別の対談の場において、村上春樹が「物語をひとつまたひとつと書いていくことによって自分が不思議に救われていく、自分が治療されていくというふうに強く感じています。それが僕にとって、今まで小説というものを書き続けてきた意味だったんです」（「9　現代の物語とは何か『ねじまき鳥クロニクル』　対話者　村上春樹」、河合隼雄『こころの声を聴く—河合隼雄対話集—』新潮社、一九九五年一月→新潮文庫、一九九八年一月。以下、引用は文庫版による）と述べたことに対して河合は、「村上さんの小説を読んで癒された人はたくさんいます。〔中略〕それはなぜかと言うたら、自分が日常レベルでアップアップしてるときに、いやそうじゃないんだ、もっと深い意識があるじゃないか、そこで自分は生きてるんだ、ということがわかって、救われるわけです。そういうことをやるのが僕は物語ではないかと思う」と述べている。

続けて河合は、

日常レベルの線をもっとも洗練したのが自然科学だろうと僕は思ってます。〔中略〕分析によって説明できることは多くなったわけです。でも、自然科学的なことによって人間はいろんなことが何でもできると思いすぎたんじゃないでしょうか。自然科学の考え方でいくと物語は消え失《う》せてセオリーというのが出てくる。理論があって、因果関係で人間のことも考えすぎるようになる。／僕はいま、人間にとって非常に大事な、もっと深い意識をもういっぺん回復するために物語が必要だと思っています。

と述べて、近代化によって論理や実証を求めすぎる、あるいは科学万能主義に陥《おちい》って、すべてを観察可能な事象として捉え、それ以外を退けようとする私たちの限界についても指摘している。

その河合の思想の根本は、心理療法の臨床現場から得た経験から生まれる、「やっぱり他人と私はつながっているわけです。そこが人間存在の面白いところで、それがどんどん深いところへ行くと全部つながってくるんです」（同書）という発想なのだろう。それが村上春樹の文学と共鳴するものなのだと考えられる。

岩宮も、このような河合の思想を踏まえながら、心理療法と村上春樹の物語との類似性について、次のように述べている。

自分の内側にひそんでいる自分自身の物語を見出すといっても、それは簡単なことではない。自分の内側に目が向くまでにはそれ相応のプロセスが必要になる。ここで言う自分の内側とは、過去を振り返ってそこでの自分の言動を深く反省するというような意識的な次元のことを指してはいない。もちろん、自分の過去の言動を反省し、そこに改善の余地を真剣に模索する態度は必要なことである。しかし、どんなにそのような意識的な努力に励んだとしても、どうしようもない状況に追い込まれたとき、人は本当の自分の内側に目を向けなくてはならなくなることがあるのだ。その「本当の自分の内側」の次元というのが、村上春樹が描いている「世界の終り」であったり、「羊男」と出会う次元であったり、「壁抜け」が可能になる世界なのである。

（前掲『思春期をめぐる冒険』）

村上春樹の作品の深層には、表面的なストーリーでは捉えきれないものが含まれており、それは人間の意識の深いところで、人と人をつなぐ要素を持っているように思われる。どうやら村上春樹の文学が世界で読まれる理由は、人間の意識の深層部とかかわりがあり、それが物語化されていることにあるようである。だからこそ、村上春樹の描く物語は、心理療法との相関性を持ちうるのだろう。次節では、村上文学が持つ、人類に共通する普遍的な要素について見ていきたいと思う。

人類に共通する領域から描く村上文学の深層世界

先ほども紹介した、村上作品の代表的な翻訳者であるルービンは、『村上春樹と私』（本章の注6参照。以下の引用は同書から）の中で次のように述べている。

村上さんの小説を翻訳する仕事では、無意識や偶然が特に重要なものに思えてくる。デビュー作の『風の歌を聴け』以来、村上文学には廊下や井戸のイメージが頻繁に出てきて、現実世界から無意識の世界への通路の役割を果たしている。作品の人物はそういう通路を通って自分の人間性の核に入ろうとしたり、あるいは反対に、完全に忘れた記憶が同じ通路から不意に出てきて、その不思議なほどの現実性にとまどったりする。

このように、村上春樹の作品では、無意識の世界が重要な要素として扱われており、それは特に、作中の主要人物が「井戸」などに「降りていく」、あるいは「壁抜け」という形で、表現される。やはりルービンの言葉によれば「古いもの、地上ではよく見えないもの、心の中に秘められたものを示唆するために、村上さんはよく井戸を象徴的に使う」のであり、「井戸のイメージは村上さんの1979年の処女作の『風の歌を聴け』にも現れているし、翌年の『1973年のピンボール』になると、「僕たちの心には幾《いく》つもの井戸が掘られている」という言葉」が記されており、ルービンによれば、「まるで、主人公は世阿弥《ぜあみ》の「心の水」の現代版を述べているようだ」という。(8)ルービンは続けて、「ねじまき鳥クロニクル」のトオルを例に、井戸の持つ意味を次のように説明する。

トオルが水のない井戸の底に降りていくと、彼自身が井戸の水の役割を果たすことになる。

彼自身が心の水に、いわば意識そのものになる。井戸の底の暗闇の中で意識と無意識の境を彷徨《さまよ》いながら、自己がどこで終わり、暗闇がどこから始まるのかも分からなくなり、トオルは自分の肉体的存在感を失って純粋な記憶と想像とに化してしまう。〔中略〕『井筒《いづつ》』の世阿弥にとっても、村上春樹にとっても、井戸というものは無意識への通路である。

ルービンが指摘するように、村上作品においては、「井戸」は日常世界から非現実の世界、特にそれは無意識の世界、すなわち深層心理の世界への通路になっているのである。

ルービンの右の発言は、物語的、あるいは作品内部における構造的、意味論的な空間の位相について述べたものであるが、それは作品内の問題にとどまらない。むしろ村上春樹自身が、どのようにして物語を生み出してくるのかという、創作上の問題にもかかわっているのである。

ここからは、自らの創作と深層心理の世界の関連について、村上春樹自身が語っていることについて、見ていくことにしよう。以下は、村上春樹のインタビューを集めた『夢を見るために毎朝僕は目覚めるのです　村上春樹インタビュー集　1997-2011』（文春文庫、二〇一二年九月）からの引用である（以下、それぞれのインタビューのオリジナルの出典と聞き手を記す）。

まず、潜在意識への関心について村上春樹は、「作家である僕にとって、潜在意識というのはとても重要なものにな」るとした上で、心理学者のC・G・ユングに触れ「彼の言っていることと、僕の書いているもののあいだにある種の相似性があるということはしばしば言われます」と認めている。

さらに「僕にとって潜在意識は「テラ・インコグニタ（未知の大地）」なのです。僕はそれを分析したくはありません。〔中略〕それをそのまま総体として受容したい。〔中略〕ときとしてその扱いはとても危険なものになります」とも述べている。

そして、「ねじまき鳥クロニクル」に描かれる「ミステリアスなホテルが出てくるシーン」は「オルフェウスの物語」の「黄泉《よみ》の国に「降りていく」話」と同じであり、「あの話がベースになっている。そこは死の世界であり、あなたは自己責任のもとにそこに入っていかなくてはなりません。僕は小説家だから、それをすることができ」るのだとしている（「アウトサイダー　聞き手　ローラ・ミラー」「Salon.com」一九九七年十二月十六日付／アメリカ）。

このような潜在意識の世界について、あるいは彼自身が創作の際に「降りていく」世界について、村上春樹は人間の存在を「家」に喩《たと》えながら、別のインタビューで、次のように説明している。少し長くなるがそのまま引用してみよう。

　人間の存在というのは二階建ての家だと僕は思ってるわけです。一階は人がみんなで集まってごはん食べたり、テレビ見たり、話したりするところです。二階は個室や寝室があって、そこに行って一人になって本読んだり、一人で音楽聴いたりする。そして、地下室というのがあって、ここは特別な場所でいろんなものが置いてある。日常的に使うことはないけれど、ときどき入っていって、なんかぼんやりしたりするんだけど、その地下室の下にはまた別の地下室があるというのが僕の意見なんです。それは非常に特殊な扉があってわかりにくいので普通はなかなか入れないし、入らないで終わってしまう人もいる。ただ何かの拍子にフッと中に入ってしまうと、そこには暗がりがあるんです。〔中略〕その中に入っていって、暗闇の中をめぐって、普通の家の中では見られないものを人は体験するんです。それは自分の過去と結びついていたりする、それは自分の魂の中に入っていくことだから。でも、そこからまた帰ってくるわけですね。あっちに行っちゃったままだと現実に復帰できないです。

（「『海辺のカフカ』を中心に　聞き手　湯川豊、小山鉄郎」「文學界」二〇〇三年四月号／日本）

ここで述べられている「家」の「一階」部分は、人間の公的、外的あるいは社会的活動の場である。そして「二階」は、個人的な空間であり顕在意識もここに収まっているのだろう。それに対して、「地下室」（地下一階）は、私たちの意識の下部にある人間の〈無意識〉の領域であると考えられる。そこは、私たちの日常の意識を指すものではないことは、「日常的に使うことはないけれど、ときどき入っていって、なんかぼんやりしたりする」ということからも推定できるだろう。心理学で説明されるように、夢などの諸要件によって、場合によってはそこに降りていく、あるいはそこを覗《のぞ》くこともできるだろう。しかし、その「地下室」の下の「別の地下室」は、人間が意識することのできない領域である。さらに村上は、次のようにも述べている。

本を書くとき僕は、こんな感じの暗くて不思議な空間の中にいて、奇妙な無数の要素を眼《め》にするんです。それは象徴的だとか、形而上学的《けいじじょうがく》だとか、メタファーだとか、シュールレアリスティックだとか、言われるんでしょうね。〔中略〕こうした要素が物語を書くのを助けてくれます。作家にとって書くことは、ちょうど、目覚めながら夢見るようなものです。それは、論理をいつも介入させられるとはかぎらない、法外な経験なんです。夢を見るために毎朝僕は目覚めるのです。

（「書くことは、ちょうど、目覚めながら夢見るようなもの　聞き手　ミン・トラン・ユイ」「magazine littéraire」二〇〇三年六月号／フランス）

村上春樹は、小説を書く際には、ここに「降りて」いき、その中で眼にしたものに助けられて、小説を書いているのだという。しかもその「別の地下室（「地下二階」）」の世界は、個人的な領域ではなく、ほかの人間ともつながっていると村上春樹は述べている。

書くことによって、多数の地層からなる地面を掘り下げているんです。僕はいつでも、もっと深くまで行きたい。ある人たちは、それはあまりにも個人的な試みだと言います。僕はそうは思いません。この深みに達することができれば、みんなと共通の地層に触れ、読者と交流することができるんですから。つながりが生まれるんです。もし十分遠くまで行かないとしたら、何も起こらないでしょうね。（同）

このように「地下二階」を深く掘り下げていくことで、「みんなと共通の地層に触れ、読者と交流することができる」というのである。それは、先にも紹介したルービンも、次のように述べていることである。

僕はたくさんの読者からメールや手紙を頂戴しています。もちろん大半は僕の英訳を読んだ読者で、日本人でない人たちです。必ず書かれているのが、やはり「私のためにだけ書いてくれた」という一文です。実は僕自身も同じように感じてきました。「なぜ村上さんの作品は、僕たちの心の深いところにあるものをそんなにはっきりと描くことができるのだろう。わかってくれるのだろうか」と。

（「なぜ村上春樹は世界中の人々に「ささる」のか　村上作品の英訳者・ルービン氏、大いに語る」「東洋経済ONLINE」）(9)

このことについてルービンは「やはり理由は分かりませんね」と述べているのだが、右の村上春樹の発言によれば、深く掘り下げられた「地下二階」の部分が、読者ともつながり共有されていることになる。それが読者の「心の深いところ」と通じているのである。このことについて村上自身は、次のように説明している。

僕が言いたいのは、結局、ある一人の人間の自我を、今そこにあるその人の抱え込んでいる暗闇の中に浸して物語を立ち上げるとして、その作業は、人それぞれ全部違うんだということです。〔中略〕ところがたとえば僕がどんどん、どんどん深く掘っていってそこから体験したことを物語にすれば、それは僕の物語でありながら、Aという人の持っているはずの物語と呼応するんですよね。Aには語るべき潜在的な物語があるのに、有効にそれを書けなかった、語ることができなかったと仮定して、そこで僕がある程度深みまで行って物語を立ち上げると、それが呼応するんです。それが共感力というか、一種の魂の呼応性だと思う。もし僕がそれである程度、自分が物語を立ち上げたことで癒された部分があるとすれば、それはあるいはAという人を癒すかもしれない――ということがあるわけです。

（前掲『『海辺のカフカ』を中心に』）

人間が己の意識の深層部分にある「物語を立ち上げる」にしても、当然のことながら人それぞれに異なるものになるはずである。しかし村上は、「ある程度深みまで行って物語を立ち上げると、それが呼応する」と言っている。それはやはり、個人的な体験に基づく無意識の下に、個人を超えて存在する無意識があることを、村上が経験的につかんでいるのだということだろう。

先に見た河合隼雄の言葉にもあったように、このことが、村上作品に共感した読者が「癒される」と感じる要因なのだろう。こうして見ていくと、村上春樹の説く「地下二階」の領域は、深層心理学でいうところの、〈普遍的無意識〉と類似するもの、あるいは相同するものと考えられるだろう。

この〈普遍的無意識〉は、ユングが説いたものであるが、これについて河合隼雄は、次のように説明している。

ユングは〔中略〕、人間の無意識の層は、その個人の生活と関連している個人的無意識と、他の人間とも共通に普遍性をもつ普遍的無意識とにわけて考えられるとしたのである。ただ、それはあまりにも深層に存在するので、普通人の通常の生活においては意識されることがほとんどないわけである。〔中略〕ユングは心を層構造にわけて考える。ここに、個人的無意識とされる層は、一度は意識されながら強度が弱くなって忘れられたか、あるいは自我がその統合性を守るために抑圧したもの、あるいは、意識に達するほどの強さをもっていないが、なんらかの方法で心に残された感覚的な痕跡の内容から成り立っている。
普遍的無意識は、個人的に獲得されたものではなく、生来的なもので、人類一般に普遍的なものである。（『無意識の構造　改版』中公新書、二〇一七年五月。〔初版は一九七七年九月〕）

このようにユングは（また河合も）、さまざまな臨床の結果から得られた知見によって、顕在する人間の意識の下に無意識が、さらにその下に個人の体験を超えた普遍的な無意識の存在を考えざるを得ないという結論に至ったわけだが、そのことは村上春樹の創作においても共通するものなのである。

このように村上春樹の描く物語は、国家・民族・人種を超えた普遍的なものであり、それは人間存在の根幹にかかわる部分を描き出していると言えるのではないだろうか。それが私たち読者の共感を呼び、読む者をして「自分のことをわかってくれる」という意識を与えるのだろう。

ただ、実は村上春樹の発言をさらに見ていくと、ユング派の説く〈普遍的無意識〉だけでは処理しきれない問題があることに気づかされる。次節では、そのことについて考えてみたい。

村上春樹と〈唯識論〉

これまで見てきたように、村上春樹は人間の識閾下《しきいきか》に、ユング派が説く〈個人的無意識〉を超えた〈普遍的無意識〉に類するものが存在することを体験的につかんでいた。そしてそれは単に現在、あるいは〈現世〉だけの問題ではないことに、村上は言及している。

たとえば『海辺のカフカ』における悪というものは、やはり、地下二階の部分。彼が父親から遺伝子として血として引き継いできた地下二階の部分、これは引き継ぐものだと僕は思うんですよ。〔中略〕それはもう血の中に入ってるものだし、それは古代にまで遡《さかのぼ》っていけるものだというふうに僕は考えているわけです。たとえば弥生《やよい》時代ぐらいまで、ずぅーっと血をたどっていけば結局行くわけだし、連綿として繋《つな》がっている。そこには古代の闇みたいなものがあり、そこで人が感じた恐怖とか、怒りとか、悲しみとかいうものは綿々と続いているものだと思うんです。あるいはそこで待ち受けているものというか。僕は輪廻《りんね》とかそういうものはとくに信じないけれど、そういう血の引き継ぎというのは信じてもいいような気がする。根源的な記憶として。〔中略〕それが僕はこの話のいちばん深い暗い部分だというふうに思うんです。

（前掲「『海辺のカフカ』を中心に」）

ここで村上春樹が述べている「血の引き継ぎ」は、「古代にまで遡っていけるもの」だという。さらに「僕は輪廻とかそういうものはとくに信じないけれど」とは言うものの、村上が述べている内容は、「輪廻」という概念を含むものであるだろう。村上自身は「輪廻」は信じないと言っているが、短編小説「シェエラザード」（「MONKEY」二〇一四年二月、『女のいない男たち』文藝春秋、二〇一四年四月。以下の引用は同書から）には、明らかに「輪廻」について描かれている。

物語は、何らかの事情で外界との接触を断たれ「ハウス」と呼ばれる一室に閉じこもっている語り手の「羽原《はばら》」と、彼の元を訪れる連絡係兼世話役の女性とのやり取りを描いたものである。「羽原と一度性交するたびに、彼女はひとつ興味深い、不思議な話を聞かせてくれ」るので、「羽原はその女をシェエラザードと名付け」る。その「シェエラザード」は、ある日「私の前世はやつめうなぎだったの」と言い、

「小学生の頃、水族館で初めてやつめうなぎを見て、その生態の説明文を読んだとき、私の前世はこれだったんだって、はっと気がついたの」とシェエラザードは言った。「というのは、私にははっきりとした記憶があるの。水底で石に吸い付いて、水草にまぎれてゆらゆら揺れ

ていたり、上を通り過ぎていく太った鱒《ます》を眺めたりしていた記憶が」

と、彼女の前世の記憶を語る。この作品にとって、「シェエラザード」が語る「やつめうなぎ」のときの記憶は、作品の基底部を流れるイメージとして重要な要素となっている。特に、

「やつめうなぎは、とてもやつめうなぎ的なことを考えるのよ。やつめうなぎ的な主題を、やつめうなぎ的な文脈で。でもそれを私たちの言葉に置き換えることはできない。それは水中にあるもののための考えだから。赤ん坊として胎内にいたときと同じよ。そこに考えがあることはわかるんだけど、その考えをこの地上の言葉で表すことはできない。そうでしょ？」

という「シェエラザード」の言葉は、村上自身の「地下二階」体験とも通じるものがある。また、この「シェエラザード」は、自分が「胎内にいたころの話」もできるという。

こうした点に関して浮上してくるのは、西洋の深層心理学における〈無意識〉の概念に対する、東洋思想、特に仏教における深層心理の問題である。その仏教の中でも、人間の深層心理に注目したものが〈唯識《ゆいしき》論（唯識思想）〉であろう。

横山紘一《こういつ》によれば、唯識思想は「紀元後三・四世紀ごろ、遠くインドにおいて勃興《ぼっこう》した一宗教運動

であったが、その後のインド仏教の中心的勢力となり、さらに中国・日本にまでも伝来した」（『唯識思想入門』第三文明社、一九七六年十月）ものである。紙幅の関係もあり、ここでは詳細には論じられないが、〈唯識論〉の最大の功績は、〈阿頼耶《あらや》識〉の発見であるという。

「阿頼耶識」とは、「仏教の中でも「唯識派」という思想の中で説かれるもの」であり、「心を表層から深層まで八つに分けたときの、一番深いところにある〝根本の心〟を「阿頼耶識」といい、ここが、心の動きや感情、表情、生きる力など、人生のすべてのよりどころとなる」という（『阿頼耶識の発見　よくわかる唯識入門』幻冬舎新書、二〇一一年三月）。

その「心を表層から深層まで八つに分け」るとは、横山によれば次のようなものである。

> 心理活動を〈心〉といえば、それを一つの事物的存在として把《とら》えられる傾向があるのに対し、〈識〉は、「識とは識《し》ることである」といわれるように、心的活動の作用面を強調した用語である。したがって、感覚・知覚・意志・思考などの具体的心理活動を総称したものが〈識〉であるといえよう。
>
> 原始仏教いらい、識として、眼識・耳識・鼻識・舌識・身識・意識の六種類をたててきたが、唯識思想は、これら六識の奥に〈末那《まな》識〉という自我意識を、さらにこれら七識を生み出す根源体として〈阿頼耶識〉をたてるにいたった。
>
> （前掲『唯識思想入門』）

さらに横山は、「私たち一人ひとりがそれぞれの中で**具体的に認識する「もの」**は、心の中の影像である」（前掲『阿頼耶識の発見』）として、〈唯識論〉は、私たちの心の外に事物の存在を認めないとしている。

ソシュールの世界的研究家である丸山圭三郎《けいざぶろう》も、この〈阿頼耶識〉について、次のように述べている。

〈アラヤ識〉というのは、現に働きつつある意識の根底にある潜在意識であって、これは一切の現象の直接原因である〈種子《ビージャ》〉の貯蔵庫であるという。〔中略〕このアラヤ識において働く言葉は、概念的分節の支配する表層における言語（ラング）と違って、明確な分節性のない〈呟《つぶや》き〉のようなものだというのであれば、これはコード化される以前の、絶えず動き戯《たわむ》れる差異としてのランガージュに相当すると考えられないでもない。

（『言葉と無意識』講談社現代新書、一九八七年十月）

事物がそこに実在し、言葉はそれを指示するだけだという、旧来の〈言語名称目録観〉を脱して、「すべての事物は、言語に先立って存在しない」、あるいは「言語は連続する世界を分節し、我々に認識させるもの」というソシュールの〈言語論的転回〉を経た立場から、丸山はこの〈阿頼耶識〉を、「コード化される以前の、絶えず動き戯れる差異としてのランガージュに相当すると考えられないでもない」と述べるわけだが、すべての認識や事物そのものが、シニフィアンとシニフィエによって構成される言語によって存在するものであるとすることからも、両者は相通じるものであると考えうるだろう。

このような〈唯識論〉、特に〈阿頼耶識〉と、西洋の深層心理学の関係について、山部能宜《やまべのぶよし》は次のように述べている（「第六章　アーラヤ識論」、高橋直道［監修］・桂紹隆ほか［編］『シリーズ大乗仏教第七巻　唯識と瑜伽行《ゆがぎょう》』春秋社、二〇一二年八月）。やや長くなるが、理路を辿るために、当該部分を割愛せず引用したい。

アーラヤ識は西洋の心理学における「無意識」に喩《たと》えられることが多いが、フロイトやユングの深層心理学と具体的に比較する試みとして、ここではウォルドロンによるものを紹介したい。ウォルドロンは、アーラヤ識と「無意識」の間には、心理作用の連続性を説明する潜在的プロセスであること、過去の経験と現在の認識内容の間に因果関係を認めること、無意識と表層の識が同時にはたらき相互に影響しあうこと、無意識と表層識が類似した認識作用をもつこと、無意識が表層のすべての認識活動の根源となるものであること、というような構造面での共通性が認められるという。しかしその一方、深層心理学で重視される「抑圧」の概念がアーラヤ識には認められないこと、逆にアーラヤ識説で重要な輪廻転生の概念が深層心理学には存在しないこと、深層心理学における無意識下の心的エネルギーは、時として本来の対象とは別の対象に向かって放出されるのに対して、アーラヤ識説における種子は特定の対象としか因果関係をもたないこと、深層心理学において重要な心的活動の解釈が、瑜伽行派においては明確なかたちでは見られないこと、といった機能面では相違しているという。その一方、ユングのいう「集合的無意識」とアーラヤ識のもつ「共業」との間にも一定の類似性が認められるというのである。

このように「フロイトやユングの深層心理学」における「無意識」と「アーラヤ識」の比較については、さまざまな議論がある。例えば、先に紹介した横山紘一は、西洋の深層心理学や大脳生理学の知見に対して、〈阿頼耶識〉を「数学における「ゼロ」の発見」に匹敵する「人類の大発見」と位置づけている（前掲『阿頼耶識の発見』、以下同書から）。その理由として横山は、

なぜこれが大発見なのかというと、仏教の他に、この心の深層にある「阿頼耶識」の存在に気づいたものがない、〔中略〕脳科学の発達により、脳の構造とはたらきが解明されました

が、心という存在を科学的に証明できたわけではありませんし〔中略〕、精神分析学では「無意識」というものを説きますが、その無意識と阿頼耶識は、まったく別物です。

として横山は、本書の後の部分で、脳科学と精神分析学に対していくつかの疑問点を投げかけ、それが未解決であるとして、〈阿頼耶識〉の優位性を説いている。[10] ただ、紙幅の関係もあり本章では詳述を避けるが、横山の論駁《ろんぱく》には、やや一方的な決めつけや、宗教者固有の体験や超越論的な観点をそのまま批判に用いている側面もあり、現時点では簡単には首肯《しゅこう》できないものと論者には思われる。[11]

ただ本章の立場も、不可視なものを、観察できないという観点からのみ退けることには、異議があることは先述した。右の引用部で西洋の〈無意識〉と〈阿頼耶識〉の比較の問題に続けて、山部は次のようにも述べている。

仏教学は、最終的には単なる古典文献の解釈にとどまることなく、生身の人間の理解とその問題解決に寄与するものでなければならないであろうから、このような心理学や、あるいは大脳生理学等との比較検討は今後も積極的に推進されるべきものであろう。〔中略〕筆者は、このような自然科学的分野との比較研究をなすにあたっても一つの確実な立脚点となるのが、アーラヤ識説のもつ身体（生理）的側面であろうと考えている。以上述べてきた文献中の記述からも、アーラヤ識は単なる心理的存在ではなく、生理的側面を持つことが強く推認される。この側面を看過して、有益な比較検討をなすことは難しいであろう。

（前掲「第六章　アーラヤ識論」）

ここで山部も強調するように、〈阿頼耶識〉は単なる知識や概念ではなく、「生身の人間の理解とその問題解決に寄与するものでなければならない」という点が重要であろう。そしてそれが、複雑な現代社会を生きる私たちの心の問題と大きくかかわってくることは論を俟《ま》たない。そこにこそ、村上春樹の紡ぎだす物語とのかかわりが生じてくるのである。

村上春樹が紡ぐ新たな物語

前掲の『こころの声を聴く　河合隼雄対話集』の中で村上春樹は、「僕はいま、人間にとって非常に大事な、もっと深い意識をもういっぺん回復するために物語が必要だと思っています」と述べている。さらにその物語は、「自我と外なる世界との葛藤という方向から見る物語の系譜が、今ある種の解消のようなものを求めはじめているんじゃないかという印象を僕はもつんです」として、〈近代的自我〉の追求を旨《むね》とした、近代日本のリアリズム小説の限界に触れ、人間の深層心理の部分をも含みこんだ新たな物語の必要性について言及している。
村上春樹の作品の持つ神話的要素について内田樹《たつる》は、

> 村上春樹の小説作品は意匠はさまざまだけれど、本質的には「神話」であると私は思っている。
> 神話というのは世界のありようを記述する物語ではない。そうではなくて、世界に構造を与える物語である。〔中略〕神話というのはそのような、世界に秩序と意味をもたらす原型的な対立のことである。／村上春樹がとりだした「対立」は何だろう。それは〔中略〕「存在するもの」と「存在しないもの」の対立である。村上春樹のほとんどすべての作品は、その神話形式の変奏のように私には思われる。
> （「教室における村上春樹」、馬場重行・佐野正俊〔編〕『〈教室〉の中の村上春樹』ひつじ書房、二〇一一年八月）

と述べている。村上春樹の「神話」は、「存在するもの」と「存在しないもの」の対立であると内田は述べるのだが、それは言い換えれば〈眼に見えるもの（可視的なもの）〉と〈眼に見えないもの（不可視なもの）〉の対立であり、〈現実〉と〈非現実〉または〈日常〉と〈非日常〉、〈表層〉と〈深層〉あるいは〈近代〉と〈前近代〉、〈理論〉と〈物語〉、さらには、〈顕在意識〉と〈潜在意識（阿頼耶識）〉と言い換えられるのではないだろうか。

村上春樹の文学が、「人間にとって非常に大事な、もっと深い意識をもういっぺん回復するために物語」を通して、さまざまな事柄の対立を顕在化し問題化して、現代社会に生きる私たちに非常に深い問いを投げかけていることは間違いないだろう。

【注】

（1）https://toyokeizai.net/articles/-/140283　2016/10/13 20:15　最終閲覧：二〇二五年三月九日

（2）https://news.tv-asahi.co.jp/news_international/articles/000377131.html　最終閲覧：二〇二五年三月九日

（3）今井清人「村上春樹論」（『国文学解釈と鑑賞　別冊　卒業論文のための作家論と作品論』一九九五年一月）も、「風の歌を聴け」に「周到に編みこまれたアメリカの記号による疑似的〝故郷〟によって、実在の〝故郷〟の裏にある共同主観を相対化」していると言及している。

（4）https://www.buzzfeed.com/jp/mamikonakano/sekai-no-murakami 2016/05/14 08:59 最終閲覧：二〇二五年三月九日

（5）同書では、「羊をめぐる冒険」をアメリカで出版した講談社インターナショナルのチームが、本作の宣伝用の「フラップ・コピー」において、「①その「ヴォイス」の「オリジナリティー」と「新しさ」」「②作品の同時代性」「③『羊（英）』が「欧米デビュー」であること」などが強調されたことを報告している。

（6）ここで触れられている内容は、ルービンの著書『村上春樹と私　日本の文学と文化に心を奪われた理由』（東洋経済新報社、二〇一六年十一月）にも記されている（「第1部　ハルキと私と作品と」）。

（7）このことについては、村上春樹自身も、川上未映子《みえこ》との対談の中で、次のように語っている（『みみずくは黄昏《たそがれ》に飛びたつ　川上未映子　訊《き》く／村上春樹　語る』新潮社、二〇一七年四月）。「頭で解釈できるようなものは書いたってしょうがないじゃないですか。物語というのは、解釈できないからこそ物語になるんであって、これはこういう意味があると思う、って作者がいちいちパッケージをほどいていたら、そんなの面白くも何ともない。読者はガッカリしちゃいます。作者にもよくわかってないからこそ、読者一人ひとりの中で意味が自由に膨らんでいくんだと僕はいつも思っている。」

（8）ルービンはここで、世阿弥の謡曲『井筒』を例に、古井戸が過去と現在、死者と生者をつなぐ通路になっていることに触れている。

（9）https://toyokeizai.net/articles/-/85403　2015/09/25 6:00、最終閲覧：二〇二五年月三月九日

（10）横山は「人間とはなにか」「人間いかに生きるべきか」という問題を中心に心の働きを考えようとしており、その際に「煩悩」の問題や「「見られた心」は見ることができるが「見る心」はけっして見ることはできない」ことから、脳科学の対象にはなりえないとする。また仏教で説く「業」問題に関して、また「阿頼耶識」が、「観察」ではなく、「ヨーガ行者が、

心の奥底に沈潜して自ら発見した」ものである点を重視するという点から、西洋の心理学では説明しきれないことを強調する。

（11）最近の脳科学や認知神経科学では、脳の機能の解明が進み、横山が批判するような、脳は物質であり、なぜそこから精神的な心が生まれるかというような単純な批判は、当たらなくなっているのではないだろうか。例えば、「現在の神経科学では、意識は総合的な単一のプロセスではないというのが定説だ。意識には幅広く分散した専門的なシステムと、分裂したプロセスが関わっており、そこから生成されたものをインタープリター・モジュールが大胆に統合しているのだ。意識は創発特性なのである。」（マイケル・S・ガザニガ、藤井留美［訳］『〈わたし〉はどこにあるのか　ガザニガ脳科学講義』紀伊國屋書店、二〇一四年九月）というように、脳が〈解釈〉を行うことが証明されている。

また臨床実験の領域でも「意識」に対する「無意識」の優位性も実証されている。この点について、スタニスラス・ドゥアンヌ、高橋洋［訳］『意識と脳――思考はいかにコード化されるか』（紀伊國屋書店、二〇一五年九月）では、次のように述べられている。

「心の「中心的な実行機能」、すなわち心の働きをコントロールし、自動反応を避け、戦術を切り替え、間違いを発見する認知システムは、もっぱら意識の働きによると長らく考えられてきた。しかし最近になって、高度な実行機能は、不可視の刺激に基づいて無意識のうちに働くことが示されるようになった。」

「無意識の作用は、多くの点で意識の能力を凌駕する。」

「私の提起する意識の構造は、自然な分業を前提にする。地下では、無数の無意識の職人が骨の折れる作業をこなし、最上階では、選抜された役員が、重要な局面のみに焦点を絞って、じっくりと意識的な決断を下している。そんなイメージだ。〔中略〕知覚から言語理解、決定、行為、評価、抑制に至る広範な認知作用が、少なくとも部分的には、識閾下でなされ得る。意識以前の段階では、無数の無意識のプロセッサーが並行して処理を実行し、外界についての詳細で徹底した解釈をつねに引き出そうとしている。それらは、微かな動き、陰、光のしみなど、あらゆる知覚の微細なヒントを最大限に活用しながら、もろもろの特徴が現在の環境にも当てはまるか否かを計算する、一種の最適化された統計マシンとして機能する。」

このように無意識の構造が徐々に解明され、人間の行動や（顕在）意識との関連も明確にされつつある。

なお、世界十六カ国の村上春樹翻訳者十九人を集めて開かれた、国際交流基金主催による「シンポジウム&ワークショップ　春樹をめぐる冒険――世界は村上文学をどう読むか」（二〇〇六年三月）の記録が『世界は村上春樹をどう読むか』として刊行された（文藝春秋、二〇〇六年十月→文春文庫、二〇〇九年六月。本章での引用は、文庫版による）。

その中で、リチャード・パワーズは「ハルキ・ムラカミ―広域分散―自己鏡像化―地下世界―ニューロサイエンス流―魂シェアリング・ピクチャーショー」と題する「基調講演」を行った。

そこでは、他者の行為を無意識のうちに模倣し、あたかも自分がその行為を行っていると錯覚する「ミラー・ニューロン」の発見に触れながら、「研究者たちが解明しつつあったのは、村上文学のテーマを凝縮したと言っても通りそうな真実」であると指摘し、「ノルウェイの森」の中の「ワタナベ・トオルが深い不気味な井戸について語る一節」を引きながら、「直子による井戸の描写は、ワタナベの鏡像的な参入を引き起こす」とし、「直子が思い描く像が、ワタナベにとっての現実の草原に融合し、草原を変えてしまう。〔中略〕直子が思い描いたものの測りしれない深さと暗さが、ワタナベにとっても、あたかも自分がそのなかに落ちたかのようにその細部まで生々しいものとなるのです。そしてある意味では、本当に落ちたとも言えます」として、「ミラー・ニューロン」のもたらす効果と同じものを、物語の中に見出すのである。

パワーズの指摘は、物語内に属するものである。しかし村上春樹の文学においては、いままで述べてきたように、作品内の現実だけでなく、作者である村上とそれを読んだ読者との〈深層心理〉の世界（「地下二階」）での共有や共振が起こるのである。

第二部　近代日本における〈非リアリズム小説〉を読む

第一章　人間存在が抱える心の闇

――芥川龍之介「羅生門」の〈夜の底〉

「羅生門」の意味を問うこと

芥川龍之介の「羅生門《らしょうもん》」については、いままで数多くの論考が提出されてきた。試みに、国立情報学研究所が運営する学術論文・データ検索のデータベースであるCiNiiで「羅生門」と入力して検索すると、一一一五件がヒットする。これは、建築学や歴史学を含め、さまざまな学問領域にまたがるものであるため、「芥川龍之介　羅生門」とすると三八九件に、「羅生門　文学」という検索ワードで再検索すると、三二九件に絞られる。CiNiiは過去の研究成果をすべて網羅しているわけではないので、いままでの研究成果のすべてではないと考えられるが、それにしても三二九件はかなり多いほうであることは間違いないだろう（1）。

そのような状況では、「本作にこれ以上論じる余地があるのか、仮に何か新視角（と、とりあえず思われるもの）を提示したとしても、既にそれは先行する誰かによって言われていることなのではないかとまずは思わざるを得ない」と五島慶一が嘆くように（「作品論の窓　羅生門」、庄司達也［編］『芥川龍之介　ハンドブック』鼎書房、二〇一五年四月）、本作について新しい知見を提出することは、なかなかに容易なことではないとも思われる。しかし本作は、高等学校国語科の教科書のほとんどに収録されたいわゆる「定番教材」であり（2）、高等学校一年生を中心に大多数の教科書に収録されている。思春期の高校生の多くが読むことになる本作の意味を考えることは無駄なことではないと思われる（3）。

そこで本章では問題を、作中の最後で下人が、老婆の着物を剝《は》ぎ取り駆け降りていった、羅生門の下に広がる「黒洞々《こくとうとう》たる夜」が意味するものを中心に、本作を論じてみたい。

「羅生門」の誕生と〈主題〉をめぐって

芥川龍之介の「羅生門」は、一九一五（大正四）年十一月「帝国文学」に発表された。発表当初の筆名は「柳川隆之介」（雑誌の目次では、「柳川隆之助」）であった。翌年五月、阿蘭陀書房から刊行された芥川の第一短編集『羅生門』に収録された。その後、一九一八（同七）年七月に春陽堂から刊行された短編集『新興文芸叢書第八編　鼻』に再録された。

本作は、「今昔《こんじゃく》物語集」巻二十九第十八の「羅城門登上層見死人盗人話」および、「同」巻三十一第三十一の「太刀帯陣売魚嫗話」を素材とした翻案であり、ほかに「方丈記」なども参照している。芥川のいわゆる〈王朝物〉（「平安朝シリーズ」、「校正後に」「新思潮」大正五年九月）の代表作である。舞台や登場人物は、「今昔物語集」に則して平安時代のものとなっているが、芥川による加筆や原典にはない展開があり、紛れもなく近代人の心理ドラマという内容になっている。

それは「作者」と自称する〈語り手〉が作中に登場することや、「この平安朝の下人のSentimentalisme」というフランス語の挿入にも見て取れるのだが、何よりも作品の中心をなすのが、「平安朝の下人」が、「飢死《うえじに》をするか盗人《ぬすびと》になるか」という自分の進退について苦悩するという自意識の問題にあるからである。

本作については、次の芥川の自解がある。

　この自分の頭の象徴のやうな書斎で、当時書いた小説は、「羅生門」と「鼻」との二つだつた。自分は半年ばかり前から悪くこだはつた恋愛問題の影響で、独りになると気が沈んだから、その反対になる可《べ》く現状と懸け離れた、なる可く愉快な小説が書きたかつた。そこでとりあへず先、今昔物語から材料を取つて、この二つの短編を書いた。書いたと云《い》つても発表したのは「羅生門」だけで、「鼻」の方はまだ中途で止つたきり、暫《しばら》くは片がつかなかつた。
（「あの頃の自分のこと」「中央公論」一九一九〈大正八〉年一月）(4)

ここに記された「悪くこだわつた恋愛問題」というのは、東大在学中の一九一五（大正四）年の春に吉田弥生《やよい》との恋愛を家族に猛烈に反対されて断念した事件のことをいう。

芥川は、一八九二（明治二十五）年三月一日、新原《にいはら》敏三・フク夫妻の長男として誕生するが、生後七カ月を過ぎた十月十五日、フクが突然精神に異常をきたす。そのため芥川は、母の実家である芥川家で養育されることとなる。伯父の芥川道章夫妻には子どもがなく、道章の妻は病弱であった。芥川家には伯母のフキ（道章の妹）がいたため、芥川は実質的にフキに育てられる。

一九〇二（明治三十五）年十一月二十八日、病も癒《い》えぬまま母フクが芥川十一歳の年に死去し、一九〇四（同三十七）年三月、龍之介の新原家廃嫡《はいちゃく》と叔母の芥川フユが実父・新原敏三の後妻になる話が持ち上がる。その後、同年八月、叔母フユが新原敏三の後妻になることを条件として、新原家の家督廃嫡に関する裁判を経て、正式に芥川道章の養子となり、芥川姓となる。

芥川家は代々、徳川家に仕えた「御坊主衆」の家柄(5)であり、芸能や芸術にも通じた江戸文化を受け継ぐ格式ある家であった。それに対し、芥川の初恋の相手である吉田弥生の家は平民階層であった。弥生は、芥川の生家である新原家の近くに住んでおり、芥川とは幼馴染《おさななじみ》であった。

しかし当時、芥川家と新原家が微妙な関係にあったことや、弥生に縁談が持ち上がっていたこと。また、芥川家の家格には相応しくないということで、養父母や、特に芥川を幼い頃から育ててきた伯母フキらの大反対に遭う。自分の恋愛を押し通そうとする芥川と夜通し口論になり、結局芥川が弥生との恋を諦めるという形で、この件は終息することになる。

このことが芥川に、人間の「イゴイズム（エゴイズム）」について言及させることになるのである。自分の恋愛感情を押し通そうとすることで、自分を引き取り育ててくれた芥川家に対する忘恩となる「イゴイズム」と、家の格式を重んずるあまり、個人の感情を押し殺そうとする「イゴイズム」のぶつかり合い。そこに芥川は苦悩し、親友の井川《いがわ》（恒藤《つねとう》）恭宛の書簡で、

イゴイズムをはなれた愛があるかどうか〔中略〕イゴイズムのない愛がないとすれば人の一生程《ほど》苦しいものはない／周囲は醜《みにく》い　自己も醜い　そしてそれを目のあたりに見て生きるのは苦しい　しかも人はそのまゝに生きる事を強《し》ひられる〔中略〕／僕はイゴイズムをはなれた愛の存在を疑ふ（僕自身にも）僕は時々やりきれないと思ふ事がある　何故こんなにして迄《まで》も生存をつゞける必要があるのだらうと思ふ事がある　そして最後に神に対する復讐《ふくしゅう》は自己の生存を失ふ事だと思ふ事がある
（大正四年三月九日付『全集　第十巻』）

と書き送っている。

このときに芥川が受けた精神的なショックは尋常ならざるものであった。食事もまともに摂ることもできず、ひたすら吉原に通うなど、心身ともに極度に衰弱し、一時は命の危機に瀕するものであった。

そんな芥川の窮状に心を痛めた恒藤は、島根県松江の実家に芥川を招待するなどして、芥川の心の回復を願って懸命に支えた。その甲斐《かい》あって精神的な危機を脱した芥川は、創作に精力を傾けるようになる（松江については、芥川の「松江印象記」〈一九一五年八月〉が残されている）。

芥川龍之介（左）と恒藤恭。第一高等学校時代、恒藤の誕生日に撮影（1912〈大正元〉年12月3日）
提供：日本近代文学館

そして右に引いたように「なる可く現状と懸け離れた、なる可く愉快な小説」の執筆を目指し、そのうちまず「羅生門」が発表されたのである。この「イゴイズム」という言葉は、その後の「羅生門」の解釈の方向性を決定づけることになる。

三好行雄は「羅生門」について、「『羅生門』は芥川のいわば文壇的な処女作とみとめるべきであろう。〔中略〕『今昔物語』に材を得たこの小説は芥川の資質と可能性を最初に、そしてみごとに定着した」と高く評価する、そして作品の主題を「死体の髪を抜く老婆や、その老婆の着衣をはぎとる下人の最後に発見したモラル、つまり生きるためには何をしてもよいという、あまりにも直截《ちょくせつ》なエゴイズムの剔抉《てっけつ》にあったことはあきらかである」とした上で、次のように述べている。

エゴイズムをこのような形でとらえるかぎり、そこに救いはない。なぜなら、それはすでに罪ではなく、人間存在のまぬがれがたい事実にほかならぬ。『羅生門』は若い芥川が人間の本質を、いかに絶望的なものとして見ていたかをものがたる。と同時に、彼がそのペシミズムを、それ自体として完結した短編的世界に閉鎖しうる、すぐれた才能にめぐまれた作家であることをも示している。芥川はこの小説のなかで、自己の発見した人間の不幸をただ技術的にのみ処理した。「人生を銀のピンセットで弄《もてあそ》んでゐる」（菊池寛）のである。芥川の歴史小説が、処女作以来内包した特性と不幸がここにある。そして、その絶望的な人生観を技術の処理にのみゆだねえなくなったとき、この作家の後年の悲劇が胚胎《はいたい》した。

（吉田精一〔編〕『日本文学鑑賞辞典　近代編』東京堂、一九六〇年六月）

このように三好は、本作の主題を「直截なエゴイズムの剔抉」とし、その「エゴイズム」を「人間存在のまぬがれがたい事実」と位置づけた若き芥川が、人間をいかに「絶望的」に見ていたかに着目する。さらに「その絶望的な人生観を技術の処理にのみゆだねえなくなったとき、この作家の後年の悲劇が胚胎した」とし、絶望と位置づけられる人間存在の在り様を、芥川が終生超克することができなかった点に、芥川の自死の根本原因を見るのである。

下人の心理ドラマ　―他者／外界に翻弄される下人―

本作で描かれた人間の「エゴイズム」の問題は、下人に表象／象徴されているわけだが、その核心は下人の心性にある。

本作の舞台は、「この二三年」「地震とか辻風とか火事とか饑饉とか云ふ災《わざわい》がつゞいて起」こり、「さびれ方」も尋常ではない京都の町である。そこでは「仏像や仏具を打砕《うちくだ》いて、その丹《に》がついたり、金銀の箔《はく》がついたりした木を、路ばたにつみ重ねて、薪《たきぎ》の料《しろ》に売」られている。まさに神も仏もないと言えるほど人々の心は荒廃していたのである。

本作の中心に位置する「羅生門」も、その「修理などは、元より誰も捨てゝ顧《かえりみ》る者がなかつた。するとその荒れ果てたのをよい事にして、狐狸《こり》が棲《す》む。盗人が棲む。とうとうしまひには、引取《ひきと》り手のない死人を、この門へ持つて来て、棄《す》てゝ行くと云ふ習慣さへ出来た。そこで、日の目が見えなくなると、誰でも気味を悪《わ》るがつて、この門の近所へは足ぶみをしない事になつてしまつた」（『全

集　第一巻』）のである。

そのような状況の中、下人は「四五日前に」「永年《ながねん》、使われゐた主人から、暇を出され」、「行き所がなくて、途方にくれて」、この羅生門の下にいるのである。そこで「下人は、何を措《お》いても差当《さしあた》り明日の暮《くら》しをどうにかしようとして――云はゞどうにもならない事を、どうにかしようとして、とりとめもない考へをたどりながら、さつきから朱雀大路《すじゃくおおじ》にふる雨の音を、聞くともなく聞いてゐた」のであった。

下人の心理を見ていく上で欠かせないのは、ここでの下人の葛藤《かっとう》である。それは次のようなものである。


どうにもならない事を、どうにかする為には、手段を選んでゐる遑《いとま》はない。選んでゐれば、築土《ついじ》の下か、道ばたの土の上で、飢死をするばかりである。さうして、この門の上へ持つて来て、犬のやうに棄てられてしまふばかりである。選ばないとすれば――下人の考へは、何度も同じ道を低徊《ていかい》した揚句《あげく》に、やつとこの局所へ逢着《ほうちゃく》した。しかしこの「すれば」は、何時《いつ》までたつても、結局「すれば」であつた。下人は、手段を選ばないといふ事を肯定しながらも、この「すれば」のかたをつける為に、当然、その後に来る可き「盗人になるより外に仕方がない」と云ふ事を、積極的に肯定する丈の、勇気が出ずにゐたのである。

下人の心には、このままでは「飢死」するしかなく、それを逃れるためには「手段を選んでゐる遑はない」。そして「選ばないとすれば」、「盗人になるより外に仕方がない」という、ある意味では非常に短絡的な思考しか存在しない。もちろんそれほどまでの窮状にあったとも言えようが、すでに先行研究で指摘もあるように、下人は「右の頰《ほほ》に」「大きな面皰《にきび》」を持っている。つまり新陳代謝の盛んな若者なのである。また腰には太刀《たち》もさげている。

さらに羅生門が朱雀大路の南端に位置しているとなれば、荒れ果てた京の町から外へ出て、新たに生きる場所を求めることもできたかもしれない。(6)

宮坂覺《さとる》の指摘するように、下人は「相当の若年でこの〈屋敷〉に入」り、「〈屋敷〉の論理に飼い慣らされて自らの決断で行動を決定することなく〈永年〉過ごして来た」のであろう。そのため「現実社会からは塀によって隔離され」「内面をいつまでも未成熟のまま放置」されたのであり、「行動倫理も主人が総《すべ》てであり自己の思惑を介入することなどは思いも及ば」ないまま、「思考回路を封印されたままで、異常で濃密な空間である〈屋敷〉から寒風吹きすさぶ現実社会に放り出された」(「羅生門」関口安義［編］『芥川龍之介　新辞典』翰林書房、二〇〇三年十二月)とも考えられる。

だがこの物語における下人の尋常ではないとも言える思考は、その基底部においてこの日の天候による影を強く受けてのことであったのではないか。このあと見ていくように、「今日の空模様も少《すく》なからず、この平安朝の下人のSentimentalismeに影響した」という「作者」の言葉は単なる補足的な説明ではない。

「「盗人になるより外に仕方がない」と云ふ事を、積極的に肯定する丈の、勇気が出ずにゐた」下人は、結局、結論を出すのを先延ばしにして、「雨風の患のない、人目にかゝる惧のない、一晩楽にねられさうな所があれば、そこでともかくも、夜を明かさうと思」い、「羅生門の楼《ろう》の上へ出る、幅の広い梯子《はしご》」に足を掛ける。しかし、門の「上にゐる者は、死人ばかりだと高を括つてゐた」のだが、「上では誰か火をとぼして、しかもその火を其処此処《そこここ》と、動かしてゐる」のに気づく。そのとき下人は、「猫のやうに身をちゞめて、息を殺しながら、上の容子《ようす》を窺《うかが》つてゐ」るのだが、それは「この雨の夜に、この羅生門の上で、火をともしてゐるからは、どうせ唯《ただ》の者ではない」と考え、極度の緊張感に囚《とら》われているからのことである。

この後下人は羅生門の楼上で、老婆が「死人の髪の毛を抜く」という行為を目撃するのであるが、「下人には、勿論《もちろん》、何故老婆が死人の髪の毛を抜くかわからなかつた。従つて、合理的には、それを善悪の何れ《いず》に片づけてよいか知らなかつた」のである。ゆえに下人が老婆の行為を「許す可からざる悪」と判断する理由はない。

しかし、「下人にとつては、この雨の夜に、この羅生門の上で、死人の髪の毛を抜くと云ふ事が、それ丈で既に許す可からざる悪」なのである。下人にとっては、やはり「この雨の夜に、この羅生門の上で」行うことが許せないのである。

下人にそう感じさせるのは、羅生門が「日の目が見えなくなると、誰でも気味を悪るがつて、この門の近所へは足ぶみをしない事になつてしまった」ような場所であるのはもちろんなのだが、それに加えて、あるいはそれ以上に、「この雨の夜」から受ける影響が重要なのではないだろうか。「今日の空模様も少からず、この平安朝の下人の Sentimentalisme に影響した」という「作者」の言葉に明らかなように、下人がもともと持っていた、物事を必要以上に深刻に、悲観的に考えるという性癖である「Sentimentalisme」が、この日の雨のために増幅されていたと考えられるのである。

京都の町の「一通りなら」ぬ「衰微」とそれにより主人から暇を出されたことによる「飢死」か「盗人になるか」の二者択一という極端な思考。羅生門楼上に上がる際の極度の緊張感。老婆の行為を目の当たりにした際の「六分の恐怖と四分の好奇心」、さらにそこから変化して生じた「あらゆる悪に対する反感」と、下人の心理は常に外界の事象によって翻弄《ほんろう》され、外からの要因によって己の中にさまざまな感情を呼び起こす。

老婆を「扭《ね》ぢ倒」し、その「生死が、全然、自分の意志に支配されてゐると云ふ事を意識」すると、先程までの「悪を憎む心」は消え、「今までけはしく燃えてゐた憎悪の心」も「何時の間にか冷」めてしまう。その「後に残つたのは、唯、或《ある》仕事をして、それが円満に成就した時の、安らかな得意と満足」だけである。

下人は、今夜の雨に刺激され増幅された「Sentimentalisme」のため、自分の置かれた状況を冷静に見極めることもできず、事態を必要以上に悲観的かつ深刻に考える。その上、下人の心理は、常に自分以外の外界の現象によって、荒海を漂う小舟のように翻弄されている。そしてそれ以前に、確固たる自己が確立されていないため、論理的思考はおろか、意識的・自覚的にものを考えることもできない。そこで下人は、自分の中に湧き起こる感情に支配され、その時々の感情の赴くままに行動するしかないのである。

仏教思想から下人の心理ドラマを見る

下人の心理は、老婆の言葉という外因によって、さらに激しく揺れ動く。

死骸から抜き取った髪を鬘《かつら》にするという言葉を聞いた下人は、「老婆の答が存外、平凡なのに失望した。さうして失望すると同時に、又前の憎悪が、冷《ひややか》な侮蔑と一しよに、心の中へはいつて来」るのである。

さらに、死骸から髪を抜くという行為を正当化しようと老婆が述べる、生きるためにする「悪い事」も「飢死」しないためには「仕方がない」という言葉を聞いた下人の心には、「或勇気」が生まれてくる。「それは、さつき門の下で、この男には欠けてゐた勇気」であり、「さつきこの門の上へ上つて、この老婆を捕へた時の勇気とは、全然、反対な方向に動かうとする勇気」である。

このような下人の心理に起こる現象について海老井英次《えびいえいじ》は、次のように指弾している。

下人は、死骸から髪を抜き取る猿のような老婆を見出し、その非人間的行為に憎悪を燃え上がらせるところから始まる、心理のドラマを展開していく。しかし、そのドラマはいかにも意味深長のようだが、実のところたいして意味のあることではない。悪と悪でないこととの間にゆれたり、悪に対する激しい憎悪を燃やしたり、一転して悪を行為する決意をしたり、そうした心理の動揺が現出させるドラマは、善悪が結局は相対的なものでしかないという認識の方眼紙の上で行なわれる以上、どこか空虚な茶番じみたものになる。

（『鑑賞　日本現代文学第11巻　芥川龍之介』角川書店、一九八一年七月）

善と悪の間を振り子のように揺れる下人の心理について駒尺喜美《こましゃくきみ》は、「これをひきおこした条件や環境にその原因をみるというよりも、人間そのもののなかに本質的にまぬがれがたくもっている、善と悪の姿をみている」とし、「これらは悪を眼にしたときには善が翻然《ほんぜん》と立ちあがり、善の主張（老婆の主張する合理性）をみては、悪が翻然と立ちあがるという関係のもとに展開されている」と指摘する（「認識者として」『芥川龍之介の世界』法政大学出版局、一九七二年十一月）。

確かに、善悪は絶対的なものではなく、あくまでも相対的なものに過ぎない。また下人の心に湧き起こるさまざまな感情や心理は、下人の心の中に存在するものである。仏教では、人間の一瞬の意識の中に宇宙の森羅万象が備わるという〈一念三千〉という概念がある。

〈一念三千〉とは、次のような概念である。

人の平常持ち合わせている心に、三千という数に表現された全宇宙の事象が備わっているとする天台宗の基本的な教義。この理を自らの体験を通して体得することが天台宗の修行の極致とされる。その三千という数は、迷っている者、悟っている者を含めたすべての境界である十界（地獄・餓鬼などの六道に声聞・縁覚・菩薩・仏を加えた十）が、それぞれ互いに他を具して百界となり、その百界はすべてのものが備える実相としての十如（十如是）を具しているとして千如と数え、それが三種の世間（生きもの＝衆生世間と、生きものの住む場所・環境＝国土世間と、生きものをかたちづくっている物と心の係わり＝五陰世間の三世間）にわたっているとして三千としたもの。

（『例文　仏教語大辞典』引用は、Japan Knowledge Libによる）

つまり、私たちの一瞬の生命に、宇宙の森羅万象が収まっているということであり、私たちの日常的な感覚で言えば、善／悪、地獄／極楽、幸福／不幸、喜び／悲しみなど、すべての感情や境涯が備わっているというのである。それは普段は、意識の底に沈み表面には現れないが、外界の刺激によりその都度《つど》表面に現れ、それが静まればまた生命の奥底に沈潜《ちんせん》してしまう(7)。

下人の行為は、先ほどから見てきた下人の心理ドラマに顕著に現れているように、外界の事象を要因として自らの意識の内から湧き起こってきたものであることは間違いない。外界の事象や他者の振る舞いや姿、また他者の言葉を「縁」として、自らの心の内に潜在しているものが顕現するのである。その点では駒尺の言うように「人間そのもののなかに本質的にまぬがれがたくもっている」ものである。まさにこれは〈一念三千〉の理であり、それが外界の事象によって瞬時に引き起こされているのである。これをいま一度、仏教の観点から見れば「縁起」ということになるのではないだろうか。

「縁起」とは、「仏教の中心思想」である（『日本大百科全書（ニッポニカ）』引用は、Japan Knowledge Libによる。以下同じ）。仏教成立からの経過時期や部派によって異なる意味を持つのだが、まずは「いっさいのものはそれぞれ他のものを縁としてわれわれの前に現象しており、しかも各々が相互に依存しあって」いることを説いたものであると言ってよいだろう。

〈唯識説《ゆいしきせつ》〉によれば、「あらゆる諸現象はわれわれの心の働きにほかならない」のであり、「その心による認識、心そのものについての詳しい分析を果たす過程のなかに縁起説を取り入れる。すなわち、外界との縁起の関係のうえに活動する心に眼耳鼻舌身意の六識をあげ、それを統括する自我意識を末那識《まなしき》といい、さらにそれをも包んでいっさいをしまい込んでおく阿頼耶識《あらやしき》をたてる。一方、この識から縁起の関係を通じて、いかにしていっさいが現象するか、また悟りに導かれるかが詳しく検討されている」（前掲『日本大百科全書（ニッポニカ）』）という。

私たちの五感と意識に基づく層の下に、それらを統括する自我意識である「末那識」があり、その下に「阿頼耶識」と呼ばれる領域が存在するという。「阿頼耶識」は「蔵識」とも呼ばれ、私たちが今世に生を受けて以来のすべての経験や感情、思考その他すべてが収められる「蔵」と位置づけられるのである。

川田洋一によれば、「竜樹は、それまで「四諦」「十二縁起」として生・老・病・死の苦とその原因である渇愛、無明というように人間個人の苦の解析とそこからの解脱という因果に限定されていた「縁起論」を、一段とダイナミックに、宇宙森羅万象が相互に「縁《よ》って起こる」という関係性、換言すれば、自らの存在の根拠を相互に他の存在にもっているということ、即ち「空」へと拡大し、展開していった」とした上で、「この関係性を人間個人にあてはめれば、「無我」となり、ここに「縁起」「無我」「空」が宇宙森羅万象を貫く法理として表現されることになる」という。

さらに川田は、「もう一人の大乗仏教の理論家である世親（ヴァスバンドウ）は「十二縁起」が説かれる人間個人の生命内奥の心理分析に向かうことになる。これが、ユングやスタニスラス・グロフ、ケン・ウィルバー等のトランスパーソナル心理学に多大の影響を与えた唯識思想である。いわば、宇宙生命と共鳴しゆく人間の「内なるコスモス」、広大な精神領域の精密な分析である」と述べ、「我々の意識も存在も、宇宙も含む他者との相互関係の中にあり、我々の意識の奥底に内包・沈潜するさまざまな思念が、外界の刺激により顕在化するのである」（「第一章〈生命〉と仏教思想」『地球環境と仏教思想』第三文明社、一九九四年八月）と、私たち人間の意識層の内奥に存する潜在意識・無意識層（識閾《しきいき》下《か》の領域）に沈潜されたものが〈縁〉に触れて生ずることを述べている。ここでいう「潜在意識・無意識層」は、「阿頼耶識」と同じものに位置づけられるだろう。

本作の下人の心理ドラマも、仏教的な観点から見れば、私たちの意識に備わるものが外界の事象に触れて出現するという、〈一念三千〉及び〈縁起〉の具体的な現れなのである。そのため本作における「イゴイズム」とは、単なる下人の自己中心的な身勝手な発想や、己の都合によって物事を解釈するような単純なものを指すということではないと言えるのではないだろうか。

人間の心理の奥底には、自分でも窺い知れない不可知の領域が広がっているのであり（「潜在意識・無意識層」、「阿頼耶識」）、その中にどのような意識や認識、価値観や思念を蔵しているのかは、誰にもわからない。「魔が差した」という表現があるが、普段は温厚で篤実《とくじつ》な人物が、凶暴な行動を起こしたり、思いも寄らないことで、普段ではあり得ないような判断が生じたり行動を誤ることがある。あるいは、まったく自覚のないまま何らかの行動を起こすこともあるだろう。外界からの情報や刺激を因として、何かの拍子に、突然、識閾下からこうした意識や情動が湧き出すことは、下人ならずとも、誰にも起こりうることではないだろうか。
人間は自分の心の底に、絶対に知り得ない、また通常は立ち入ることのできない領域を抱えて生きているのである。

「黒洞々たる夜」の底 ―人間が抱える識閾下の〈闇〉―

「羅生門」は、初出と初刊の間で、表記の面でいくつかの変更が施された。特に、末尾の一文が初出の「帝国文学」（一九一五〈大正四〉年十一月）では、「下人は、既に、雨を冒して、京都の町へ強盗を働きに急ぎつゝあつた。」とあったのが、単行本収録に際して「下人は、既に、雨を冒して、京都の町へ強盗を働きに急いでゐた。」へと改められた。

さらに、初出から三年後の『新興文芸叢書第八編　鼻』（春陽堂、一九一八〈大正七〉年七月）所収の際には、作品の解釈に変更を迫るような重大な書き換えがなされた。それが定稿「下人の行方は、誰も知らない。」である。

木村一信《かずあき》は、「末尾の改稿をめぐっては、賛否両論を含めて、またその意義についても議論は百出している」とした上で、

「下人の行方は、誰も知らない。」と芥川が書き改めた時、下人は老婆の行為、論理の世界からは全くかけ離れたところへと出立した。「京都の町」や「強盗」といった具体性や、日常のレベルを捨象し、ただ「無明の闇」のただ中へと身を投じていった。〔中略〕「下人の行方」は、読者にも、また作者自身にも明らかでなかったのかも知れない。こうした「羅生門」の末尾から、作品の出来不出来の大半は、「芸術家の意識を超越した神秘の世界に存してゐる」（「侏儒の言葉」）と後に書く芥川の、芸術創造への畏怖《いふ》とともに、そこに投げ入れられた主人公（下人）の力強い出立の姿勢を感じさせられはしないだろうか。

（「「羅生門」論──己れの座標を求めて──」関口安義〔編〕『アプローチ　芥川龍之介』明治書院、一九九二年五月）

と、老婆の衣服を剝ぎ取って逃走した下人の行為を、「力強い出立の姿勢」として評価している。

また、右に挙げた引用文に続けて海老井英次は、「ドラマの核心は、下人にとっての老婆の存在の意味が明らかにされるところ〔中略〕にあり、下人が老婆の言葉を跳躍台として飛翔した〔中略〕ところにあろう」と述べた上で、「老婆の言葉に含まれる、悪を悪として許容する「エゴの相互了解の合理性」（和田繁二郎『芥川龍之介』創元社、一九五六年三月）は、単に必要悪の是認という倫理的価値判断の次元に属するものではなく、もっと本質的なところで下人とかかわっているようである」とし、下人が老婆の着物を剝ぎ取って逃走する本作の末尾の意味を次のように規定する。

下人が老婆を「蹴倒した」のは、「エゴの相互了解の合理性」を生きること自体は是認されるが、それを自己弁明に用いたり、自己の正当化に用いる感傷性を拒否したからに他ならない。〔中略〕下人の前には「京都の町」がある。闇の中に姿を消すとはいえ、単に循環的に冒頭の世界に戻ったわけではなく、そこに一つの〈覚醒〉があったのである。

（前掲『鑑賞　日本現代文学第11巻　芥川龍之介』）

として、下人が「盗人になる」ことを決めたところに、「ドラマの核心としての〈自我〉の覚醒」があると見ている。

三好行雄は、作品末尾について、

「羅生門」が円環を閉じた場所である。小説の世界でわずかに、龍之介の肉声がきわどくひびく一節でもある。下人は許しあう世界に身を投げて、忽然《こつぜん》と姿を消した。老婆のさかしまの白髪と、彼女ののぞきこむ〈黒洞々たる夜〉と、この風景こそ、芥川龍之介がかかえこんでいた〈虚無〉の対象化である。下人を呑みほした黒い夜は、いかなる救済をもうちにふくまぬ〈無明の闇〉に通じる。

（「無明の闇」『芥川龍之介論』筑摩書房、一九七六年九月）

としながら、

しかし、大正四年の芥川龍之介は〈下人の行方は、誰も知らない〉という一行を選ばなかった。初出稿が、／《下人は、既に、雨を冒して、京都の町へ強盗を働きに急ぎつゝ、あつた。》／という形で終っていたのは、有名な事実である。行為にむかって駆けぬけた下人から、すくなくとも〈明日〉は消されていない。小説世界のヴェクトルは、明らかに、〈下人の行方は、誰も知らない〉の一行を必然とする形で動いている。にもかかわらず、初出稿を書き終える龍之介は、下人の明日を消さなかった。〔中略〕大正四年の芥川龍之介は〈無明の闇〉に投げた下人のゆくえを、にもかかわらず、見ることをなおやめようとしなかったことになる。

と述べて、そこには「人生の醜悪を最後まで見続けねばならぬという、認識者の要請」があったとしている。

さらに三好は、芥川が下人の救済を一九一七（大正六）年の「偸盗《ちゅうとう》」において試みようとしたが、それが挫折したことで、「龍之介は「羅生門」の末尾を、／《下人の行方は、誰も知らない》／という、必然の一行で結んだ。このとき、下人は真に〈無明の闇〉のかなたに放逐《ほうちく》された」としている。初出や初刊の段階では、芥川がまだ下人を〈無明の闇〉の中に葬り去ることはせず、その姿を見届けようとしていたこと。さらにそれが叶《かな》わないとの挫折感から、定稿への書き換えが行われたと見るのである。

これに対して田中実は、末尾の改稿の意味を、

定稿『羅生門』の完成は、『地獄変』の〈語り〉自体を相対化する〈語り〉、二重の〈語り〉なくしてはあり得ません。〔中略〕〈作家〉芥川龍之介はこの作品を経て、改めて三度『羅生門』に向かいます。〈語り〉を統括する主体である「作者」は今度は下人が強盗になる話から行方不明になる話へと転換させるのです。下人が知覚し、捉えた外界の対象領域は下人自身の内なる世界が何ものだったかを表すしかなく、客体の外界を認識すればするほど、その認識主体の領域の内なる領域が現れてくる、この運動のメカニズムが見えてくると、それは「認識の闇」、この深みに陥ることを「作者」が自覚するのです。
（「『羅生門』の〈読み〉の革命―〈近代小説〉の神髄を求めて―」、田中実ほか［編］『第三項理論が拓く文学研究／文学教育　高等学校』明治図書、二〇一八年十月）

として、芥川が「地獄変」を書き上げ、そこで芥川が「〈語り〉自体を相対化する〈語り〉、二重の〈語り〉」を発見したことが、「羅生門」の末尾の改変に結びついたのだと指摘する。

私たち人間が認識している外界の対象は、五感を通じて得られた情報を脳内で再構成した像にすぎない。私たちが実在すると信じている世界は、すべて己の中に生ずるイメージにすぎない。他者や私たちを取り巻く世界の真の姿さえ捉えることはできない。厳密に言えば、本当にそのまま存在するのかどうかさえわからなくなってくるのである。外界を見つめれば見つめるほど、見つめる対象からは遠ざかってしまい、永劫に外界の事物に到達することはできないのだ。そうした「認識の闇」を芥川が自覚するに至ったことが、「下人の行方は誰も知らない。」との一文に集約されていると田中は見るのである。

「下人の行方は誰も知らない」

さらに田中は、「定稿『羅生門』には末尾以外もう一つ、周知の大きな改稿があり、そこには表現に関する形式上の齟齬《そご》・矛盾《むじゅん》が隠れて」いるとして、

老婆が下人に釈明する箇所は、再稿にはなかった鍵括弧《かぎかっこ》が付き、老婆の口調も会話体の肉

声に変えられ、〔中略〕ならば当然、これは老婆の直接話法、肉声という建前になりますから、〈語り手〉の「大体こんな意味の事を云った」の一文は削除されなければなりません。この〈語り〉の文を残すことは表記上の齟齬になります。このような齟齬が定稿で起きていること自体、認識すればするほど認識の闇に陥るという逆説から抜け出せない芥川の闇の深さを示しています。

（前掲「『羅生門』の〈読み〉の革命―〈近代小説〉の神髄を求めて―」）

と指摘する。

この部分の表記は、読者からの不評によって定稿のように改められたのだが、田中はこれを、単なる読者対策による改稿ではなく、「芥川の闇の深さ」によるものだとするのである。「このような齟齬が定稿で起きていること自体、認識すればするほど認識の闇に陥るという逆説から抜け出せない芥川の闇の深さを示して」いるのだとするのである。

田中が注目する、この「老婆が下人に釈明する箇所」は初出や初刊では、最初に「この髪を抜いてな、この女の髪を抜いてな、鬘にせうと思うたのぢや。」と直接話法で老婆の台詞《せりふ》を記した後、

成程、死人の髪の毛を抜くと云ふ事は、悪い事かも知れぬ。しかし、かう云ふ死人の多くは、皆、その位な事を、されてもいゝ人間ばかりである。現に、自分が今、髪を抜いた女な

どは、蛇を四寸ばかりづゝに切つて干したのを、干魚《ほしうお》だと云つて、太刀帯《たてはき》の陣へ売りに行つた。疫病にかゝつて死ななかつたなら、今でも売りに行つてゐたかもしれない。しかも、この女の売る干魚は、味がよいと云ふので、太刀帯たちが、欠かさず菜料に買つてゐたのである。自分は、この女のした事が悪いとは思はない。しなければ、飢死をするので、仕方がなくした事だからである。だから、又今、自分のしてゐた事も悪い事とは思はない。これもやはりしなければ、飢死をするので、仕方がなくする事だからである。さうして、その仕方がない事を、よく知つてゐたこの女は、自分のする事を許してくれるのにちがひないと思ふからである。——老婆は、大体こんな意味の事を云つた。

と記されている。老婆の言葉は淡々としたものだし、文末も〈である〉調である。完全に伝聞であり、〈語り手〉による老婆の言葉の要約・間接話法になっている。

これは、「鶏《とり》の脚のやうな、骨と皮ばかりの腕」をして痩せ細った老婆が、下人に取り押さえられた恐怖も冷めやらぬところで、「喉《のど》から、鴉《からす》の啼《な》くやうな声」で、「喘ぎ喘ぎ」発した音声であり、「屍骸の頭から奪《と》つた長い抜け毛を持つたなり、蟇《ひき》のつぶやくやうな声で、口ごもりながら」口にした言葉である。

このような老婆のしゃがれた声で語られた内容が、どれだけ下人の耳に届いていたのかは、甚《はなは》だ心許《こころもと》ない。実は下人には、老婆の言葉はほとんど聞き取れていなかったのではあるまいか。そこで、〈語り手〉は、下人にはほとんど聞き取れなかった老婆の弁明を、読者のために要約して記したのではないだろうか。そこで「老婆は、大体こんな意味の事を云つた」との文が必要なのである。

視覚にしろ聴覚にしろ、人間の感覚器官は、取り入れたすべての情報を処理していない。すべてを処理しようとすると、情報量が脳の処理能力を超えてしまい、脳が機能不全に陥るからである。そこで、脳は、生存に関わることや自分にとって必要なことだけを取捨選択して処理し、入ってきたものの一部だけを認識していることは、大脳生理学の知見を俟《ま》たずとも、私たちの日常経験からよく知られていることだろう。

ここでの下人も、老婆の発言内容の大方は理解できていなかったのではないか。しかし、先ほど自分が門の下で「「盗人になるより外に仕方がない」と云ふ事を、積極的に肯定する丈の、勇気が出」ないことに煩悶《はんもん》していた下人は、老婆のこの、生き延びるためには「手段を選んでゐる遑はない」という、自分が最も求めていた言葉だけは、いわば「ちゃっかり」と聞き取ったのではないだろうか。

その意味では、初出・初刊の間接話法の表記は、人間の脳における認識回路のシステムと、自己生存を最優先する脳の機能の特徴を踏まえた、非常に巧みな表現であると言えるのではないだろうか。芥川がそこまで意識してこの部分を書いていたとすれば、芥川の人間観察の眼は極めて鋭いものであったと言ってよいのではないだろうか。

老婆の述べた、生き延びるためには「手段を選んでゐる遑はない」という自己正当化の論理を逆手にとって、下人はようやく自分が盗人になる決意を固める。下人の優柔不断な思考や身勝手な論理によって導かれる「エゴイズム」は、ある意味では、人間の脳の認識システムに基づく必然の帰結だったと言ってよいのかもしれない。

本章で見てきたように、私たち人間は、自分の意識の内部に、絶対不可知な領域を抱えている。しかし心理学の発達により、その絶対に知ることのできない〈潜在意識〉が、私たちが自覚できる〈顕在意識〉に影響を与え、私たちの人生や日々の行動を左右しているということも明らかになりつつある。羅生門の下に広がっている「黒洞々たる夜」の闇は、人間存在がその内部に抱える〈闇〉、つまり私たちの〈深層心理〉（「潜在意識・無意識層」、「阿頼耶識」）であり絶対不可知な領域の謂《いい》ではなかったか。そこに降りていき、行方不明となる下人の姿は、とりも直さず私たちの姿そのものである。

そもそも、私たちの潜在意識の中には、何が収められているのか。外界の〈縁〉に触れ、私たちの意識の深層から何が現れてくるのかは、想像もできない。果たしていつなんどき、どのような状況で、私たちも下人同様、不可解な思考に囚われ、説明のつかない行動に出るかもしれない。「黒洞々たる夜」とは、そうした私たちが意識の奥底に抱える〈闇〉を指すのではないだろうか。私たちは自己の内部に、そのような〈闇〉を抱えて生きていかざるを得ないのである。本作「羅生門」は、私たちにそのことを教え、その上で、私たちが日々どう生きていくのかを問う優れた作品だと言えるのではないだろうか。

【注】

（1）浅野洋／芹澤光興／三嶋譲［編］『芥川龍之介を学ぶ人のために』（世界思想社、二〇〇〇年三月）の「Ⅱ 主要作品研究史　羅生門」を担当した木田隆文によると、「平成七年十月までの「羅生門」関係文献を網羅した、志村有文「芥川龍之介『羅生門』作品論文献目録」〔中略〕では、先行文献は四三八編を数える」という。ちなみにCiNiiで「夏目漱石　こころ」を検索すると五二四件が、「三島由紀夫　金閣寺」では二四八件がヒットする（二〇二五年二月二十七日午後六時閲覧）。

（2）石川巧「「羅生門」精読――「下人の行方は、誰も知らない」と書く「作者」」（『日本文学』二〇一六年四月）は、「「羅生門」が国語教科書の定番教材になったのは一九七三年から高等学校で実施された新課程以降のこと」としている。

（3）三宅義藏『「羅生門」55の論点』（大修館書店、二〇二二年九月）は、高等学校での授業実践の中で「高校生の初読時の疑問点を整理した論点を示し、続いて、その論点について考察する、という体裁」で編まれており、「その1　「羅城門」を「羅生門」と変えたのは、なぜか。」から始まり、「その55 「羅生門」を、現代の高校生はどのように受けとめているか。」までの項目が示され、それぞれ詳細に考察されている。

(4) 『芥川龍之介全集　第二巻』（岩波書店、一九七七年九月）。本章における芥川の文章の引用は、すべてこの十二巻本全集による。以下『全集』とだけ記し、巻数を示すこととする。

(5) 庄司達也によれば、養父道章の肩書は「「元徳川家用部屋坊主」の当主」であるという（「作家研究からの二つの視角——芥川文学の読解のために」、前掲『芥川龍之介　ハンドブック』）。

(6) 「用部屋」とは、「江戸城中で、老中、若年寄が出仕し政務を執った部屋。御用部屋」のことである。「用部屋坊主」とは、そこで幕府重臣らの世話をしたりする「江戸城中御用部屋付きの奥坊主」をいう（『日本国語大辞典』引用は、Japan Knowledge Lib による）。「奥坊主」衆は、その大半は表向きには顔を見せず、身分は「御目見以下」（御家人クラス）とされていたが、将軍や幕府重臣に近く立場上かなり厚遇されていたという。

(7) 平岡敏夫は、「下人は京都という町の共同体から放逐された者であり、京の町の入口・出口である羅生門から出ていくべき者」（「「羅生門」の異空間」『日本の文学　第一集』有精堂、一九八七年四月）と規定している。そうしたさまざまな可能性が考えうるにもかかわらず、下人の頭には「飢死」か「盗人になるか」の二つの選択肢しか浮かばないのである。

(8) 仏教学者の菅野博史は次のように説明している。

「一念三千説は『摩訶止観』巻第五に明かされる。〔中略〕「夫れ一心に十法界を具す。一法界に又た十法界を具すれば、百法界なり。一界に三十種の世間を具すれば、百法界は即ち三千種の世間を具す。此の三千は一念心に在り。若し心無くんば已みなん。介爾《けに》も心有れば即ち三千を具す」（大正四六・五四上）と。すなわち、十法界の一々の界がそれぞれ十法界を具して（十界互具）、百法界となる。また、一界に、三世間と十如是を乗じた三十種の世間を具しているので、全体で三千種の世間となる。すなわち、我々迷いの衆生の一瞬の心に三千種の世間を具すと説くのが一念三千説である」（『一念三千とは何か』第三文明社、一九九二年七月）。

第二章　〈生〉と〈死〉を超えて／川端康成の死生観

──「散りぬるを」における〈不死の生命／死者の復活〉

〈第三項〉論をめぐる誤解に対して

田中実の〈第三項〉論については、わかりにくいという批判が寄せられることが多い。学部生の頃、イギリス経験論を学び、「私たちが見ている世界が、本当にそのままそこに在るという保証はどこにあるのか」とか「自分が見ている目の前の赤色が、隣にいる友人の見ている赤色と、本当に同じ色だと言えるのか。またそれを証明するにはどうしたらよいか」などといった、知覚や世界の認識の在り様について日頃から疑問を感じていた筆者には、田中の説く〈第三項〉論は、私たちが外界や世界を認識するメカニズムを説明した非常にシンプルで合点のいくものに思える。しかし、多くの人々にはそのようには思えないらしい。

私たちの知覚や外界の認識が、感覚によるものであること。しかもそれは感覚器官を通して得た情報を信号に変えて神経系を経て脳に送られたものであること（最新の脳科学では信号などとは単純にいわないのだろうが、いまは、それは措《お》く）。そして最終的には、そうして集められた情報によって脳の中で作成されたイメージにしかすぎないこと、などを考えれば、私たちが捉えている「客体」とは、まさしく田中の言う「客体そのもの」が、私たち「主体」に映じた「客体の影」にすぎないことは明らかであろう。私たちの知覚や認識は、まさしく〈第三項〉によって生じているのである。私たちは、目の前にあるいわゆる「事物（そのもの）」には永遠に到達できない。また目の前にあるはずの「事物（そのもの）」の色や形や手触りも「直接」感じ取ることはできない。すべては私たちの脳が生み出したイメージなのである。しかしそうした〈感覚与件〉を生み出す源泉としての「事物（そのもの）」がなければ、私たちの知覚も消滅してしまうわけであり、いかに到達不可能であったとしても、そこに「事物（そのもの）」が存在するということは疑いようのない事実であると考えてよいだろう。田中も、「知覚できない客体そのもの、**〈第三項〉がなければ、我々の捉えている客体の対象自体が存在できない**」とし、それは「当り前の、誰でもよく知っているはずのことです」（「世界像の転換、〈近代小説〉を読むために――続々〈主体〉の構築――」「日本文学」二〇一四年八月）と述べている。

よく誤解されるのだが、〈第三項〉を措定《そてい》することは現実世界や事物の存在を消し去ろうというものではない。また、〈第三項〉論が怪しげな〈文学理論〉であり、本来もっとも重視すべき文学作品の「読み」そのものから離れた机上の空論であるというアレルギー反応もよく耳にするところである。しかし実際は、その逆である。

〈第三項〉論は、ポストモダンによって不可知とされ、それゆえ議論の埒外《らちがい》に放り出された世界、あるいは、私たちの読書行為は〈一回限りの永遠の誤読〉であり、テクストの〈読み〉や〈意味〉を問うことなど不毛であるとする考え方から、〈世界〉の存在を、そして〈文学〉を〈読み〉〈学び〉〈教える〉ことの意義を奪還する（現在のところ）唯一の方途であると筆者は考えている。

「〈第三項〉と〈語り〉」から作品を〈読む〉ことの意義／必要性

田中実は、「近代小説」を〈「物語」＋「語り手の自己表出」〉と定義し、「語り手の自己表出」がなされていない「近代の物語」と峻別《しゅんべつ》した。この「語り手の自己表出」を読むことが、「近代小説」を読む枢要《すうよう》であるとする。これを〈語り〉の問題から考えれば、作中の〈語り手〉を作者と同一視したり実体化して捉えるのではなく、〈機能としての語り（手）〉として捉えること。〈語り〉を語られたまま受け取るのではなく、〈語り〉と〈語られたもの〉との相関で捉え、表面的なプロットやストーリーだけで作品を読むことを退ける。

また田中は、「近代小説」を読むことについて、

我々が近代小説を読む核心は読み手に現れる〈語り―語られる〉客体の対象を〈語り―聴《き》かれる〉**批評空間として受容するとき、**〔中略〕**その双方の表現の虚偽を克服すること、それには「読みの原理」同様、客体を捉える主体をなんらかの意味で超えること、あるいは自ら焼き殺すことです。**

（「近代小説の一極北――志賀直哉『城の崎にて』の深層批評」、田中実＋須貝千里〔編〕『文学が教育にできること――「読むこと」の秘鑰《ひやく》――』教育出版、二〇一二年三月）

と述べ、私たち読者が、自分の捉えた文学空間を相対化するだけではなく、そう捉えている私たち自身をも相対化し解体しなければ作品の真相には迫れないとして、表面的な読みに堕することに厳しい警告を与えている。さらに田中は、

「近代小説の読者」とは、虚構の聴き手に変容しながら、物語の対象にメタレベルの立場に立ち批評する領域を保有しています。〔中略〕一人称の〈語り手〉の〈自分〉は〈**機能として**

の語り手〉、この山括弧《かっこ》の〈**自分**〉が「自分」を語る主体です。しかし、近代小説の読者はこの〈語り―語られる〉〈語り―聴かれる〉という現象を〈聴き手〉として聴き取り、そこに物語の出来事に対してメタレベルに立つ批評空間を所有するのですから、もしこの立場をもたないまま、従来の文学研究のように手ぶらで作品世界に参入していくと、〈語り―語られる〉〈語り―聴かれる〉空間が抜け落ちて直接物語に入り込み、語られた出来事だけを読むことになります。

（前掲「近代小説の一極北」）

とし、作品の表層のレベルしか読み取らない〈読み〉の限界を指摘している。

さらに田中は、作品を読むことの目的が「叙述されたこと（プロット及びストーリー）を通して、主題（テーマ）を正しく捉えること」にあるのではなく、「そのメッセージを小説の〈ことば〉を通して読者自身が意味づけをしなおし、固有の価値づけをするところに文学の〈感動〉へ至る経緯があるのであって、正確に読み取るだけのところは、まだ文学の次元のものではない」とする（「お話《プロット》を支える力――太宰治『走れメロス』」『小説の力――新しい作品論のために』大修館書店、一九九六年二月。以下同じ）。そして「〈言葉〉によって心を動かされ、〈感動〉を受けとるところ、ここに伝達のレベルを超えた次元があり、その意味でメッセージではなくてメタ・メッセージを所有すること、プロットを辿《たど》り、あるいはストーリーを追うことを通してその〈内なる必然性〉を読み取り、感じ取るところに文学の領域がある、と思う」とし、特にその中心は、作品の「〈内なる必然性〉を読み取り、感じ取る」ところにあるとしている。[1] しかし実際には「対象の作品（小説）を論じようとする読者（指導者・学習者）は、しばしばその〈内なる必然性〉とは別に、プロットを丁寧に辿り、その果てにある主題〈テーマ〉を正確に捉えるべく訓練されてきたし、そうしているのではないか。書かれていることは正しく読むが、文字として書かれていないことは書かれていないとし排除しようとする。メッセージを正確に捉えることに努力する、これが文学研究及び国語教育研究の第一の目的になってしまっているのではないか」と、現在の「読者」が陥《おちい》っている誤《ご》謬《びゅう》を明らかにしている。

ここには文学作品を読む、あるいは研究することと文学教育が、同じ地平を有することが示されているとともに、〈読むことの倫理《モラリティ》〉を見失った昨今の文学研究への痛烈な批判が見て取れるのではないだろうか。

この点について齋藤知也《ともや》は、

> 田中論は「テクスト」＝「還元不可能な複数性」を潜り抜けた上で、「主体」と「主体の捉える客体」と「客体そのもの」の三項で捉える原理が一貫して下地にあり、「下人〔芥川龍之介「羅生門」〕の〈わたしのなかの他者の問題〉」とそれを批評する〈語り手〉の双方を、〈機

能としての語り〉から囲い込むことで、読み手の「物語」を逆に倒壊するものになる。つまり田中論では、「読むこと」が、〈自己倒壊〉を伴《ともな》った〈自己教育〉の場として成立しており、ここに教室との接点もあると言える。

（「機能としての語り」、田中実［監修］、相沢毅彦ほか［編］『「読むこと」の術語集─文学研究・文学教育─』双文社出版、二〇一四年八月）

と述べ、作品を〈第三項〉から読むことの必要性と、その文学教育における意義を指摘している。ここで特に重要だと思われるのは、田中論がバルトの言う「「還元不可能な複数性」を潜り抜けた上で」「「三項で捉える原理」に貫かれているという点だろう。それは〈第三項〉論による読みの実践が、主客二項の実体論的な読みから生ずる〈正解到達主義〉（いわゆる「コレシカナイ」）による教授者の一方的知識伝達でも、田中が「エセ読みのアナーキー」と批判する、中途半端なテクスト論に依拠する（あるいは表現活動の闇雲な重視による）学習者の無秩序な意見表出（いわゆる「ナンデモアリ」）でもないことを意味する。このことが、文学（研究）あるいは文学教育（研究）を蘇生させる鍵となる。だからこそ齋藤の指摘通り「「読むこと」が、〈自己倒壊〉を伴った〈自己教育〉の場として成立しており、ここに教室との接点もある」のだ。

〈第三項〉を措定しない作品の読みは、客体を消滅させ、結局は読者の主体の中に映じた像のみを愛《め》でることになるか、外部の不可知な事象を、あたかも実体化したものとして捉えて、その真偽を云々するだけの行為にとどまるのではないか。それでは作品の深層の〈意味〉を読み取ることはできない。

そこで本章では、以上のことを踏まえた上で、〈第三項〉論あるいは「〈第三項〉と〈語り〉」という観点から文学作品を読むことで、何が明らかになってくるのか。また〈第三項〉が、具体的に文学作品とどのように関わっているのかを考えてみたい。そのための題材とするのが、川端康成の「散りぬるを」である。

なぜこの作品を取り上げるのか。それは、本作が川端康成の抱いていたと思われる世界観や言語観を如実に体現したものであり、それが余すところなく表現された小説だと考えられるからである。しかも本作で表現されている世界観・言語観は、まさに〈第三項〉と重なり合うものである。〈第三項〉から捉えた世界観が如実に表現されているのが、川端の「散りぬるを」だと言えるのである。

川端文学における《実録的犯罪小説》の位置づけとその意義

川端康成には《実録的犯罪小説》と称される作品群がある。「散りぬるを」もこの《実録的犯罪小説》と呼ばれる作品の一つである。《実録的犯罪小説》とは、小林芳仁《よしひと》の命名によるものだが、いずれも実際に起きた事件の記録などを元に、川端が再構成した作品群である。

小林は川端の文学世界の特徴を、「一瞬に極まり生命を全《まっと》うするあえかな美を鋭敏に捉えると等しく、美に胚胎《はいたい》する虚偽や醜悪をつぶさに看破し剔抉《てっけつ》して外さず、現実の残酷悲惨《ひさん》な相《すがた》をも非情の眼で見極め、善・悪・美・醜あるいはデカダンスを止揚《しよう》して、審美的・形而上学《けいじじょうがく》的な芸術の世界を構築した」（「川端康成の実録的犯罪小説」「解釈と鑑賞」一九九三年五月）とし、「如上《じょじょう》の美意識を持つ川端が、現実の極悪非道な犯罪事件、新聞の三面記事を素材としてドキュメンタリィに扱った場合、どのように作品化するか、その素材がいかに虚構化されているか、犯罪の非道性や残忍性がそして犯罪者自身が、審美者である彼によって如何《いか》に認識されているか、作品と事実を照応し観察してみたい」と、《実録的犯罪小説》に大いに関心を寄せている。

川端康成（1932〈昭和 7〉年頃）
提供：日本近代文学館

小林の指摘のように、川端文学における「犯罪小説」の持つ意味は非常に大きいと言える。しかし小林に代表される伝統的な研究では、事件（出来事／素材）と小説の関係性や、川端の小説観や小説技法の問題を見ることに重点が置かれている。あるいは「語られた」内容を、実体的なものとしてしか捉えておらず、そのままでは川端文学の「秘鑰」に迫ることはできないと言えるのではないだろうか。

新城郁夫《いくお》もこれら川端の「犯罪小説」について、「昭和八〔一九三三〕年前後の川端作品を考察しようとする時、犯罪小説を非川端的の名の下に退けて素通りすることは難しい」と前置きした上で、「「禽獣《きんじゅう》」(昭和八年)を経て「雪国」(昭和十二年)への道が拓《ひら》かれ、まさに「川端的」世界が築き上げられようとしていたこの秋、その素材もさることながら小説性の技法の異質さにおいて「川端的」なるものを逆照射していく可能性を秘めた領域として、それら犯罪小説の位相を捉えることもできようから。少なくとも、昭和八年前後の川端の小説に濃い死の影を見届け、それがいかにして小説の中で表出され構成されるのかという死の修辞学とも言うべき道筋に、犯罪小説はまた新たな手掛かりを与えてくれるはずである」(「解体される犯罪小説：川端康成「それを見た人達」をめぐって」「日本東洋文化論集」三号、琉球大学法文学部、一九九七年三月)と、川端の作品史および「死の影」という川端文学の中心的主題との関連から、その重要性について言及している。

この論考で新城は、「改造」(一九三二〈昭和七〉年十月)に発表された「それを見た人達」の特徴を次のように論じている。「散りぬるを」を考える上でも重要な指摘を含んでいるので、少し長くなるが引用してみよう。


捜査記録が「それ」の確定と事件解決へと情報を制御し因果づけていく構築的連鎖を形づ

くっていく過程を辿るのとは逆に、犯罪が孕《はら》む（と言うより捜査の段階で孕まされる）ストーリーを排除するように、「それ」という小説の〈空白〉の中に範列的な情報を呼び込みつつ、事件解決という単一的且《か》つ線状物語を「それを見た人達」の複数の物語へと差異化していく過程を刻んでいるのがこのテクストの成り立ちなのである。そうして〈空白〉としての「それ」は、見る―見られる（捜査―捜査される）という視線の権力関係をも瓦解させ、「それ＝屍體《したい》」を見た（捜査した）人達はそれ＝幻を見ず、「それ＝屍體」を見なかった人達はそれ＝幻を見てその新たな蘇《よみが》えりを小説の中に呼び込むという反語的機能を担《にな》いつつ、事実としての事件の結末へと性急に赴こうとする犯罪小説的なプロットの収束を迂回《うかい》させて、言わば反「犯罪小説」的世界へと、やはり読み手をいざなっていたのだ。犯罪をそのドキュメンタルな資料に基づいて小説の中に導き入れながら、しかし、その犯罪記録そのものをその内部で読み換え、これを脱中心化していくことによって「犯罪」に関わった人達の幻想の領域において、犯罪ならざる新たな物語を生成させていく。一見事実性に裏づけられた犯罪小説としての衣装を纏《まと》っているかにみえて、その実、犯罪の記録性そのものを小説の領域の中で瓦解させていく指向のなかに、「それを見た人達」という一篇《いっぺん》の小説のありかたが見出だされるのである。

（前掲「解体される犯罪小説」。傍線は引用者。以下同じ）

傍線を付した箇所のように、ここで新城が指摘している事柄は、実際に起きた事件に基づいて構成された形を取る川端の「犯罪小説」の特色を、的確につかんでいると言えるだろう。特に、事件の真相究明へと収斂《しゅうれん》しようとするさまざまな言説を「差異化」し「脱中心化」していく「それを見た人達」のテクストの在り様を見事に解析している。

「散りぬるを」の場合は、「それを見た人達」とは逆に、語り手で小説家の〈私〉が、「鑑定人」や「警部」の「聴取書」としてまとめ上げられたさまざまなストーリーを幾重にも併置し、それぞれを相対化していく。一つの真相に対して複数の物語を競合させることで、本来は一つに像を結ぶはずのものが逆に多焦点化し、真相が見えなくなっていってしまうように仕組まれている。二つの作品にはそうした違いはあるものの、事実とそれを語る言説との関係や、真実を追求することの意味を無化し、その不毛性を描き出す点で、川端の「犯罪小説」のそれぞれの相を見せてくれている。

このように、新城の指摘は、「事実（捜査記録）」と「小説」との乖離《かいり》を具体的に論じ、事件解決はおろか、犯罪の記録さえも「脱中心化」しようとする「それを見た人達」の〈語り〉の特性に触れた非常に優れたものであろう。また、ソシュールの言語論の立場から脱構築的に本作を捉え、ともすれば事実とそれを表現する言説の相関関係に終始する従来の読みを覆《くつがえ》し、テクストの持つことばのからくりを炙《あぶ》りだした興味深いものであると言ってよいだろう。ただその着眼は〈第三項〉論から見れば、「客体の影」の変容に注目しすぎることで、〈テクスト論ではどうしてもそうならざるを得ないのだが）言語の表層レベルにとどまってしまい、そのことでかえって「「川端的」なるものを逆照射していく可能性」を損なってしまっていると言えるのではないか。

新城は本論考の中で、「「川端的」なるもの」の内実については、具体的には論じていない。だが、川端が描き出そうとした世界やその意味するものは、書かれてある表面的な言説を見るだけでは明らかにはならないはずだ。川端の言説を丹念に検討していけば、川端が私たちの知覚や言語の向こう側を見据えていたことは明らかであり、だからこそ〈第三項〉を措定し、「「還元不可能な複数性」を潜り抜けた上で、「主体」と「主体の捉える客体」と「客体そのもの」の三項で捉える」（前掲「機能としての語り」）必要があるのだ。川端が見つめていた「客体そのもの」とは何か。川端が描き出そうとしていた世界は、いかなるものなのか。それは、主客二元論やテクスト論的な表層批評の眼《まな》差《ざ》しからでは、到達できないものなのである。

「散りぬるを」の成立と構造について

「散りぬるを」は、はじめ「改造」昭和八（一九三三）年十一月号に「散りぬるを」、「文学界」同年十二月号に「瀧子《たきこ》」、「改造」九年五月号に「通り魔」として、三回に分けて発表された。その後、野田書房より少部数を刊行した『禽獣』（昭和十年五月二十日刊）に収められ、さらにその後『花のワルツ』（改造社、昭和十一年十二月二十七日刊）に収められて一般向けに刊行された。「改造社版『新日本文学全集・川端康成集』あとがき」（昭和十五年九月）で川端は、「散りぬるを」について次のように述べている。

「散りぬるを」の発表は、

散りぬるを　改造　昭和八年十一月号
瀧子　文学界　昭和八年十二月号
通り魔　改造　昭和九年五月号

といふ風《ふう》であつた。
これは或《あ》る犯罪記録の潤色《じゆんしよく》である。まだ正当な批評を受けてゐないやうに思ふ。

（『全集　第三十三巻』新潮社、一九八二年五月）[2]

右の川端の発言からは、この作品への川端自身の自負とも言えるものが窺《うかが》えるだろう。『全集』解題にも記されているが、川端はこの作品を「単行本としてまとめる際に、中ごろの少し理屈っぽい所と、末尾の一節とを削除して」いる。これは直接的には、例えば林房雄《ふさお》の「引用されている辞典の文句などは〔中略〕原稿紙うづめの怠け手段」（「十一月作品評」「文学界」昭和八年十二月）などの批判に応えてのものと推察される。しかし、削除された部分には「辞典の文句」だけでなく、「睡眠」をめぐる「阿毘達磨倶舎論《あびだつまくしゃろん》」の内容をかなり詳しく記述した部分もあった。そこを大胆に削除したことは、二人の娘の死の意味づけが〈仏法の無我の教へ〉に安易に結びつけられるのを避けたと見ることもできよう。そこにも川端の本作の作品構成への意志を見て取ることができるのではないか。(3)

さらに「散りぬるを」は、新潮社文庫『眠れる美女』（昭和四十二年十一月）に「眠れる美女」「片腕」とともに収められた。ここにも川端の本作の位置づけに関する意図を見て取ることができるのではないか。

このように本作は、川端にとって重要な作品と位置づけられるのだが、先ほどの小林芳仁による《実録的犯罪小説》との呼称からもわかるように、この作品の研究は当初、モデルとなった事件の確定や川端が参照した記録の特定などの、作品成立に関わる事実確認の探求が第一であった。そこから実際の事件とそれにまつわる報道や記録と、作品の照応関係、さらに川端の「潤色」や創作に関して、川端の小説論などの観点からの研究が進められてきた。(4)

この作品は「警察や、検事局や、予審や、公判廷での自白」の「聴取書」や「予審終結決定書」の記録に加え、語り手である小説家の〈私〉が事件当時に見聞したことや当時抱いていた意識、および現在の〈私〉が当時を振り返って推測したこと、などの複数の言説から成り立っている。これらが複雑に絡《から》みあい、記述内容も相互に違背・錯綜《さくそう》し、事件の真相が確定できないような仕組みになっている。

樋口久仁も指摘するように、「〈私〉の語りのあり方自体もまた、一つの物語へ統合していこうとする力学から逸脱していこうとしているのであって、〈けれども〉などという言葉によって、直前の語りの文脈に対する違和を表明し、それをずらしながら進んでいくところに特徴があ」(「川端康成『散りぬるを』論―そのリアリティ生成の論理について―」「キリスト教文化研究所年報」第二七号、二〇〇五年三月)り、一見するとおよそ脈絡のない文脈の連続となっている。

作品の冒頭では、

瀧子と蔦子《つたこ》とが蚊帳《かや》一つのなかに寝床を並べながら、二人とも、自分達の殺されるのも知らずに眠つてゐた。少なくともはつきりとは目を覚まさなんだ。――といふことは、無期懲役を宣告された加害者山辺三郎も一昨年獄死し、もう事件から五年も経た今となれば、私を一種の阿呆らしい虚無感に落《おと》すよりも、むしろ一種の肉体的な誘惑を感じさせるのである。私は彼女等の骨も拾つてやつたことゝて、彼女等の肉体を灰にするために、火葬場の釜へ電火のはいる、ごおうといふすさまじい音も聞いたのであるが、彼女等の若さは、やはり私から消え去らない。うつかりすると、今でも私は目の前のそれをとらへようとする思ひにかられてゐることがある。

（『全集　第五巻』新潮社、一九九九年十月。以下、「散りぬるを」の引用は同書から）

と語られ、扱われる事件が五年前に起こったものであり、被害者の女性二人はもとより、加害者である山辺三郎もすでに此の世にはないため、いまとなっては事件の真相や犯人の心理を探ろうにもできないという、絶対的不可知な状況を前提として始まっている。語り手の〈私〉によって語られているのは、残された「聴取書」や「予審終結決定書」の記録などの再録とそれにまつわる〈私〉の推測や感慨である。

また末尾では、

「なんだ、それはおれが三人のために作つてやつた小説ぢやないか。」「さうか。小説だつたのか。」と、悪魔に退散されてみると、私は省みて面を赤らめる。この一篇は訴訟記録や精神鑑定報告に負《お》ふところがあまりに多い。私一人の小説であるかは疑はしい。しかし、文中諸所で述べたやうに、その記録も所詮は犯人や法官その他の人々の小説であるのだから、私もそれらの合作者の一人に加へてもらえばそれで満足である。いづれも人間わざに過ぎぬ。色は匂《にお》へど散りぬるをの三人の霊を弔《とむら》ひたい微意で、私はこの一篇を草した。

と、事件の真相は最後までわからずじまいのまま放棄される。その上、すべては〈私〉による「小説」であったという種明かしがあり、そこに続けて「三人の霊を弔ひたい微意で、私はこの一篇を草した」と、まるでとってつけたような創作動機めいたものが記されて唐突に閉じられてしまうのである。

ではこの「小説」は、いったい何のために語られたのか。しかも「事件から五年を経た今」になって（はじめて）、〈私〉がこの事件について語るのはなぜか。

仁《に》平《へい》政《まさ》人《と》は、

> 従来の議論では、ともすれば語り手「私」の「小説」に関する言説を部分的に取り上げて川端の小説観・審美観などと直接的に結びつけ、あるいはテクストの問題を〈文学〉／〈現実（または記録文書）〉という二項対立的な構図に収めてしまうといった傾向があったことも否定しがたい。こうした傾向の下で等《とう》閑《かん》視《し》されてしまうのは、何よりも「散りぬるを」が示す特異なディスクールのありようであり、またそれが持つ意義ではないだろうか。
> （「川端康成「散りぬるを」論―「合作」としての「小説」―」「日本文学論叢」第一九号、二〇一〇年三月→『川端康成の方法―二〇世紀モダニズムと「日本」言説の構成―』東北大学出版会、二〇一一

年九月）

と述べ、この作品の「示す特異なディスクールのありよう」や「それが持つ意義」を考える必要性を訴えている。さらに仁平は、「「私の小説」は、「三郎の自白（＝合作の小説）」との差異を度々強調しようとする「私」の言葉とは裏腹に、正しく他者の言葉との交通によって生み出される「合作」としての性格を顕著に示している」とした上で、本作の持つ意義を「文学作品が形づくる言葉が、常に他者の言葉の引用＝反復（「代作」）であることを受け止め、むしろその地点にこそ文学の可能性を位置付けること。〔中略〕それは、人間の生を成り立たせ、また限界付ける言葉＝虚構の次元を問題化し続けていた川端文学の理念的な方向性と、鮮やかに対応している」と規定する。

このことに関連して仁平は、川端の言語観について、次のようにも述べている。

川端は作家的な出発以降、言語をめぐる根本的と言うべき思考に一貫してこだわり続けており、〔中略〕いわば〈言語論的転回〉以後と言うべきこうした思考に立って、「リアリズム」的文学観を否定し、「言葉」の次元を問題化しつつ多様な表現の実践を試みるといった立場を、川端は初発期から晩年に至るまで手放すことがなかったと見ることができる。そしてそれは、川端の小説テクストの特質とも、多様な形で関わりを示していると考えられるのである。川端の文学的営為と、二〇世紀モダニズムとの関わりは、このような点でこそ問題化できると考えられよう。（「はじめに―川端康成とモダニズム―」、前掲『川端康成の方法』）

傍線部の仁平の所説は、川端の言語観の特質を捉えて大いに首肯《しゅこう》できるものである。が、それをモダニズムの問題で捉えてしまうことについては、難があると言えるのではないか。仁平の「モダニズム」をめぐる考察には見るべきものが多く、さまざまに教えられた。しかし川端の言語観および世界観を、「モダニズム」の問題に収斂してしまうと、川端の言語観の特徴や川端文学の本質が、捉えきれないのではないだろうか。仁平の所説は、川端の言説や文学活動の意義を、従来の実体論が支配し、伝統的・日本的言説の中で読まれてしまうという川端研究の枠組みから「モダニズム」というリベラルな地平に解放しようとするものであるが、そのことがかえって、川端が描こうとした世界へ深く踏み込んでいくことを妨げているのではないだろうか。本章では、「〈第三項〉と〈語り〉」を足がかりとして、本作の語り手である〈私〉の意識の様相を分析し、さらにそこから踏み入って、川端作品における〈主体〉と〈客体〉の関係や川端の世界観の在り様に迫ってみたいと思う。

「散りぬるを」の世界（観）
—「散りぬるを」における〈主体〉と〈客体〉の関係について—

先にも触れたが、「散りぬるを」は、小説家である〈私〉の女弟子であった瀧子と蔦子を、山辺三郎という男が殺害した事件について、「警察や、検事局や、予審や、公判廷での自白」の「聴取書」や「予審終結決定書」の記録を紐解《ひもと》きながら語られていく。しかし「瀧子と蔦子とが蚊帳一つのなかに寝床を並べながら、二人とも、自分達の殺されるのも知らずに眠つてゐた。少なくともはつきりとは目を覚まさなんだ」という殺害当夜の二人の不可解な様子について〈私〉は、「もう事件から五年も経た今となれば、私を一種の阿呆らしい虚無感に落すよりも、むしろ一種の肉体的な誘惑を感じさせる」という不思議な感覚に囚《とら》われている。〈私〉は「彼女等の骨も拾つてやつたことと て、彼女等の肉体を灰にするために、火葬場の釜へ電火のはいる、ごおうといふすさまじい音も聞いた」のであり、彼女達の死体と対面し、事情聴取も受け、葬儀まで執行しているのだが、それから五年を経た現在でさえ「彼女等の若さは、やはり私から消え去らない。うつかりすると、今でも私は目の前のそれをとらへようとする思いにかられてゐることがある」と感じている。

ここで注目したいのは、〈私〉にとって、「死者」が「生きているとき」以上に「生き生き」と認識されているということである。「五年もたつた今の思ひ出では、危篤が幾日も続いた、もつともめかしい死よりも、じやうだんが過ぎたもつともめかさない死の方が——私のうちに残る彼女等を、生き生きとさせてゐるやうな気がしてならない」と〈私〉は率直な感想を述べているが、「ここにも文章には現はすのがむづかしい、生命の秘密があるやうである」と感じざるを得ない。それは、自身の抱く感情が通常の感覚によるものではないことを示すとともに、それを言葉で表現することが難しいということを示している。

そのような感覚は、〈私〉にとっては恐怖以外の何ものでもないだろう。「他人の生活力といふものは、消え去つた、失はれた過去から、現在の自分にのしかかつて来ると、一層グロテスクなものだな。死人が蘇らないのは、造化の妙だよ。」と、〈私〉はもう一人の自分と自問自答する。「他人の生活力」は、本来は生きている者から生じてくるはずのものだが、それが死者から、しかも消え去った過去から自分に直接的に影響力が行使されるということは、近代的な科学観や生活感からすれば、信じがたい恐ろしい事態である。

近代以降を生きる私たちの通常の感覚では、死者と生者は整然と分けられ、(仮に「死者」の世界があるとしたにせよ)違う世界にあるものとされている。それがどうやら〈私〉の意識においては、死者と生者は、あるいは両者の世界は、それほど明確に截断《せつだん》されてはいないようである。逆に死者と生者の差異はほとんど失われてしまっている。さらに〈私〉を恐怖に陥《おとしい》れるのは、死者が「消え去つた、失はれた過去」から現在に力を及ぼしていることである。近代の科学的思考では、時間は過去から現在を経て、未来へと直線的・不可逆的に流れ、進んでいくものという考えが一般的であり支配的である。しかし〈私〉の意識では、そうした近代科学に基づく時間観までもが、揺るがされているのである（現代物理学では、時間の観念も大きく変容しているが、これも、いまは措く）。

また〈私〉の意識では、死者と生者、過去と現在のほかにも、さまざまなものが相対化され、通常の感覚では当たり前に存在する二つのものの差異が無化されてしまうことが見て取れる。例えば、犯罪行為において通常は、「狂気」は責任能力が問えないというのが、一般的な解釈だが、〈私〉は次のように考えている。

狂気の犯罪は、正気の犯罪よりも遥《はる》かに悪であるといふ考え方の方が、曇らぬ目である。こんな気持が、当時の私には強かつた。勿論《もちろん》、狂気と正気とのけぢめは明らかでないといふ意見を押し進めると、狂気もなければ正気もないといふところに落ちつく。この世のすべてのものごとは、ことごとく必然であつて、またことごとく偶然であるといふのと似てゐる。結局、必然と偶然とは同じであるといふことにならぬと、この問題はかたがつかない。

このように作中では、「生／死」「正気／狂気」「偶然／必然」「記録／記憶」など、さまざまな二項対立的要素がちりばめられており、その対立や差異がことごとく無化されていくように仕掛けられているのだ。結局この作品では、世間尋常の感覚や、近代的な価値観や科学観に基づく認識や価値観、そして世界観までもが相対化されてしまい、その相対化さえ意味を持たないように無化されてしまうのである。しかしそうした無化と同様に、それを生み出す〈私〉の意識までもが、〈私〉自身によって否定されることになる。

われわれの文学の意味ありげなこと、したりげなことは、すべて感傷の遊びかもしれない。山辺三郎の場合でも、その殺人の動機に、裁判官は多少精神異常的な偶然しか認めなかつたやうであるが、私の小説ならば、ともかくも彼の心理を、理由のない殺人にまで追ひ込んで行くことも、さまで困難なわざではないだらう。しかし、私がそれを書いてみたところで、私のもつともめかした記述よりも、三郎自身のもつともめかさない供述の方が、どれだけもつともらしいかしれないのである。

「私のもつともめかした記述よりも、三郎自身のもつともめかさない供述の方が、どれだけもつともらしい」と、作家である自分の作為による小説よりも、無作為の三郎の供述の方がもっともらしいと〈私〉は率直に述べている。しかしその三郎の供述そのものについても、〈私〉は次のように自問自答する。

「お前はなぜこんなもの〔「訴訟記録」〕を書き写しておいたのか。今になつて後悔しないか。直《す》ぐ焼き棄てたらいいだらう。」

「その当時は、多分この記録が信ずべきものであるといふ気がしたかららしい。」

「ところが今では、お前が瀧子や蔦子を思ひ出す邪魔になるばかりだらう。」

「さうだね。読んでみると、変になまなましくて、人生なんて少しもわからん奴《やつ》が、勝手放題な日記をつけてゐやがると、撥《は》ね返したい気持なんだな。山辺三郎の自白なんて、いい気なものだよ。」


として、三郎の供述やそれを簡略に記した「訴訟記録」さえも、その信憑性が疑われる。

彼の陳述がその度毎《ごと》に多少ともちがふ、その差は、幾人かの訊問者《じんもん》の心のちがひをうつしてゐるのかもしれないのである。〔中略〕まして私のやうに、そのなかから瀧子と蔦子との面影をもとめようなどとは、辞書の頁から女の寝息に触れようとするとおなじ、虚《むな》しい夢であらう。

「訊問者の心」毎に異なる〈真実〉とは、大森荘蔵《しょうぞう》の言う〈真実の百面相〉[5]とも同義だと言えるだろう。結局のところは、すべてが〈真実〉であり、すべてが〈虚偽〉であるという謂《い》いである。

ここで吐露される〈私〉の慨嘆は、「辞書」(「言葉の海」)をいくら渡ってみても、現実の「女の寝息」にさえも到達できないという地点に及ぶ。結局どれだけ言葉を連ね、真相を探ってみても答えは得られない。そこで〈私〉は、「陳述の小異にこだはつて取捨を迷ふより、「予審終結決定書」の大胆な簡略さに頭を下げ」るしかないのである。

さらに〈私〉は、過去とその記憶の曖昧《あいまい》さにも言及する。

「しかし、過去つてものは、いつたい失はれたり、消え去つたりするものかしら。」
「ところが、そいつを人工的に保存する工夫を覚え出した時から、人間の不幸がはじまつたやうな気もするな。」

と、私たちが、過去を言葉によって記録することとさえ無用の長物となるばかりか、むしろ過去を記録することが「人間の不幸」につながるものとされるのである。また「忘れるにまかせるといふことが、結局最も美しく思ひ出すといふことなんだな。」というように、最終的には「忘れること」が「(美しく)思い出すこと」になるという逆説、記憶の不確実性や不毛性、現実や真実との決定的な乖離さえも語られている。

私たちが言葉で思考し認識し、何かを表現し記録しようとしても、先にあげた作品末尾にあったように、それは結局「いづれも人間わざに過ぎぬ」ものであること。いくら私たちが、事件の真相を探り、犯人の心理や、世界の深遠をのぞこうとしても、それは結局徒労にすぎないことを、〈私〉は知悉《ちしつ》しているのである。〈私〉の意識では、先に見たようなさまざまな二項対立的要素はもちろん、それを〈無化〉することとさえも、虚妄となってしまうのである。

私たちは、近代科学のもたらした「原因／結果」という因果律に支配されている。現実は因果《いんが》応報《おうほう》であり信賞必罰《しんしょうひつばつ》も当然だという因果観に支配されている。だからこそ私たちは自分の夢や目標に向かって努力するわけだろうし、清廉潔白《せいれんけっぱく》を目指そうとするのだろう。しかし、この作品で表出されている〈私〉の意識を突き詰めていくと、そうした因果観さえもが、無効となり空中の楼閣《ろうかく》と化す。そのもっとも顕著な例が、この事件なのである。

彼は彼女等を殺す理由がなにもなく、彼女等は彼に殺される理由がなにもなかつたのだから、私はこの殺人を、彼の生涯になんの連絡もないもの、彼の生活になんの関係もないもの、つまり、この一つの行為だけが、ぽかりと宙空に浮んだもの、いはば、根も葉もない花だけの花、物のない光だけの光、そんな風に思ひたがつてゐるのではないかしら。

この事件では、加害者の三郎にも殺された二人にも、殺し殺される「理由がなにもなく」、事件は現実の生活やほかの一切の事象とはまったく無関係なものである。しかしそれは、この事件に限ったことではない。右に引いた箇所では「私はこの殺人を、彼の生涯になんの連絡もないもの、彼の生活になんの関係もないもの」と、事件と彼との関係を述べているが、作品末尾の自問自答の箇所では、もう一人の自分が〈私〉を、

「お前はこの殺人事件を無意味なゆえに美しいと見たがりながら、いろんなしたりげな意味をつけた。二人の女をまことに愛してをらなかつた証拠と知るがよい。この殺人を、三人の生涯になんの連絡もないもの、三人の生活になんの関係もないもの、つまりこの一つの行為だけが、ぽかりと宙空に浮んだもの、いはば、根も葉もない花だけの花、物のない光だけの光、そんな風に扱ひたかつたらしいが、下根の三文小説家に、さやうな広大無辺のありがたさが仰げるものか。ざまをみろ。」

となじる場面がある。ここでは事件を「三人の生涯になんの連絡もないもの、三人の生活になんの関係もないもの」と拡大して論じている。それはこの事件、あるいは三人に限ったことではないだ

ろう。

結局のところ、この世の中のすべての存在や事象は、結局「ぽかりと宙空に浮んだもの、いはば、根も葉もない花だけの花、物のない光だけの光」なのである。つまり、真実の世界や事件の真相といったものはどこにも存在しない、あるいは存在しても私たちには永遠に知れないものなのである。それらは、現実世界とは何の脈絡も持たず、すべての事象は虚妄と化すのである。私たちが通常考える因果関係も必然ではなく、どこまでも偶然の産物にすぎない。もっとも、「宙空に浮んだもの」「根も葉もない花だけの花、物のない光だけの光」などは、現実世界には存在しないものである。しかし、それはどこにも存在しないというわけではない。「根も葉もない花だけの花、物のない光だけの光」として、一見矛盾《むじゅん》した存在であるかのように見えるのだが、私たちの人知を越えた向こう側にあると、本作では位置づけられているのである。「宙空に浮んだもの」として、現実とは脈絡を絶たれ現実世界には存在し得ないが、人知の先にあるその「根も葉もない花だけの花、物のない光だけの光」こそ、〈私〉が、そして〈私〉にそう語らせる川端が志向するものなのである。

その「宙空に浮んだ」「根も葉もない花だけの花、物のない光だけの光」のように、現実にはありえないにもかかわらず、この世ならぬ美や存在感を強烈に放つのが、瀧子の死体の臨検《りんけん》写真である。その写真は、「凶行の現場臨検の際の写真を、瀧子の刺傷を明らかにするため引き伸ばしたものらしく」「彼女の胸の大写し」であり、それを見た〈私〉は、「写真機のせゐか、光線のせゐか、奇怪な出来上り工合《ぐあい》だつたので、変になまなましかつたのを覚えてゐる」。それは事件から五年後の現在も、強烈な印象として消え去ることはない。

　続けて写真の「なまなまし」さが具体的に語られる。「例へば、髪の毛は一筋づつ数へられるほどはつきり写つてゐるのに、広い胸は乳房のふくらみも分《わか》らぬぼうつと白い平面で、そのくせ腋《わき》の下の皺《しわ》が見えた。眉と鼻の穴とが鮮《あざや》かで、閉ぢた目とところもち開いた唇とは夢のやうにぼやけてゐた。その顔の線は正しい横顔だつた。胸は仰向けに拡がつて、肉づきのいい肩は短く太い首に直角に近い豊かさではびこり、乳嘴《にゅうし》も乳暈《にゅううん》も娘としては大きく熟し過ぎてゐた。首を思ひきりのけ反《ぞ》つて、髪は解けてはゐないが、耳のうしろから衿首《えりくび》まですつかり生際が見えるほど振りみだして、ぐしよ濡れのやうに感じられた。傷を見せるためだらう、血はきれいに拭き取つてあつた。薄墨の乳暈の下に、ゑぐれた深さを思はせる黒で、傷口が写つてゐた」のである。

　この写真の瀧子の様子には奇妙なところがある。それは「髪の毛は一筋づつ数へられるほどはつきりと写つてゐるのに、広い胸は乳房のふくらみも分らぬぼうつと白い平面」になっている点。また「そのくせ腋の下の皺が見え」るのである。また「眉と鼻の穴とが鮮かで、閉ぢた目とところもち開いた唇とは夢のやうにぼやけて」いるという具合に、はっきり写っている部分があると思えば、ぼんやりとした部分もあり、映像が均一ではないのだ。それはピントが合っているとか合っていないとかの問題ではない。この写真の映像自体が、像を一つに結ばせないような矛盾したものになっている。この写真自体が先に見た、〈私〉の意識によって言葉や概念の差異が無化されたように、明確な像を結ぶことを回避し、その画像自体が非現実的なものとなっているのである。

この写真を見た〈私〉が「顔をしかめて横向いたのはこの傷痕《きずあと》のせゐだつたけれども、それはただの偽善に過ぎなくて、まことは彼女のあらはな生命への驚嘆をごまかしたのであらうと、今は思ふ。恐怖や苦痛の陰もなく放恣《ほうし》に体をあけひろげて歓喜の極みのやうに見え」るのである。死体の写真であるにもかかわらず、それは「なまなまし」く「彼女のあらはな生命」を湛《たた》えている。しかし瀧子の死体を初めに見たときの〈私〉は、そうは感じなかった。「「そんな安楽往生の死顔では決してなかつたんだ。」とは、血なまぐさい、むごたらしいその場から受けた、私のいつはらぬ印象だつた。若い恥知らずな死にざまであつたから、まともに見られ」なかったのである。しかし、「写真の瀧子はざまをみろと言ひたくなるほど、いやらしい動物をさらけ出してゐたけれども、私は生きてゐる彼女からこんなに女のほんたうの姿を見たことは、つひぞ一度もなかつたのである。あんな殺され方をしながらも、人が目をそむける死骸《しがい》となりながらも、彼女は写真機を通して、若い生命力をはばかりなくあけひろげて見せる機会をつかんだ。恐ろしい偶然であつたらうか」と、〈私〉を驚嘆させている。写真によって〈私〉の意識は変容させられるばかりか、現実よりも写真の方が、「なまなまし」く「女のほんたうの姿」を見せるのである。ここには、写真は現実を写したものであるという通常の関係性は存在しない。現実と写真の像の地位が逆転しているのである。ここにも〈私〉

が捉えた世界が、通常の感覚によって構成される世界とは異なることを見て取ることができるだろう。

小説の冒頭に示された「生者」よりも「死者」が生き生きと迫る世界の中心が、この瀧子の死体の臨検写真である。言葉による記憶の編成や記録による事実の再現は、どこまでも頼りなく、真実や現実からどんどん遠ざかってしまう。一方写真による映像は、五年後のいまでも「なまなまし」く甦《よみがえ》ってくる。またそこには、生きている女よりも、死体の写真の方が現実として〈私〉に迫ってくるのだ。(6)

ここには主体と客体の関係の逆転が見られる。だが客体といっても、それは主体の意識に映じたものでしかないという〈第三項〉論の描く世界像が広がっている。もちろん生身の女にしても、それを写した写真にしても、その「客体そのもの」には絶対に到達できない。それは「ぽかりと宙空に浮んだもの、いはば、根も葉もない花だけの花、物のない光だけの光」にほかならない。こうして見てくれれば、「散りぬるを」が、〈第三項〉の世界観と重なっているということは、もはや明らかではないだろうか。

このように、〈私〉が見る世界は、私たちが理解している現実の世界とはまったく異なるものであり、言葉によって表現し記録しようとすればするほど、私たちの前から遠ざかり姿を消してしまうものなのだ。いや先にも述べたように、むしろ初めから捉えることは困難であったのだろう。そのあたりの事情をもっとも理解していたのが〈私〉である。「おれは小説家といふ無期懲役人だ。山辺三郎のやうに、そのうち女でも殺して獄死するだらうさ。」という言葉には、「客体そのもの」に迫ることも、それを直接言葉で描き出すこともできない〈私〉の憤怒《ふんぬ》が込められているのではないか。言葉によって世界を切り取り、世界を構築しなければならない小説家が、言葉では現実を写し取ることができないとなれば、それはもはや「無期懲役人」として、永遠に言葉の獄につながれねばならないと感じるのは必然だろう。

そうした矛盾や絶望を抱えた〈私〉は、これまで行ってきた事件の真相の探索や解釈を放棄せざるを得ない。結局のところ「私のもつともめかした記述よりも、三郎自身のもつともめかさない供述の方が、どれだけもつともらしいかもしれない」のだ。だからこそ、もう一人の自分の「ほんのたはむれだと信じて、息が止まるまで殺されると思はず、さからひひとつせず、お前の膝《ひざ》を枕に眠つてくれるやうな、そんな神仏《かみほとけ》のやうな殺し方がおまえに出来るかね。奇蹟だ、それは。」という詰問に対して、それは三郎によるものではなく、「なんだ、それはおれが三人のために作つてやつた小説ぢやないかと」気づくのである。これは客体が、結局は自分の意識に映じたものであることへの気づきであるとともに、真実や「客体そのもの」の世界には、永遠に到達できないことを悟り、日常の生活感覚が支配する世界へ帰還したことを物語っている。だから「悪魔に退散されてみると、私は省みて面を赤らめる」しかないのだろう。

現実の世界から、いまはなき三人と事件の真相を、あるいは「宙空に浮んだ」「根も葉もない花だけの花、物のない光だけの光」を眺めようとしても、それは叶《かな》わない。そこで〈私〉は、せめて「私もそれらの合作者の一人に加へてもらえばそれで満足である。いづれも人間わざに過ぎぬ。色は匂へど散りぬるをの三人の霊を弔ひたい微意で、私はこの一篇を草した」として、この小説を語る動機を非常に単純な形に収斂して、物語を閉じるのである。その意味では、作品の最後七行（「なんだ、それはおれが三人のために作つてやつた小説ぢやないか。」以降）は、その前までの部分とは〈私〉の意識の在り様が異なっているのである。

〈言語以前〉〈感覚以前〉の世界

三島由紀夫は、新潮文庫版「眠れる美女」（一九六七〈昭和四十二〉年十一月）の「解説」の中で、本作について、次のように述べている。

——川端氏がこの旧作を、「眠れる美女」「片腕」と併せて編まれたのは、そこに一脈相通ずる特色を見出されたからにちがひない。「散りぬるを」は、実際、〔中略〕小説家といふ「無期懲役人」の業と、現実への純粋な美しい関はり合ひの不可能とをテーマにしてゐる点で、前

二篇〔「眠れる美女」「片腕」〕の解説的な役割を果たしてゐるのである。〔中略〕
この死体に向つて用ひられた「生命」といふ言葉の、独自な使ひ方を見るがいい。即ち、生命とは、作者にとつて、生きてゐても、死んでゐてもいい、ひとつの対象に他ならない。生命といふ言葉は、氏の文学では決して自己の行動原理として用ゐられることはない。生命とは、（たとひ死体であつてもよい）、存在それ自体として、精神に対抗して屹立《きつりつ》してゐるものなのである。

（『決定版　三島由紀夫全集34』新潮社、二〇〇三年九月）

「散りぬるを」に表出された川端の世界観を、三島は的確に言い当てている。言葉の背理に苛《さいな》まれる「小説家といふ「無期懲役人」の業」。また「現実への純粋な美しい関はり合ひの不可能」性とは、私たちが絶対に「客体そのもの」には触れ得ない事実の謂《い》いであると考えられる。加えて「死者」も「生者」も「生命」に変わりはないという死生観。このような世界観は、どのようにして生まれるのか。そのことを考えるヒントが、田中実の「禽獣」論にある。田中は、「禽獣」の末尾で、「死んだ十六歳の娘」の母親が「娘の死の日の日記の終《おわ》りに書い」たという文句に触れて、次のように述べている。

遺稿集の最後の文句は「生れて初めて化粧したる顔、花嫁の如《ごと》し」である。「花嫁」とは生者を意味し、死んだ十六歳の娘が「花嫁」であるとは両義的となる。母は死んだ娘に「花嫁」という〈ことば〉を重ねることで死者を〈ことば〉のなかで蘇らせる。「花嫁の如し」と呼び掛けることで、無垢《むく》のまま死んだ娘が虚構のなかで「花嫁」の「命」を獲得するのである。「彼」はこの母の祈りのこもった〈ことば〉を「命なき人形」の千花子に吹きかけ、その「命」を再生させる。〔中略〕「命なき人形」である千花子に〈ことばの命〉を吹き込むことは、単に一般的に言うところの生死一如の世界の実現と言うより、死を作為的な操作で〈仮構の生〉に作り変えることにほかならない。

（「〈仮構の神〉――『禽獣』試論――」、田村充正ほか〔編〕『川端文学の世界1　その生成』勉誠出版、一九九九年三月）

田中は、川端の「禽獣」が、母親の与えた「花嫁」という〈ことば〉によって、娘に〈ことば〉の中で命を吹き込み、死者を〈ことば〉の中で蘇らせると指摘する。また「彼」が千花子までも〈ことばの命〉を吹き込み、その「命」を再生させると指摘している。〈ことば〉が死者に生命をも与え〈仮構の生〉に作り変えるという、川端の営為を捉えたのである。「禽獣」はとかく死の方にウェイトが置かれて論じられる傾向が強かったが、田中はそれを〈ことば〉の力に着目することで逆転した。その基底部には、生と死を峻別《しゅんべつ》しない世界観。一方は現実で、もう一方は非現実であるとするような価値観とはまったく異なる価値観が横たわっているのであろう。だからこそ、〈ことば〉の力が生きてくるのであり、「宿命の創造」も可能になるのである。

そのような「禽獣」に対して「散りぬるを」は、語ることそのものが相対化され、〈ことば〉の力は、ある意味で無化されている。

「序章」でも紹介したように川端は、「現実と云ふものは底抜である」と認識しているのであり、言語のみならずいかなる認識や感覚も到達することは不可能であると、その懐疑の念を顕《あらわ》にしている。現実や真実は到達不可能な「底抜」の世界であり、「すべては〈小説〉」である。一般には分断と捉えられている死と生の世界も、川端の認識にとっては等価なものであり、両者を架橋し、その差異を超越することに「散りぬるを」は挑戦していたのだ。

しかし、それさえも結局は「俺の小説」にすぎない。仮に生と死の関係を云々してみたところで、それは言葉によって語られたものであり、語られた瞬間に本来の姿からは程遠いものになってしまう。〈私〉は、作中で探求してきたものも、実は自分が言葉で形象化した「小説」にすぎないと相対化して、言葉によって囲い込まれるのを防いでいる。私たちの現実世界は「底抜」なのであり、どこかに世界を支える実体があるわけではない。どこまで行っても地底はなく暗闇が広がる不可知な世界。私たちはその中で生を紡《つむ》いでいかなければならないのである。

この「俺の小説」あるいは川端の「散るぬるを」という小説自体が、「花は匂へど散りぬるを」

の具象化である。つまり世界や現実も、感覚で捉え言語化した瞬間に、そこから零《こぼ》れ落ちていってしまうものであることを川端は知悉し、その虚妄を表現しようとしていたのではないか。すなわち、バルトの言う「還元不可能な複数性」を川端はすでに体感し体現していた。川端の文学的営為は、まさに田中の言うように、〈言語以前〉〈感覚以前〉の世界を見据えていたのである。そのような〈言語以前〉〈感覚以前〉の世界は、感覚で捉え言葉で表現した瞬間に消え去ってしまう。またその源泉である「客体そのもの」も、どこまでも不可知な到達不可能な存在である。本章で述べたことだが、言い換えればそれは、作中の「ぽかりと宙空に浮んだもの、いはば、根も葉もない花だけの花、物のない光だけの光」の世界なのである。

川端康成の「散りぬるを」は、まさしく知覚や認識の「主体」とその主体の意識に映じた「客体（の影）」と、それを生み出す源泉であり永遠に不可知の領域にある「客体そのもの」に迫ろうとしたものであったのではないだろうか。

【注】

（1）田中は作品の「〈内なる必然性〉」について、次のようにも説明している。
「小説にテーマがあるとすれば、そのテーマをテーマたらしめている〈ことば〉の内なる仕組み、その力の根源とその行方をどう発見していくのか、そのことに注目し、そこに方法的に肉薄することが要求されていると思う。その際、〈ことば〉と〈読者〉との葛藤にはおのずとある一定のベクトルが働きだし、その動き、動かされていく言葉自体の力学、そうさせている力の根源を今《作品の意志》と呼んでおくとすると、それこそが読者の恣意も作家の事情をも踏み越えて働いているのではないか。」(「《他者》という出口──井伏鱒二『山椒魚』」『小説の力──新しい作品論のために』大修館書店、一九九六年二月)

(2) 本章における川端康成作品の引用は、すべてこの新潮社版三十五巻本全集による。以下『全集』とだけ記し、巻数を示すこととする。

(3) 川端と仏教および「阿毘達磨倶舍論」の説く内容と川端(文学)における意味については、梅原猛「川端康成における仏教」(『美と倫理の矛盾』講談社、一九七七年六月)に詳しい。

(4) 「散りぬるを」が実際に起きた事件に取材したものであることは、本文中に引いた小林芳仁がつとに明らかにしたところである。小林は事件とそれを報道した新聞記事を比較検討して本作の成立を分析した。これを受けて片山倫太郎は、さらに綿密な調査によって、山辺三郎の観察記録の出典までも明らかにしている。(「『散りぬるを』における典拠と位相」、田村充正ほか〔編〕『川端文学の世界1　その生成』勉誠出版、一九九九年三月)
「『散りぬるを』〔中略〕は、近年、小林芳仁氏によって、その素材となった殺人事件が明らかにされた。昭和三年八月一日未明、東京市四谷区新宿一丁目で発生した「女性理髪師二名絞殺事件」がそれであり、氏は事件発生時の新聞報道を調査することで、事件の経緯と作品との照応に関する考察を詳細に行っている。／私は、小林氏の調査研究に多分に負いながら、あらためて『散りぬるを』の典拠について調査を試みた。結果、この作品の制作に当たって川端の直接参照した書物が、菊地甚一著『病的殺人の研究』(昭6・7、南北書院〉であることが判明した。／この『病的殺人の研究』を一読してまず気づかされるのは、『散りぬるを』の中に引用される多量の訴訟記録が、細かい字句や人物名の改変はあるものの、ほとんどそのままの形で見いだされる点である。引用は実際の資料をきわめて忠実に引き写されたものであったわけである」

こうした「散りぬるを」の典拠をめぐる片山の綿密な調査は、敬服すべき優れた業績である。右の比較・参照を通して片山は、小説「散りぬるを」の作品成立の経緯と作品の位相について明らかにしている。さらに、「散りぬるを」に散見される「〈生命〉なる言葉」の重要性にも触れている。

（5）大森荘蔵の〈真実の百面相〉については、本書三三一ページを参照されたい。

（6）瀧子の死体の臨検写真の「なまなまし」さに関して本文中でも触れた樋口久仁は、「写真論的な問題が、語りの問題とも連動しつつ、〈私〉を巡る物語を発生させており、それが写真のリアリティを顕現させるとともに、〈私〉を巡る物語自体のリアリティを生成させているのではないか」と問題提起している。樋口は、作品が執筆された時期のカメラや写真術の普及に触れて、「機械の眼」と「人間の眼」の違いなどに言及しつつ、「散りぬるを」におけるリアリティの生成について論じており興味深い。

第三章　宿命と人生

――横光利一「蝿」にみる究極の不条理

読者の反応

教室で横光利一《よこみつりいち》「蝿《はえ》」(1)の読後感を尋ねると、学生の中からは、「饅頭《まんじゅう》を食べたいという自分の欲望のために、危篤《きとく》の息子の死に目に会いたいという農婦の必死の叫びを無視し続ける馭者《ぎょしゃ》の非人間性」を非難する声や、「饅頭を食べて居眠りしてしまったことで、馬車を転落させ、乗客を死に至らしめた馭者の責任」を糾弾する声が、かならずと言っていいほど出てくる。

確かに作品を読むと、「忰《せがれ》が死にかかっていますので、早《は》よ街へ行かんと死に目に逢《あ》えまい思いまして」と、馬車の出るのを渇望する農婦の必死の叫びが、胸を突くような思いを抱かせるし、それを耳にしながらまったく意に介さぬような素振りで平然と将棋を指し、「将棋盤を枕にして仰向きになったまま」饅頭の蒸しあがるのを待ち、挙句《あげく》はその饅頭による満腹感のために「居眠り」し、馬車を転落させた馭者の姿に、こちらまで怒りを覚えかねない。また、このような理不尽な形で起こった事故に巻き込まれた乗客たちの運命や不幸を嘆くのも無理からぬことであろう。

もちろん、右のような感情や反応は、〈語り手〉の語る言葉、あるいはストーリーに搦《から》め捕られてしまったことによって読者に生ずる印象であることは言うまでもない。それにしても馭者は、それほど自己中心的であり、これほど強く非難されるべき人間なのだろうか。また、馬車が転落した原因は、すべてこの馭者の食欲と、空腹が満たされたことから生じた「居眠り」によるものだったのだろうか。さらに、乗客たちの死を、単に運命や〈人間存在の不条理〉として不問にしてよいものだろうか。本章では、そうした問題について、本作の〈語り〉を再検討することで考えてみたい。そのことで、「蝿」が描き出す深層の意味を捉えることができるのではないだろうか。

馬車転落／馭者の「居眠り」の原因

「蝿」については、先行研究の成果も蓄積され、さまざまな方向からの検討が進んでいる。ただ、馬車が転落した直接的な原因は、馭者の「居眠り」にあり、それを誘発したのが「饅頭」であること。

さらに、作品の主題が〈人間存在の不条理〉にあるという点では、概《おおむ》ね共通していると見てよいだろう。

この馭者の「居眠り」と馬車の転落について、作家論的な意味づけから、医学的・身体的な発生原因まで、さまざまな角度から詳細に検討したものに、日置俊次《しゅんじ》「横光利一「蠅」論」(「青山学院大学文学部紀要」第五五号、二〇一三年)がある。日置は、それまで〈運命〉であるとか〈人間存在の不条理〉として、それ以上なかなか論じ切れなかったこの問題について、かなり立ち入った考察を行っている。

作中の登場人物に「共通するテーマ」として「息子」を挙げた日置は、父の死によって横光に生じた、母親の面倒を見るという「母の「圧力」」が作品執筆の背景にあり、「馬車の乗客たちの間に、さまざまな形で「息子」というテーマが張り巡らされている」とした上で、「ここにいる「息子たち」を一掃すること。幼い幼児に連れ添う母や、死にそうな息子を追いかける農婦という母親も道連れにして、いったんすべてを始末すること。象徴的に、そうしたしがらみを抜けた蠅のような存在となることが、作家として自身の表現を手に入れるための試練であるかのように」横光には思えたとして、乗客の死亡の必然性を推定している。

また、馬車の転落の原因である馭者の「居眠り」がなぜ起こったかについて日置は、「馭者は、一人の息子として、農婦の切迫した事情から影響を受けた。〔中略〕馭者は少しでも早く馬車を出発させようと考えた。〔中略〕農婦のために、饅頭を饅頭屋の店先で食べず、馬車の上で食べようと決心をした。それは馭者に大きな負担を強いた」として、このときに馭者が陥《おちい》っていた「低血糖状態」や恒常的な「低血糖症」が、「馭者の精神状態」を不安定なものにしたのであり、「馬車の出発を急がせ、汚れた饅頭を無理に食べたことで、やり場のない心を抱えつつ、ついに眠りに襲われたという流れは起こるべくして起こった現象」であり、「饅頭をめぐって潔癖な馭者の心に生まれた巨大な空虚感が、馬車を谷底に転落させた」と結論づけている。

本論は、まことに労作であると思われるが、馬車の転落の原因となる馭者の「居眠り」を、このように医学的・身体的に処理してよいものだろうか。それはやはり、本作が抱える〈人間存在の不条理〉の問題を基底にして考えてみる必要があるのではないだろうか。

馬車転落の原因は何か？

日置も指摘するように、馭者は「ベテラン」であり、街へ向かうこの道を、それこそ何百回（あるいはそれ以上）往復したかわからないほど熟知していたはずである。その日の天候や直近の気象条件による路面の状況、また、馬車の乗客の状態などを勘案して、馬車を毎日運行させていたはずである。また、「それほどの潔癖から長い年月の間、独身で暮さねばならなかった」ほどの潔癖症であり、だからこそ彼は、息子の死に目に逢いたいという、心から同情すべき農婦の叫びにも耳を貸さない態を装い（あるいは、本当に意に介さなかったのかもしれない）、定時である「十時」になったところで馬の準備を始め、馬車を運行させたのではなかったか。[2]

　そのように考えれば、この日の馬車の運行は、それまでのものとなんら変わったところはなく、繰り返される日常の中にすべてが収まる出来事だったと言ってよいのではないだろうか。

　そうだとすれば、馭者が馬車の上で饅頭を食し、満腹感から「居眠り」したことも、日常のことだったと考えられないだろうか。馬が「前方に現れた眼匿《めかく》しの中の路《みち》に従って柔順に曲り始めた」のも、馬にとっては通い慣れた路だったからであり、馭者の操舵がなくても路に沿って歩みを進めていくことは、馬にとってそれほど難しいことではなかったのではないだろうか。

横光利一
提供：共同通信社

　そうなると問題になるのは、この日に限って、なぜ「車輪が路から外れた」のかという一点に絞られる。馬が「自分の胴と、車体の幅とを考えること」ができないのは、当然のことであろう。しかしいままで見てきたように、馭者の「居眠り」は、この日だけの特別な出来事ではなく、日常的なことであったろうことを考えれば、なぜこの日に限って、馬が目測を誤り、馬車が転落したのかは、まったくの謎としか言いようがなくなる。

前日まで雨が降り続いて、路肩の地盤が軟弱になっていたとか、今日の乗客が特別に重かったとか、日常とは異なる条件があれば、それこそ業務に「潔癖」な馭者は、馬車を安全に運行させるために、相応の気を配ったのではないだろうか。

馬車の転落とともに命を落とした乗客たちの悲劇を、運命あるいは〈人間存在の不条理〉と捉えることは容易《たやす》い。しかし問題は、彼らの死が不条理であったということだけにあるのではなく、《なぜ、この日に限って馬車が転落しなければならなかったのか》という、どう考えてもまったく説明のつかない事象のほうにあるのではないだろうか。さらに付言すれば、なぜ農婦たち馬車の乗客は、この日に限って、転落する運命の馬車に乗り合わさなければならなかったのか、それも説明することは容易ではないだろう。

このように考えるとき、近代小説の根幹とも言える〈語り〉の問題が浮上してくるのではないだろうか。いまさら言うまでもないことだが、〈語り手〉は、いままで見てきたような状況を知悉した上で、本作「蠅」を語っている。〈語り手〉は、馭者が「十時」になれば準備を始め、その後直ちに馬車が出ることを知りながら、「馬車は何時になったら出るのであろう。宿場に集った人々の汗は乾いた。併《しか》し、馬車は何時になったら出るのであろう。これは誰も知らない。」などと思わせぶりな虚言（?）を弄したり、いたずらに農婦の焦りを描出している。(3)

読者は、この狡猾《こうかつ》な〈語り手〉の〈語り〉によって、まんまと馭者を悪人に仕立てあげることに加担しているとも言えるのではないか。そうした〈語り〉の問題を相対化するためにはどうしたらよいか。「蠅」が真に描き出している世界を読み取るには、どうしたらよいのか。

〈機能としての語り手〉からみる「蠅」の〈不条理〉

「蠅」の語りについて、田中実は、次のように述べている。

大空に飛ぶ蠅を優位とし、落ちる人間を卑小とする対比を語る『蠅』の語りの主体はあたかも存在しないかのように思われていますが、はっきりと解釈や判断をし〔中略〕、ストーリーの展開にも表出しています。そこで読み手はその主体を自覚的に顕在化させ、これを対象化していくと、〈機能としての語り手〉が表出されてきます。すると、ここに作中人物それぞれの人間のドラマや人間を卑小とする文明論的世界観が相対化され、一種寓意《ぐうい》的なお話の世界として現れてきます。

（「小説の読み方——『蠅』に触れて——」「国文学　解釈と鑑賞」二〇〇七年二月）

田中は、常に近代小説において「語る主体と語られている客体の相関のメタレベルに立ち、プロットをプロットたらしめる〈メタプロット〉を捉える〈読み方〉＝方法論」（「〈近代小説〉の神髄は不条理、概念としての〈第三項〉がこれを拓《ひら》く――鷗外初期三部作を例にして――」「日本文学」二〇一八年八月）を提唱し続けてきた。この観点から、「蠅」を読み直したときに、何が見えてくるのか。最後にそのことについて考えてみたい。

田中の説く、語る主体を顕在化させ、〈機能としての語り手〉によって対象化することによって、「作中人物それぞれの人間のドラマ」を析出《せきしゅつ》し、それらがいかに「切実な「物語」」でありながら、それらが「相互にばらばらなものとして語られており、かつ最後には「人と馬の板片との塊」という境目を失ったもの」になってしまうこと。さらに、「なぜ、〈語り手〉は作中人物の切実な物語を饅頭と等価なものとして語るのかということと、「空虚」の内実の関連性」について考察したのが、齋藤知也《ともや》「〈言語以前〉への闘い――横光利一『蠅』をめぐる文学研究と国語教育研究の交差――」（「日本文学」二〇一六年十二月）である。

齋藤論は、近代小説の「〈語り手〉は〈言語以前〉の了解不能の対象そのものを語れないという、「語ることの虚偽・背理」をいかに超えるかという闘いを内包している」という観点から、それまでの「蠅」の「「読まれ方」を検討し」、「作品の価値あるいは教材価値を拓く「読まれ方」を提起」した高論であり、大変示唆に富むのだが、それでもやはり、馬車の転落に関しては、馭者が「居眠り」していたため、「自分の胴と、車体の幅を考えることが出来なかった」馬の制御が不能になった点を原因として考えている。しかし、これは生物的・物理的な視点からの考察であり、従来の枠組みの中で捉えていることになるのではないか。

田中は、「蠅」の語りを、「語られている対象（人事及び自然現象）を全て「物語」に封じ込め、純粋に物質のレベルとしてこれを等価に表出する実験的な語りの方法、表の語りは「物語」の対象に則し、裏の語りは「物語」に込められた「真実」、その自己弁護を引き剥《は》がす表現方法」とし、それを「文字通り語る主体を滅却する「末期の目」」、「「死」と対峙《たいじ》した方法」と位置づけている。それは「結果として自然主義から私小説に向かう表現手法を完璧に批判する芥川讓りの文学表現」であると、「蠅」の〈語り〉の手法を高く評価している（前掲「小説の読み方」）。

「蠅」において、田中の説く「裏の語り」が描き出す、「物語」に込められた「真実」とは一体なんであろうか。それは、先に見た《なぜ、この日に限って馬車が転落しなければならなかったのか》という、どう考えてもまったく説明のつかない問いにあるのではないだろうか。

「蠅」の〈語り手〉は、人間はそうした現実を抱えて生きていかなくてはならないこと。どのような事情を抱え、どのような状況にあったとしても、そうしたまったく説明のつかないことで、私たちが唐突に生命を奪われてしまうかもしれないこと。そうした人生の「真実」に、私たちはどう向き合って生きていかなくてはならないか。それは、言い訳も説明も許されないものであり、絶対的に「空虚な」世界である。そうした世界と私たちは常に向き合って生きていかなくてはならないのだ。

どうしようもない現実と「死」そのものに対峙した〈語り手〉の眼は、そうした「空虚」を捉えて離さない。「蠅」に描かれた〈人間存在の不条理〉とは、どうにもならない現実や、説明のしようがない出来事に対峙し、認識が及ばないところにある〈言語以前〉の世界そのものと、私たちがどう向き合っていかなくてはならないのかという問題である。「蠅」は、そのことを鋭く問いかけてくる作品であると、筆者には読めるのである。

【注】

（1）横光利一「蠅」（「文藝春秋」一九二三年五月号）。本章の引用は、『昭和文学全集　第五巻』（小学館、一九八六年十二月）による。なお「蠅」の本文については、初出一年後に刊行された『日輪』と『御身』に収録されたもので大きく異なり、その違いが現在まで継続されており定本すら定められないという、寺杣雅人による詳細な本文の比較検討があるが（「横光利一「蠅」の成立―新出異同の推移から―」「尾道短期大学研究紀要」四七巻一号、一九九八年）、本章ではそこまで立ち入らないものとする。

（2）日置は同論文で、「田舎では、乗合馬車の時刻表は厳密に守られるものではない。饅頭が出来上がったら馬車が出発するという約束すらもない」としているが、一般にはそうであっても、この馭者の極度に「潔癖」な性格と、そこから推測される彼の生活の状態や、この日の行動を考えれば、むしろそのような風潮に逆らって、「潔癖」に馬車を時間通りに運行させていたと考えるほうが自然ではないだろうか。それは「宿場の柱時計が十時を打った」ことを合図に、馭者が「馬草を切」り、馬を「馬車の車体に結」ぶという一連の運行準備を行ったことからも窺えるのではないか。こう考えると、私情に流されずに馬車の運行時間を厳守したという点で、馭者は職務に忠実であったとはいえないだろうか（あり過ぎたのかもしれないが）。彼が責められるべきは、饅頭を食べたいという自己の欲望のために農婦の叫びを無視し続けたという点にあるのではなく、そうした状況（農婦には大いに同情できるが、私情で馬車の出発時刻を変えることはできないということ）を、言葉できちんと説明しなかったこと（説明責任の不履行）にあったともいえないだろうか。また、そこ（口下手、十全な対人関係を結ぶことができないなど）に彼が「長い年月の間、独身で暮さねばならなかったと云う」理由の一端を見出すことができるかもしれない。

（3）いくら、死にかかっている悴の危篤の知らせを受けたために気が動転しているとは言え、農婦の言動は常軌を逸していると言えるだろう。例えば、馭者が「二番が出るぞ。」と言っただけなのに、「直ぐ出るかの。」「間に合わせておくれかの？」と、馬車がいまにでも出ることを勝手に期待したり、場庭の中へ入ってきた若者と娘に「もう二時間も待っていますのやが、出ませんぞな。」と、馬車が出ない苛立ちをぶつけているが、彼女が「宿場の柱時計」を見ていないことは明らかで、ことさらに無為に時間が経過していることを必要以上に強調する言説であることが窺えよう。これも読者を扇動しようとする〈語り手〉の〈戦略〉ではないだろうか。

第四章　「熊の神様」を信じることの意味をめぐって
——川上弘美「神様」私論

デビュー作「神様」

川上弘美「神様」は、一九九四年にパソコン通信を利用して募集された「第一回パスカル短篇文学賞」（ASAHIAネット主催、審査員：井上ひさし・小林恭二・筒井康隆）を受賞し、一九九八年にほかの短篇とともに『神様』として中央公論社から刊行された。一般に川上のデビュー作と位置づけられている。

物語は全編、「わたし」の一人称の形式で語られている。〈語り手〉である「わたし」が、「三つ隣の３０５号室に、つい最近越してきた」「くま」にさそわれて、弁当を持って「歩いて二十分ほどのところにある川原」まで散歩に出かけたある一日の出来事が、時間の経過に沿って語られている。「くま」は散歩中も、目的地の川原でも、こまやかな気遣いと行き届いた準備とを見せる。散歩から帰った別れ際に「くま」は「わたし」に、「故郷の習慣」として「抱擁《ほうよう》」を求め、「わたし」もそれに応ずる。「わたし」は、そんな一日を「悪くない一日だった」と感じるのだった。

本章では「わたし」の〈語り〉に注目しながら、作品を読み解いていきたい。では、はじめに「くま」と散歩に出かけた「わたし」とは、どのような人間であったかについて見ていくことにしよう。

「わたし」という人間について　―認識し、〈語る〉存在―

「くまにさそわれて散歩に出る」という冒頭の一文からして、現実離れした要素を感じさせるのだが、語り手の「わたし」は、なんの違和感もなくこの「くま」と会話を交わし、大変暑い日にもかかわらず、ハイキングのような散歩に出かけている。(1)

川原への途中で通りかかる車は、「どの車もわたしたちの手前でスピードを落とし、徐行しながら大きくよけていく」し、川原で出会った「男性二人子供一人の三人連れ」や釣り客からも奇異のまなざしで見られるわけだが、「わたし」はなんのこだわりもなく「くま」と接し、その好意を受け入れている。「わたし」は、ほかの人間とは違い、「くま」を恐れたり興味本位で眺めたりはしない。そのことからも「わたし」が、一般の人間とは異なる意識や志向・価値観を持っていることは否定できないだろう。

荒木奈美は、「「わたし」はこの「くま」の姿を通して、同時に自分が日ごろから相容《あいい》れないと感じている人間社会に対する複雑な思いを、怒りにも似た気持ちで見つめていたのではないか。つまり「わたし」はこの「くま」と人間とのやり取りを見て、同時に「わたし」自身の属する人間社会との問題と向き合っている」（「川上弘美「神様」「草上の昼食」論―「くま」の生きづらさを通して見えてくるもの―」「札幌大学総合論叢」第三十二号、二〇一一年十月）として、「わたし」が日頃から人間社会における矛盾《むじゅん》や人間関係の困難さに違和感を抱いていたであろうと推定している。

清水良典も、この「わたし」について
「わたし」は目覚ましい特性や語るべき特徴とは無縁な、「305号室」の「三つ隣」の住人である。無機的な部屋番号――それも「三つ隣」と婉曲《えんきょく》化され曖昧《あいまい》化された情報だけが、明記された「わたし」の属性であるとすれば、「わたし」もまた「くま」同様、世の中からひっそりと距離をおいた「あるか無しかわからぬような」存在といわなければならない。

（「デビュー小説論　第7回　くまと「わたし」の分際――川上弘美「神様」」「群像」七〇巻八号、二〇一五年八月）

と規定し、「わたし」が世間や社会とはなるべく関わりを持たない人物であることを指摘している。「くま」は、川原で近寄ってきた大人たちの興味本位のまなざしを気にも留めないように振る舞っている。また、子供が自分の「毛を引っ張ったり、蹴りつけたり」、挙句の果てはパンチを浴びせて、そのまま行ってしまうことに対して、「小さい人は邪気がないですなあ」と、自分に対する心無い暴力や不躾《ぶしつけ》な態度を咎《とが》めるどころか、「わたし」との間に漂《ただよ》う気まずい雰囲気さえ修復しようと努めている。

こうした「くま」に対して「わたし」が「無言」のまま何も答えられずにいることについて荒木は、「「無言」でいたのは、そのような溢れる思い〔右の引用部の「複雑な思い」〕も含め、言葉になる以前の感情が渦巻いていた結果だ」（前掲「川上弘美「神様」「草上の昼食」論」）として、あくまでも「わたし」を人間社会の側にいるのではなく、「くま」に対して同情的で、人間社会の矛盾に憤《いきどお》るような存在として位置づける。

川上弘美
提供：朝日新聞社／時事通信フォト

また、清水が指摘するように、「下手にとりなして三人連れを非難したり、安易に慰めるようなことを口にすれば、かえって「くま」を傷つける微妙さを感じとっている「わたし」もまた、「くま」に劣らず「配慮」の細やかな人である」（前掲「デビュー小説論　第7回　くまと「わたし」の分際」）とも言えるだろう。

しかしそうであったとしても、「わたし」は本当にこの「くま」のことを理解できていたのか。それは最終的には、本作の評価や「神様」というタイトルの持つ〈意味〉にもかかわる重大な問題であるはずだ。

荒木は、「読み手としての私自身の経験もふまえた上で分析すると、「くま」の生きづらさは、同時に「わたし」の生きづらさであり、さらにまた読み手の生きづらさにも通じるものとなる。「神様」「草上の昼食」（「草上の昼食」は、単行本『神様』の最後に収録された「神様」の続編と読める短編小説）は、社会が変容し、誰もが人との関わりにおいて共通のコードを持たない時代に窮屈さを抱えて生きる、人間社会のあり方の一側面を浮き彫りにしている作品ととらえたい。そのようにして作品と、それと向き合う読み手の解釈および変容にじっくりと向き合うことで、作品の解釈は読み手自身にも開かれていくだろう」（前掲「川上弘美「神様」「草上の昼食」論」）とし、あくまでも本作を現代社会に生きる人間のコミュニケーションの在り様を問題にしたものと位置づけている。

確かに荒木の指摘するような側面も本作は有していると言えるだろう。しかし、本作をそうした側面から捉えるだけでは不十分であると言わざるを得ない。本作をより深く理解するためには、まず「わたし」が「くま」のことをどのように捉え、理解していたのかについて考える必要があるだろう。物語が「わたし」の一人称の〈語り〉によって紡《つむ》がれている以上、本作の〈意味〉を考えるとき、それは非常に重要なポイントとなるはずである。では、次にそのことを見ていくことにしよう。

「くま」という存在
―人間社会への〈闖入者〉／〈人間〉より人間的な「くま」―

「くま」は「雄の成熟したくまで、だからとても大きい」のだが、「ちかごろの引越しには珍しく、引越し蕎麦《そば》を同じ階の住人にふるまい、葉書を十枚ずつ」渡して回るような、こまやかな心遣いの持ち主である。そうした様子を「わたし」は、「ずいぶんな気の遣いようだ」と思うものの、「くまであるから、やはりいろいろとまわりに対する配慮が必要であろう」とその事情を推測する。

またこの「くま」は、自分が以前「たいへん世話になった某君」の叔父が「町の役場助役」であり、「その助役の名字がわたしのものと同じ」であることから、その「助役」が「わたし」の「父のまたいとこに当たる人物であることを辿《たど》り起こさせる。「くま」は、その「あるか無しかわからぬような繋《つな》がり」でも、「たいそう感慨深げに「縁《えにし》」というような種類の言葉を駆使していろいろと述べた。」そのことを「わたし」は、「どうも引越しの挨拶の仕方といい、この喋《しゃべ》り方といい、昔気質《かたぎ》のくまらしいのではあった」と、「くま」を評する。

さらに、散歩の途中で「わたし」が呼び方を尋ねた返事として、「くま」は「今のところ名はありませんし、僕しかくまがいないのなら今後も名をなのる必要がない」としながら、「呼びかけの言葉としては、貴方《あなた》、が好きですが、ええ、漢字の貴方です」とこだわりを見せる。「くま」のこの返答に、「わたし」は「どうもやはり少々大時代」なうえに「理屈を好むとみた」と、「くま」の性向を推測している。

かつて「大変お世話になった某君」をはじめ、いままで「くま」は、何人かの人間と交際してきたのだろう。それにもかかわらず、「今のところ」は人間から呼ばれるべき名前を持っていないのであり、人間と名前を呼び合うような関係を持つことはできなかったのだろう。人間の世界で長く一箇所にとどまることは難しかったのかもしれない。だからこそ、引越しの挨拶も「ずいぶんな気の遣いよう」になるわけだし、「あるか無しかわからぬような繋がり」でも、「たいそう感慨深げに「縁」というような種類の言葉を駆使していろいろと述べ」るのだろう。「わたし」には、そうした「くま」の行動や「感慨」の意味、また「くま」がそうせざるを得ない背景を正しくは理解していない。

「くま」の心遣いは万事行き届いており、川原への散歩の道すがらでも、川原での立ち居振る舞いにもさまざまな配慮がされている。獲った魚を捌《さば》く道具を持参し、「今日の記念」として「干物」にしようとするその用意周到さに、「わたし」は「何から何まで行き届いたくまである」という印象まで抱いている。

作中のこうした「くま」の言動は、すべて語り手である「わたし」が捉えたものであり、いままで挙げてきた「くま」への評価や推測は、すべて「わたし」によってなされたものであることは、言うまでもない。「くま」は、人間の側から言えば〈闖入者《ちんにゅうしゃ》〉ということになるのだろうが、現代社会に生きる〈人間〉よりも、より人間的な側面を持ち合わせている。それを発見して語っている「わたし」は、少なくとも、川原で出会った「男性二人子供一人の三人連れ」や、周りの人間たちが捉えることができなかった「くま」の〈人間性〉に目を向けることのできる人間であったことは間違いない。(2)

しかしさまざまな「くま」の心遣いを認めることができた「わたし」にも、「くま」のことを十分には理解し切れていない面がある。それを端的に見せているのが、川原に向かう途上の「わたし」と「くま」のやり取りである。

「暑くない」かと「わたし」が尋ねると「くま」は、「暑くないけれど長くアスファルトの道を歩くと少し疲れます」と答え、「川原まではそう遠くないから大丈夫、ご心配くださってありがとう」と「わたし」に礼を言う。逆に「わたし」に対して「「もしあなたが暑いのなら国道に出てレストハウスにでも入りますか」／などと、細かく気を配ってくれる」のである。

「わたし」は何気なく「くま」に尋ねたのであろうが、「くま」は「わたし」の問いかけに感謝しつつも、かえって「わたし」の体調を気遣っている。それに対して「わたしは帽子をかぶっていたし暑さには強いほうなので断ったが、もしかするとくま自身が一服したかったのかもしれない」と、あくまでも自分の感覚からしか「くま」の言葉を捉えていない。

実際「くま」にとって、人間が作った「アスファルトの道」を炎天下に歩くことは、かなりの負担だったに違いない。そのため川原に到着した「くま」は、「舌を出して少しあえいで」いた。それでも恨み言の一つも言うことはない。そうした「くま」の心のうちを、「わたし」はどれくらい理解できていたのだろうか。厳しい言い方をすれば、結局のところ「わたし」には、「無言で歩」くことくらいしかできなかったのではないか。

さらに「くま」のこうしたさまざまな「わたし」に対する配慮も、この「くま」の個体としての特質として捉えられてはいない。「くまであるから、やはりいろいろとまわりに対する配慮が必要なのだろう」という具合に、「くまであるから」人間世界に溶け込めるために、「くまであるから」人間から怖《おそ》れられないように気を配っているとしか捉えていないのではないだろうか。それでは次に、「わたし」と「くま」の関係を、〈他者〉性あるいは《《他者》》認識の在り様〉という観点から眺めてみることにしたい。

〈熊〉としての「くま」——「了解不能の《他者》」性を持つ「くま」——

いままで見てきたように、どこまで行っても「わたし」には、「くま」の内実や考えを理解することはできない。「わたし」が語る「くま」は、「自我を表に出さず、自分よりもまず相手を尊重し、あくまでも人間社会の「原則」に従って生きる存在として映っている」（前掲「川上弘美「神様」「草上の昼食」論」）のである。

川原で「わたし」が残したオレンジの皮を食べるときも、「もしよろしければオレンジの皮をいただけますか」と「わたし」に断り、「受け取ると、わたしに背を向けて、いそいで皮を食べ」るという配慮まで見せている。一緒に弁当を食べるときには、「わたしに背を向けて」という記述がないことからも、人間が通常はそのままでは食べないであろう「オレンジの皮」を食べるというのは、やはり〈熊〉としての野生を垣間《かいま》見せる部分であると言っていいだろう。

しかし「くま」は、それをなるべく「わたし」に見せないようにする気配りを忘れない。「わたし」流に言えば、〈どこまでも抑制が効いた「くま」である〉というところだろうか。しかしそれほど周到に自己を抑制しても、〈熊〉としての野性を抑え切れなかった場面がある。

それは川原について「じっと水の中を見てい」たかと思うと、「突然水しぶきがあがり、くまが水の中にざぶざぶ入って」「魚を摑《つか》み上げた」ことである。水の中から戻ってきた後に「くま」は、

「驚いたでしょう」「おことわりしてから行けばよかったのですが、つい足が先に出てしまいまして」と弁解している。それは魚を獲るために自分がとった咄嗟《とっさ》の行為が「わたし」を驚かせたのではないかという反省に基づいてのことである。このときの「くま」には、「わたし」への配慮が戻っている。もっとも、この「くま」の咄嗟の行動も、「わたし」により大きな魚を渡したいという意識、すなわち「わたし」への〈思い〉から発しているとも考えられる。そのような〈思い〉があったからこそ、獲物の魚を見た瞬間に「つい足が先に出てしま」ったという面も忘れてはいけない。

やはりいくら抑制が効き、配慮の行き届いた「くま」でも、野生の〈熊〉であることに違いはないのだ。「わたし」が、どう「くま」に理解を寄せようとも、〈人間〉と〈熊〉では、身体感覚や認識に差があることを、また何かの拍子に「くま」が野生を表すことを、図らずも物語っているのだ。

このような〈人間〉と〈熊〉の違いに、無自覚ながら「わたし」が言及しているのが、次の部分である。

> 小さな魚がすいすい泳いでいる。水の冷気がほてった顔に心地よい。よく見ると魚は一定の幅の中で上流へ泳ぎまた下流へ泳ぐ。細長い四角の辺をたどっているように見える。その四角が魚の縄張りなのだろう。くまも、じっと水の中を見ている。何を見ているのか。くまの目にも水の中は人間と同じに見えているのであろうか。

これは作中で唯一、「わたし」が「くま」の視線に映るもの、「くま」の認識に思いを致す場面である。先にも見たようにこの「くま」は、「わたし」に対して通常の人間が及ばぬほどのこまやかな配慮や抑制を見せている。それに対して「わたし」は、これまで何度も繰り返してきたように、自分の感覚や認識からしか「くま」のことを捉えてはいない。

行動や言葉遣いなどに表れた「くま」の資質は、「わたし」の推測や理解の及ぶところである。しかし本当のところ、「くま」が何を考え、どのような性癖を持っているかなどの、いわゆる〈内面〉を窺《うかが》い知ることはできない。このあたりの事情を鎌田均《かまだひとし》は、次のように分析している。

「わたし」にとって昔気質で大時代な「くま」、人間以上に人間的であったとしても、またそう見えても、本当のところは「くま」がどんな内面を持って生きているか「わたし」には永遠に分からない。相手は正真正銘の熊なのだから。その「了解不能の《他者》」性が「わたし」にとっての「くま」であり、タイトルはその他者性を最もシンボリックに言い表しているると言えよう。ここで立ち止まって考えてみると、実は私たちの人間関係とは常にこうした他者性の問題が宿命的に絡《から》んでいることに気づく。〔中略〕そうするとこの「くま」というのは他者性を露出させる極めて巧緻《こうち》な装置として生きていると言ってよいだろう。

（「「自分とは何か」を問い続ける〈言葉の力〉―川上弘美『神様』を例にして―」「日本文学」二〇一一年一月）

鎌田は、田中実の所説である〈第三項〉論で提起される「「了解不能の《他者》[3]」性」を持つものとして、この「くま」を捉えている。鎌田が指摘するように、「くま」は「正真正銘の態」であり、「「くま」がどんな内面を持って生きているかは〈人間〉である「わたし」には永遠に分からない」ことは間違いない。これまでの先行研究は、「くま」を実在のものとして実体化して捉え、「くま」の〈内面〉や内実をどう捉え、どのように意味づけるかに腐心していたように思われる。

それに対して鎌田の指摘は、非常に鋭いものと評価できよう。ポイントは、「くま」という存在を、単純に「了解不能の《他者》」として位置づけていないことである。「了解不能の《他者》」は絶対に到達できないものである。この問題に関し、〈近代小説〉が抱える矛盾・難問について田中実は、次のように説明している。

〈近代小説〉は「三人称客観」を雛形にして、複数の人物とその内側から語る、Aを語れば、Bは語れないという成立不可能な文学形式です。〔中略〕すべて発話主体＝〈語り手〉によって複数の人物の内奥を語ろうとすると、そこには神の技に似た、了解不能の《他者》＝〈絶対〉を抱える〈仕掛け〉が要請されています。

（「近代小説の一極北——志賀直哉『城の崎にて』の深層批評」、田中実+須貝千里［編］『文学が教育にできること——「読むことの」秘鑰《ひやく》——』、二〇一二年三月、教育出版）

続けて田中は、「世界観を共有する共同体の場」で語られる「物語」では〈他者〉は成立するが、「近代的自我を前提にした近代社会では語ることは虚偽（自己弁護）として現れ、その虚偽を克服しなければ語ること、表現の地平は封じられていきます。そこで一旦〈語り—語られる〉場、その現実的な知覚作用の及ばない〈超越〉が求められ、そこに〈近代小説〉が「近代の物語」文学から峻別《しゅんべつ》される急所がある」としている。

〈近代小説〉は、その誕生以来〈近代的自我〉の存在を前提として、それをどう捉え、描き出すか。つまり、人間の〈内面〉を描くことを必然的に要請されてきたのであるが、視点人物を定めて、その人物が見たものを語る〈語り手〉という立場を導入する限り、複数の作中人物の〈内面〉を、同時に描くことは原理的に不可能になる。その「虚偽」を超克するためには、〈第三項〉論の別の主要概念である〈機能としての語り手〉（あるいは、生身の〈語り手〉との相関）の問題が浮上する。

「熊の神様のお恵み」――〈機能としての語り手〉からみる――

ヘルマン・ヘッセの「少年の日の思い出」の語り手である「私」について、大槻和夫・須貝千里との鼎談《ていだん》の中で田中は、「まずこの「私」というのは一人称の実体の語り手、作中の生身の人物です。この一人称の語り手が登場してきた時のポイントは、作中の実体の生身の語り手と〈機能としての語り手〉を分けることにあります」（「小説の〈読まれ方〉に対する〈読み方〉の提起、〈語り〉の問題」、田中実ほか［編］『「これからの文学教育」のゆくえ』右文書院、二〇〇五年七月）とし、物語を語る〈語り手〉を一元的に捉えることを退けている。〈機能としての語り手〉は、〈近代小説〉を読み解く際の要諦である。

田中は、「〈語り手〉の知覚する客体の対象世界はその〈語り手〉自身の主体によって構成されているに過ぎないと言う、自己と他者の問題、それこそが〈近代小説〉という問題に激突します。〔中略〕／〈近代小説〉に登場する生身の〈語り手〉を捉えるには、その〈語り手〉を語っている〈語り手〉を超える〈機能としての語り手〉＝〈語り手を超えるもの〉を捉えることを必須とします」（「現実は言葉で出来ている―『金閣寺』と『美神』の深層批評」「都留文科大学大学院紀要」第一九集、二〇一五年三月）と説明している。

「神様」でも、「わたし」という〈生身の語り手〉が、自分の感覚を通して「くま」のことを語っている。本章でもここまで、いかに「わたし」に「くま」の〈内実〉が見えていないかについて言及してきたのだが、「わたし」という〈生身の語り手〉に注目するだけでは、従来の近代文学研究の〈語り論〉の次元にとどまる。それだけでは本作の深層は読めないのである。田中の提起する〈機能としての語り手〉として作品、あるいはテクストに向き合い、物語中の「わたし」にも、それを語る〈生身の語り手〉である「わたし」にも見えていないものを炙《あぶ》り出す必要があるのだ。そのことを考えるヒントは、作品末尾、散歩から帰った「くま」と「わたし」の別れ際の場面にある。

散歩から帰った「くま」は別れ際に、「親しい人と別れるときの故郷の習慣」として「わたし」に抱擁を求める。「わたし」は承知し、「くま」の腕に肩を抱かれ、頬《ほお》をすりつけられる。「くま」は「わたし」に対し、「今日はほんとうに楽しかったです。遠くへ旅行して帰ってきたような気持ちです。熊の神様のお恵みがあなたの上にも降り注ぎますように。それから干し魚はあまりもちませんから、今夜のうちに召し上がるほうがいいと思います」と忠告する（どこまでも気の利く「くま」である）。

その後「わたし」は、「部屋に戻って魚を焼き、風呂に入り、眠る前に少し日記を書いた。熊の神とはどのようなものか、想像してみたが、見当がつかなかった」と述べる。「くま」が祈りを捧《ささ》げ、「わたし」には「見当がつかな」い、この「熊の神」(4)こそ、まさしく「わたし」にとっての「了解不能の《他者》」なのである。いや、実は「くま」自身にとっても「了解不能の《他者》」なのだ。

「わたし」には「熊の神様」が分からない。しかしそれは、荒木が指摘する、「神様」とその続編と位置づけられる「草上の昼食」の末尾の違いの問題に、決して収斂《しゅうれん》されるものではない。荒木は、

「神様」での「わたし」は、「熊の神様」が「どのようなものか、想像してみたが、見当がつかな」いまま一日を終えていたが、「草上の昼食」での「わたし」はすでに、「熊の神様」がどのようなものであるかに気づいているかもしれない。最後の場面で「わたし」は、ためらいなく「熊の神様」と「人の神様」にそれぞれ「お祈り」しているからである。ここにはすでに「人と熊は違う」ということに気づかされた「わたし」がいる。〔中略〕絶対的に重なり得ない「溝」のもとで、「くま」が人間社会で背負ってしまった苦しみを、自分の価値観でもってわが身に引き受けて泣くのが、「草上の昼食」での「わたし」なのである。

（前掲「川上弘美「神様」「草上の昼食」論」）

としている。どれほどお互いを理解し合っているように思っても、親しくしていたように見えても、結局のところ「人と熊は違う」という、「絶対的に重なり得ない「溝」」の存在と、それに起因する「苦しみ」に荒木は注目しているが、「人と熊は違う」というレベルでは、「熊の神様」や「人間の神様」を実体として捉えていることになり、その差異に足を掬《すく》われ、本作の深層の〈意味〉を捉えること

はできないだろう。

「熊の神様」であろうと「人の神様」であろうと、私たちが認識したり到達することはできないものである。それにもかかわらず「くま」は、ほんとうに存在するかどうかもわからず、実体も不確かな「熊の神様」なるものの存在を信じ、心から祈りを捧げている。「くま」と「わたし」の最大の違いは、そこにあるのだ。祈る対象が違うとか、現代人は信仰心を失ってしまったとかいう問題ではない。

この点から見れば、「神様」の「わたし」より、「草上の昼食」の「わたし」のほうが、人間的にも成長し「くま」の立場や認識に思いを馳《は》せられるようになったなどと捉えるのも大きな間違いである。どこまでいっても、「わたし」が「くま」や「熊の神様」を理解することは不可能なのである。「熊の神様」（もちろん「人間の神様」も）は、どこまで「想像してみ」ても、知覚することのできない「了解不能の《他者》」なのである。自分の周りの世界を十全に理解することができないということは、この世に個体として存在し、五感から得た情報によって世界を認識し、思考する生物として生存し続ける限りは、引き受けていかねばならない絶対的な〈孤独〉である。「わたし」の「無言」は、そうしたどうにもならない現実を前にして、ことさらにその場を取り繕《つくろ》って、なにか発言することの不毛さを、無自覚ながらも感知してのものではなかったか。

しかし、だからと言って本作は、そうした生命存在の絶対的孤独の虚《むな》しさや儚《はかな》さ、あるいは〈人間〉と〈熊（あるいは動物や自然界）〉との乖離《かいり》への嘆きを述べたものではない。むしろその逆で、「了解不能の《他者》」とどこまでも関わろうとする意思と、それを基底にした振る舞いの素晴らしさ、また〈他者〉は絶対に理解できない存在でありながら、にもかかわらず関わり続けることの素晴らしさを述べたものであるのだ。

自分を取り巻く現実や無理解な人間に翻弄されながらも、周りへの配慮を欠かさない「くま」の振る舞い。あるいは、結局は自分を理解できないであろう「わたし」に対しても、その好意を信じて抱擁を求め、「了解不能の《他者》」である「熊の神様」に、「わたし」の幸せを祈念する、この「くま」の姿こそが、本作の訴えたかったものだったのではないだろうか。

だからこそ、そうした「くま」の姿に触れた「わたし」は、「熊の神とはどのようなものか、想像してみたが、見当がつかなかった」と言いながら、「悪くない一日だった」と、一日の体験とこの物語を締めくくるのである。

いまさら言うまでもないことだが、本作は「くまにさそわれて散歩に出」た、ある一日の体験を、あとから語り直したものである。それは、〈語り手〉である「わたし」が使い分けている、文末の「現在形（現在進行形）」と「過去形」の違いや、場面や行為の描写の中に、回想が入り込むことからも明らかである。そこには、作中に描かれた出来事の時間である〈物語の現在〉と、それを〈いま〉語る〈語りの現在〉という二つの時間、あるいは位相が存在するというのは周知のことであろう。

「くま」と散歩したときには、自分が「くま」のことを十分に理解することもできず、心無い人間の振る舞いに対して、何も言葉を発することができなかった。そのときは言葉にもならず、どう説明してよいかわからない感情や意識下の情念のようなものが、〈いま〉、この物語を語っている「わたし」には理解できているのである。だからこそ、この物語が語られなければならなかったのだろう。

「わたし」の〈語り〉を〈生身の語り手〉とだけ見るのではなく、〈機能としての語り手〉として、「わたし」の〈語り〉を構造的に対象化するときにはじめて、「わたし」の認識（それが仮に「くま」への無理解だったと言えるものであったとしても）や、「無言」の意味、あるいは「くま」の〈内実〉など、本作の意味を問うことができるのである。本作の題名である「神様」の意味も、ここから考えることができるだろう。

「神様」とは何か　—「了解不能の《他者》」を信じること—

本作には「熊の神様」は登場しても、「人の神様」については言及されていない。にもかかわらず、本作の題名は「神様」である。物語をストーリーや表層のレベルから眺めたならば、「神様」より「熊の神様」のほうが適切だと考える向きもあるだろう。
本作における「神様」の出現について、古守《こもり》やす子は、次のように述べている。

抱擁に「親しい人」として応じたこと、ほどよい距離が保たれるなかで「くま」との関係を育むことができた充実感が、「悪くない一日」と思わせるのである。だが、「熊の神様のお恵み」を享受して生きるという、「わたし」の認識の〈向こう側〉の「くま」、「わたし」の認識できない領域に生きる「くま」が、「わたし」の〈語り〉から現れるのである。〔中略〕「わたし」と「くま」の世界が重なることはない。〔中略〕「熊の神様のお恵みがあなたの上にも降り注ぎますように」という「くま」の言葉は、熊の神がどういうものか見当がつかない「わたし」には届かないが、人間の「わたし」の幸せを願う「くま」の祈りは「わたし」の世界に橋をかける。

その掛け橋を読者が〈語り〉の〈聴き手〉となって見出すとき、読者の前には「熊の神様」を超越して「くま」も「わたし」も包み込む〝神様〟が、タイトルとともに現れるのである。「くま」と「わたし」のそれぞれの「生」を愛おしむ〝神様〟が、〈語り手〉を超える〈語り〉のなかから現れるのである。

（「読む〈語り〉の構造から立ち現れる〝神様〟──川上弘美『神様』『神様2011』──」「日本文学」二〇一七年七月）

古守のこの論は、先に引いた鎌田の主張を踏まえた上で、「本稿はこの読みの方法を踏襲しつつ、さらにその「語り─語られる」関係を「語る」、〈語り〉の構造、（田中実氏が指摘する〈語り手を超えるもの〉＝〈機能としての語り手〉）に着目して読み、そこから見えてくるもの、『神様』『神様2011』における〝神様〟の意味について考えてみたい」とする、非常に精緻で優れた〈読み〉を示したものである。

引用箇所前半部は、鎌田の説く「くま」の持つ「「了解不能の《他者》」性」が、「わたし」の〈語り〉によって描き出される様を解説してくれている。後半部は、「読者が〈語り〉の〈聴き手〉となって、「わたし」の語りを相対化することで、「〝神様〟が、〈語り手〉を超える〈語り〉のなかから現れる」と、まさしく〈機能としての語り手〉が発動する仕掛けを見事に捉えている。引用した部分以外も含め、高く評価できる好論だろう。

題名にもあるように、「〈語り〉の構造から」「〝神様〟」が「立ち現れる」様子については古守の所説に従いたい。だが、本章ではやはり、「了解不能の《他者》」としての〈神様〉の存在そのものにこだわりたい。古守の主張は素晴らしいのだが、そうなると本作（より正確に言えば、本作の「向こう」）には〈神様〉が存在しないことにならないだろうか。(5) もちろん、ここで問題にするのは、実体概念としての〈神様〉ではない。実際に〈神様〉が存在するとかしないとかいう議論ではない。作中の「わたし」の〈語り〉によって顕現される、「くま」が信ずるところの「熊の神様」を包含した「神様」が、〈第三項〉として〈存在〉するか否かの問題なのである。(6)

　先にも述べたように本作のポイントは、「熊の神様」という、永遠に「了解不能の《他者》」の存在を信じ、それに向かって敬虔《けいけん》に祈り、どこまでもそれに迫ろうとする意思と、そのことがもたらす振る舞いについて、また「了解不能の《他者》」を信じて疑わない〈他者〉（＝「くま」）に触れ得た一日の体験を、「悪くない」と意味づけるところにある。

「了解不能の《他者》」という領域には、「熊の神様」や「人の神様」、あるいは〈蛙《かえる》の神様〉や〈虎の神様〉など、そうした個々の種の区別は存在しない。従来の用語で喩《たと》えれば、〈自然の摂理〉なのか〈宇宙の真理〉（筆者は〈宇宙の思惟〉と呼びたいと思っているが、ここでは詳述は避ける）なのか、それはさておき、「了解不能の《他者》」である〈超越的存在〉が、「くま」には「熊の神様」として、「わたし」においては「人の神様」として、虎であれば〈虎の神様〉として、それぞれが、各自の種に従って名づけているという違いがあるだけなのではないだろうか。それは田中の〈第三項〉論でいうところの〈わたしのなかの他者〉である。「熊の神様」とは、「くま」に捉えられた〈わたしのなかの他者〉なのであるから、実在するか否かなどは問題外である。

しかし、もし作中（さらに本作の「向こう」）に、〈神様〉（＝「了解不能の《他者》」）は存在せず、〈読者〉の〈読み〉の中にのみ〈神様〉が出現するのだとすれば、〈神様〉（＝「了解不能の《他者》」）を信ずる「くま」の営為は、結局のところ「鰯《いわし》の頭も信心から」や「信ずるものは救われる」的な、単なる〈道徳〉や〈信仰心〉の問題だけに収斂されてしまうのではないか。それでは、バルトの言う「還元不可能な複数性」の範疇《はんちゅう》、あるいはウィトゲンシュタインの説く〈言語ゲーム〉の中だけの存在となってしまい、結局どこまでいっても「究極のアナーキズム」の無限ループの中に閉塞されてしまうのではないだろうか。それでは、本作が持つ魅力を減じてしまうだけでなく、〈第三項〉を措定《そてい》する意味が失われてしまうのではないか。不可知であるがゆえに、存在するとも存在しないとも断言できないが、その存在を信ずることの意味が、本作においては問われているのではないだろうか。「了解不能の《他者》」という、永遠に到達不能ではあるが、絶対的な存在、いわば〈超越〉の存在に思いを致し、それを自らの「世界観認識」の基底に据えることによって、どのような変化がもたらされるのか。本作には〈第三項〉論によって導かれる、田中が説く〈宿命の創造〉の在り様の、一つの実例が表現されていると考えられはしないだろうか。

「心の闇」を隠し持つ「わたし」

田中実は、「〈近代小説〉の〈語り手〉は〈語り手〉自身が知覚出来ない「心の闇」を隠し持ち、これを〈語りの構造〉の中で表します」（前掲「現実は言葉で出来ている」）と述べている。

川上弘美の「神様」（先走って言えば「神様2011」も）は、「くま」と「ハイキングのような散歩に出るという、表面的には長閑《のどか》なメルヘンのような童話的・幻想的な世界が語られるのだが、その奥に隠された世界、あるいは表面的には語られていない「わたし」の意識には、壮絶な「心の闇」が隠されていたのではなかったか。その「心の闇」は、「わたし」と周囲の人間との間に、どうしようもない溝を生じさせることになったわけだし、だからこそ人間社会の中で疎外され、心に傷を受けて、心に「闇」を抱かざるを得なかったであろう「くま」を受け入れることができたのだろう。

そのように、自身の内面に「心の闇」を抱え、他者との十全なコミュニケーションを成立させることに困難を感じる「わたし」が、「熊の神様」（「了解不能の《他者》」）の存在を信じ、自らの意識や行動規範の基底にそれを据えることで、自己を抑制しどこまでも他者に対して「行き届いた」配慮を見せる「くま」と、忌憚《きたん》なく触れ合うことができたことが、「わたし」に「悪くない一日」と感じさせたのであり、「眠る前に少し日記に書いた」ことを、物語として〈いま〉、わざわざ語らせることにつながっているのではないだろうか。「くま」と出会い散歩したことによって得られた体験は、「わたし」の抱える「心の闇」を晴らすまではいかないにせよ、何らかの意識の変化をもたらすものではなかっただろうか。

「了解不能の《他者》」という〈超越〉は、誰にも知覚できないものである。しかし本作の「くま」にはその存在が信じられていたのだろうし、その「くま」の姿を通して、「わたし」も無意識のうちに、「了解不能の《他者》」の存在と、それを信じることの〈意味〉、あるいは〈意義〉について、何らかの気づきを得ることができたのではなかっただろうか。

【注】

（1）高柴慎治は、川上弘美の作品世界の特徴を、次のように述べている。

「川上弘美は〔中略〕意識的にか無意識的にか、作者と読者が共有しているべきはずのリアリティの水準へ、ありえない事態や異形のものを差し挟んでいく。そこに生じる不協和音。おそらくここで起こっていることは、作者が自分の生存感覚を優先させることで、読者のリアリティを踏み越えてしまっているという事態だと思う。共有されるべきリアリティを失えば理解不能の状態に陥《おち》るしかない」（「川上弘美「神様」を読む」「国際関係・比較文化研究」五巻二号、二〇〇七年三月）

高柴はあくまでも、現実世界との相関の中で川上の作品世界を捉えているために、「読者のリアリティを踏み越える」と表現するのだろう。

しかし清水良典が、川上の作品世界を、村上春樹の『世界の終りとハードボイルド・ワンダーランド』と同様の、「現実の日常そっくりなのに成立ちがまったく異なる異世界」（「デビュー小説論　第7回　くまと「わたし」の分際——川上弘美「神様」」「群像」七〇巻八号、二〇一五年八月）と指摘するように、川上の作品世界は、どこまでも現実そっくりなのだが、別の次元の世界を基盤としており、〈現実〉でも〈虚構〉でもない、両者が渾然一体《こんぜんいったい》となった世界構造になっているのだ。それはある意味では、〈パラレルワールド〉と呼んでいいのではないだろうか。

（2）清水は、「くま」と「わたし」の関係性を「広大な人間社会の片隅でひっそりと、名もなく一人で暮らす者同士の、いわば種を超えた連帯がここには芽生えているのだ」としている。こうした「くま」と「わたし」の「連帯」、あるいは共感のようなものが、両者を結びつけていることは間違いないだろう。

（3）田中は、自身の提起する「了解不能の《他者》」および、主体と客体との関係について、次のように説明している。

「我々に知覚できる客体の対象の世界はそのすべての領域が、主体のフィルターによって捉えられた客体の対象ではありますが、客体の対象そのものではありません。アポリアはここに隠れています。客体の対象そのものは永遠に捉えられない、未来永劫《えいごう》、了解不能の《他者》であり、わたくしはこの領域を〈第三項〉と呼んで近代文学研究状況と向き合ってきました。かつて一九七〇年代頃まで、近代に生きる我々はこの世の人間の世界は我々の主体のフィルターによって捉えられている客体の対象の外部、その〈向こう〉の世界に現実の実体が実体として現存していると考えて来ました。もしくは主観を超えた客観世界が普遍的に現実にあり、その反映が我々の捉える恣意的な現実として現れている、従って、主観的で恣意的な現実認識を超克し、真の現実を捉えんと格闘してきた、そうした通念で生きてきたのでした。ところが、その普遍的で真の現実と信じられていた客体の対象世界もまた言語で制作される事象だった、大森荘蔵はそう教えています。」（「現実は言葉で出来ているⅡ—『夢十夜』「第一夜」の深層批評—」「都留文科大学研究紀要」第八四集、二〇一六年十月）

（4）この部分で「わたし」が、「熊の神様」ではなく「熊の神」と呼んでいることに注意すべきであろう。それは、私にとって〈神〉が尊敬や崇拝の対象ではないことを物語っている。ここにも「くま」と「わたし」の「神様」（「了解不能の《他者》」）に対する意識の違いが現れている。

（5）右の注（3）の引用のあとに、田中は、次のように述べている。
「我々に客体の対象が知覚され、認識される時、それは全て言語で制作された客体の対象として我々の前に現れ、客体そのものがあるのではありません。客体そのものは永遠に捉えられないのですが、客体そのものが無いのならば、我々の捉える客体も無いことになるのですから、客体そのものは了解不能で永遠に捉えられなくとも何らかの意味で存在しています。すなわち、我々の捉えている客体は、客体そのものの言わば〈影〉としてあり、これをあたかも客体そのものかのように世界を捉えているのです。」（傍線は引用者による）

（6）古守の論文は、前半で「神様」について、後半で「神様 2011」について論じている（「一『神様』—「わたし」が語る「わたし」と「くま」—」、「二『神様2011』—「あのこと」に対峙する〝神様〟—」）。後半部で、「神様 2011」における「神様」の存在については、次のように述べている。

「「わたし」と「くま」の明日を保証するのは「熊の神様」ではなく、被曝《ひばく》量を計測するガイガーカウンターである。無力の「熊の神様」の前に、『神様』に現れた〝神様〟はもはや出現しない。存在しないのだ。だが、〝神様〟を否定しても、掘り返された土は「つやつやと」盛り上がり、川は音を立ててせせらぎ、水の冷気は心地よく、水しぶきはあがり、魚のひれは「陽を受けてきらきら光る」。「わたし」と「くま」は濃《こま》やかに互いを思いやりながら、確かな「形」のある一日を送る。／世界の美しさを全身で感じ、愛をもって生きる「わたし」と「くま」が、〈語り手〉を超える〈語り〉のなかで、それぞれの「生」を生きていることを示しながら、「あのこと」に対峙し得る〝神様〟となって現れるのである。それが、二〇一一年の出来事を知る〈聴き手〉（読者）の前に現れる〝神様〟であり、『神様２０１１』という作品なのである。」

　これも、従来の〈読み〉の水準を凌駕する素晴らしい考察なのだが、本章で述べた主張とは視点を異にする。

※「神様」の本文はすべて、『神様　２０１１』（講談社、二〇一一年九月）による。

第五章　川上弘美「神様２０１１」が描き出すもの

――「《神》の非在」と対峙する「わたし」

「神様」と「神様２０１１」

川上弘美「神様２０１１」は、二〇一一年三月十一日に発生した、東日本大震災および福島原発事故の「約三週間後」に執筆され[1]、同年六月号の「群像」に発表された。川上のデビュー作とされる「神様」の本文をそっくりなぞりながら、そこに加除を施した形になっている[2]。

前章で見たように「神様」は、全編、「わたし」の一人称の形式で語られた日記風の文体である。〈語り手〉である「わたし」が、「三つ隣の３０５号室に、つい最近越してきた」「くま」にさそわれて、弁当を持って「歩いて二十分ほどのところにある川原」まで散歩に出かけたある一日の出来事が、時間の経過に沿って語られている。

一方「神様２０１１」も、「くまにさそわれて散歩」に出かけた一日を描いたという点やストーリーの展開は、前作とまったく同じだが、その違いは、作中で「あのこと」と称される原発事故（によるものと推測される放射能漏れ）によって、作中に描かれる世界の様相や、生活様式が一変したことである。

例えば、道端で除染作業に携わる人々（の登場）や川原で出会う「サングラスと長手袋」の男二人など、周りの人間はみな「防護服をつけ」ている。また「あのこと」以来、地域から子供は姿を消しており、川原にも男二人以外には誰もいない。「マンションに残っている」のも「三世帯」だけになっている。また、作中の随所で「（被曝《ひばく》）線量」の多寡《たか》が話題になり、その具体的な数値が記されている。

ただ「わたし」自身は、「くま」と抱擁する際に「体表の放射線量」を意識するものの、「この地域に住みつづけることを選んだのだから、そんなことは気にするつもりなど最初からない」と、世間の人間とは異なった価値観を持っていることが窺《うかが》える。

本章では「わたし」の〈語り〉に注目しながら、「神様２０１１」の持つ意味、作品の深層を読み解いていきたい。

「神様２０１１」の評価

一般に、前作「神様」の評価は高いのだが、「神様２０１１」については酷評が目立つ。例えば水牛健太郎は、「「蛇を踏む」「センセイの鞄《かばん》」「真鶴《まなづる》」といった充実した作品を経てなお、川上弘美と言えば多くの人がいちばんに名を挙げる」作品として「神様」を評価しながら、「神様２０１１」には「違和感を禁じ得なかった」とする。作品の意図を「原発事故に関する言葉を「神様」の世界に生のまま投入してみて、その異常性を浮き彫りにしたかったのではないか」と見て、「どうも安易な感じがしてしまう。それでも面白ければいい。しかし結果は台無しもいいところで、読んでいて思わず嘆息の連続であった」（「季刊・文芸時評《二〇一一年・夏》文学の言葉は遅い」「三田文学」九〇巻一〇六号、二〇一一年八月）と失望の意を露《あらわ》にしている。

現実に起こった原発事故の影響を書き加えることに対して関谷一郎は、「人間的・作家的良心から、フクシマの惨状《さんじょう》に堪えぬまま出来心で改作してみたまでのことかもしれぬが、仕上がりからすれば木に竹を接《つ》ぐようで、フクシマの現実にはかすりもしていない。無クモガナのお粗末なテクストである」（「川上弘美「神様」の読み方・教え方――松本和也氏の論考をたたき台にして」「現代文学史研究」第二一集、二〇一四年十二月、以下、関谷の引用はすべてこれによる）と、辛辣《しんらつ》な否定の評言を浴びせている。

だが、水牛や関谷が扱《こ》き下ろすように、「神様 ２０１１」は、それほど酷《ひど》い作品なのだろうか。また川上が、「神様」を下敷きにして「神様 ２０１１」を書き上げたことは、これほどまでに非難されるべきことなのだろうか。そのことを考える上で注意しておきたいのは、関谷が「フクシマの現実にはかすりもしていない」と批判していることだ。

関谷は（もちろん水牛も）、本作の意味を「フクシマの現実」を糾弾するものとして措定《そてい》しており、どこまでも現実世界や出来事のレベルから作品の不備を批判している。つまり関谷は、あくまでも〈現実〉と〈小説〉とを別個のものとして捉えており、その相関性を問題にしているのだ。

だからこそ関谷は、「川上が幻想的世界に閉塞しているという自覚と反省から「神様」に手を加えてみたと言うなら、文学と現実をあまりにも安易に接続しようとしてしまったというほかない。そんなことでは現実にかすりもしないのは繰り返すまでもあるまいが」とも述べるのだが、ここで関谷は致命的な錯誤を犯している。それは関谷が「幻想／文学」と「現実」が別物として、言わば〈二項対立〉的に存在していると捉えていることである。だからこそ、文学と現実の「接続」が問題になるのである。

つまり関谷は、主体と客体の二元論の範囲でしか「神様 ２０１１」を捉えていないと言えよう。「幻想的な世界がリアルな世界を描いた文学よりも現実に届く」「「神様」を楽しく読みながらもこの種の怖さが感受されるとすれば、この作品こそが根底において現実世界に接続しているから」だと「神様」の魅力を評価する関谷だからこそ、「現実」との接続が、またその接続の仕方が問題になるのだろう。もっともこれは関谷だけにとどまるものではなく、近代文学研究者の大多数が陥《おちい》っている誤謬《ごびゅう》であることは論を俟《ま》たない。

もちろん、「あとがき」に記された「最終的には自分自身に向かってくる」「静かな怒り」という川上自身の思いも、本作執筆の動機としてはあるのだろう。

しかし川上は、決して現実世界における原発反対を主張するためだけに本作を書いたわけではない。そもそもこの作家は、芥川賞受賞作「蛇を踏む」(「文学界」一九九六年三月)に顕著なように、現実がいつのまにか非現実にすり替わり、両者が渾然一体《こんぜんいったい》となっていく世界を描くことを得意としていたはずだ。そう考えれば、現実世界や実際の出来事との直接の相関から本作を評価するのではなく、本作で描かれる世界を、また「わたし」によって〈語られる〉世界の内実をこそ問題にしなければならないのではないか。ここではまさに、田中実が常に主張している、「世界観認識」の違いが問われているのである。

水牛や関谷のように、作品世界を現実世界との相関で捉えてしまえば、「あのこと」以降の世界での散歩など良い出来事になろうはずもない。しかし「神様２０１１」でも作品の末尾は「悪くない一日だった」と締めくくられている。では、なぜ「わたし」は、放射能に汚染され満足な生活もできない世界での一日の体験を、「いい一日だった」と振り返っているのだろうか。実はそこに、

「神様２０１１」の持つ重要な意味が隠されている。

「神様 ２０１１」が訴えるもの

鈴木愛理は、「わたし」が振り返る「悪くない一日」の内実について、「「神様２０１１」では、道や川が放射能に汚染されているかもしれないことを気にしつつ生活をすることが「悪くない」＝日常的なことと改変されている」とし、「「あのこと」以来、放射能に汚染されたことにより、現実は変わってしまったけれども〔中略〕すでにそれが「悪くない」、日常的なこととして定着している世界が「神様２０１１」の作品世界である」（「現代小説の教材価値に関する研究―川上弘美「神様」「神様２０１１」を中心として―」「広島大学大学院教育学研究科紀要　第二部」第六一号、二〇一二年十二月）と「神様 ２０１１」の世界を規定している。

鈴木は、「放射能に汚染された」世界が、「すでに「悪くない」」、日常的なこととして定着している」とするのだが、これは明らかに読み違いではないか。

鈴木自身も引用している作品冒頭部の、「春先に、鴫《しぎ》を見るために、防護服をつけて行ったことはあったが、暑い季節にこうしてふつうの服を着て肌をだし、弁当まで持っていくのは「あのこと」以来、初めてである」を見れば、その誤りは明確になろう。

鈴木の言うように、「あのこと」の後は、一般に「防護服をつけ」て出かけることが「定着」しているのであろう。しかしなぜこの日は、「普通の服を着て」、しかも「肌をだし」てまで、わざわざ川原に出かけていったのか。それは「「あのこと」以来、初めて」のことであり、その久しぶりの、いまとなっては非日常的なこの行為こそが、「放射能に汚染されたことにより、現実は変わってしまったけれども」（前掲「現代小説の教材価値に関する研究」）、「悪くない一日だった」と「わたし」に思わせる原因になっているはずだ。ではなぜ、今日の散歩が、「わたし」に「悪くない一日」と感じさせることになったのか。

それを考えるヒントは、やはり「くまにさそわれて」散歩に出たことにあるだろう。「神様」と同様、「くま」に誘われて散歩に出たこと。またその「くま」の存在や行為に触れることが、「わたし」にとって「悪くない一日」と判断させる原因になったと考えられる。

川原で「そばに寄ってきた」男二人は、「くま」を見て次のような会話を交わす。

「くまですね」／サングラスの男が言った。／「くまとは、うらやましい」／長手袋がつづける。／「くまは、ストロンチウムにも、それからプルトニウムにも強いんだってな」／「なにしろ、くまだから」／「ああ、くまだから」／「うん、くまだから」／何回かこれが繰り返された。〔中略〕最後に二人は、「まあ、くまだからな」と言ってわたしたちに背を向け、ぶらぶらと向こうの方へ歩いていった。

男たちは、なんの根拠もない憶測に基づいて、「くま」が人間よりも放射線に強いと思い、それを「くま」にぶつけてくる。

「サングラスはわたしの表情をちらりとうかがったが、くまの顔を正面から見ようとはしない。長手袋の方はときおりくまの毛を引っ張ったり、お腹《なか》のあたりをなでまわしたりして」おり、どこまでも興味本位の好奇な眼差《まなざ》しを「くま」に向けるばかりで、まともに「くま」と向き合おうとはしない。結局のところ、自分たちの判断の根拠を、すべて単に「くまだから」ということに帰着させ、自分たちの論理に自閉したままなのだ。

そんな男たちが行ってしまうと「くま」は、「いやはや」「邪気はないんでしょうなあ」「そりゃあ、人間より少しは被曝許容量は多いですけれど、いくらなんでもストロンチウムやプルトニウムに強いわけはありませんよね」と、男たちの無理解や興味本位な態度に辟易《へきえき》としながらも、それを「でも、無理もないのかもしれませんね」と、決して愉快ではないはずの男たちの振る舞いを許容しようとしている。

結局のところ「神様 2011」の「わたし」も、「くま」を理解することはできず、傷ついているであろう「くま」に慰めの言葉をかけてやることもできない。その点は、「神様」の「わたし」

と同じである。だが、「神様」の「わたし」と、「神様２０１１」の「わたし」で、大きく異なる点がある。(3)

それは、放射能に汚染されてしまった世界で「防護服」もつけずに生きていかなければならない、人間以外の生物たちの存在に「わたし」が触れたことである。人間の生活の利便性のために、いわば人間のエゴによって「あのこと」が起こり、自分たちの身に甚大な被害が及んでいるにもかかわらず、そのことを糾弾したり非難したりすることもできず、放射能から避難することも許されないまま生きていかざるを得ない人間以外の生物たち。「神様２０１１」の「くま」は、その声なき声を発する存在が具象化されたものだったのではないだろうか。

川から「摑《つか》み上げた」魚を、「わたしの目の前にかざした」後に「くま」は、「いや、魚の餌になる川底の苔には、ことにセシウムがたまりやすいのですけれど」と言いながら、「担《かつ》いできた袋」から「小さなナイフとまな板」を出して器用に魚を開き、「かねて用意してあったらしいペットボトルから水を注ぎ、魚の体表を清め」、粗塩を振りかけて「広げた葉の上に魚を置」く。そして「わたし」に向かって、「何回かひっくり返せば、帰る頃にはちょうどいい干物になっています。その、食べないにしても、記念に形だけでもと思って」と、「わたし」に対する配慮を見せる。そもそもペットボトルの水で魚を洗うのも、自分のためではなく、人間である「わたし」への配慮のはずだ。

だが魚たちは、いくらセシウムがたまっていても、川底の苔を「食べない」という選択はできない。

また、この「くま」以外の野生の熊たちは、セシウムで汚染された苔を食べている魚であっても、やはり「食べない」わけにはいかないだろうことは想像にかたくない。

しかし、ほかのことには一切目もくれず、防護服に身を固め、道端で除染作業に従事する作業員や川原の男二人に代表されるように、人間は自分たち以外の生物の生命や生活、また彼らの安全にはまったく関心を向けようとしない。彼らに対して人間が、どのような非道な仕打ちを行っているのかなど眼中にすらない。逆に何の根拠もないまま、「くまだから」と蔑《さげす》み、「うらやましい」と無責任な言葉を浴びせ続ける人間の、どうしようもない自己中心的な姿が本作には描出されている。「そりゃあ、人間より少しは被曝許容量は多いですけれど、いくらなんでもストロンチウムやプルトニウムに強いわけはありませんよね」という「くま」の言葉は、考えて見れば当然のことなのだが、自分たちの生命と生活の維持だけに汲々とする人間には、そんな自明のことにさえ思いも至らず、何の言葉を発することもできない。このときの「わたし」の「無言」は、前作の「無言」よりも、さらに重い意味を担《にな》わされていたのでなかったか。

しかし、そうした人間たちに対してさえ、「くま」（つまりは人間以外の生物たち）は、どこまでも寛容であり、「何から何まで行き届い」ており、「細かく気を配ってくれる」のである。最後には、「頰《ほお》をわたしの頰にこすりつけ」、「肩を抱い」て、自分たちの神様に平安をさえ祈ってくれている。

人間がどれほど罪深く、エゴに満ちた存在であっても、この世界や自然は、〈わたしたち〉人間を受け入れてくれる。「わたし」は、「くま」の姿を通して、そうした自然の寛大さ、あるいは宇宙の慈悲のようなものに触れ得たのではなかっただろうか。それが「わたし」をして、「あのこと」以来変わってしまった世界であっても、「悪くない一日」と感じさせた原因になっているのではないだろうか。「神様　２０１１」は、やはり「神様」をもとに書き上げられなければならなかったのである。

もっともそれは、「わたし」が「くまにさそわれて」、素直に散歩に出かけられる人間だったからであり、放射能に汚染された世界を、「ふつうの服を着て肌をだし、弁当まで持って」出かけられる人間だったからであることは間違いないだろう。ひょっとすると「わたし」は、〈神様〉に選ばれた人間だったのかもしれない。

「《神》の非在」と対峙する「わたし」

田中実は、「9・11」から「ISの自爆テロ」をはじめ今日の世界のさまざまな状況を俯瞰《ふかん》し、「自爆テロ決行とは文字通り、《神》と《神》との、《絶対》と《絶対》との対決であり、《神》が《神》を殺し、殺される、これは《神》の非在＝究極のニヒリズムを示しているのではないでしょうか」(「〈第三項〉と〈語り〉／〈近代小説〉を〈読む〉とは何か――『舞姫』から『うたかたの記』へ――」「日本文学」二〇一七年八月）と分析する。人々が、各々《おのおの》の《神》と、その《絶対》性を信じ、自分の《神》以外のものを排除しようとする。田中はこれを「《神》の非在＝究極のニヒリズム」と呼び、現在世界で起こっている「難問」の発生原因だとしている。

そして、結論から言えば、この「《神》の非在＝究極のニヒリズム」を超克する端緒として、〈第三項〉が措定されるのだが、その前駆的段階として、その誕生の契機と発展の歴史において、世界でも類を見ない特殊性を持つ、日本の〈近代小説〉を〈読む〉ことの意味を提起し続けている。

続けて田中は、「近代文学研究が〈近代小説〉の潜在力を発揮させ、その真価を活かすには、この《神》の非在＝究極のニヒリズムと対峙《たいじ》し、主体と客体の二項の外に客体そのもの＝〈第三項〉の概念、あるいは観点を〈読み〉に導入して世界の複数性（＝パラレルワールド）を拓《ひら》くことが要請されます」としている。

世界を〈主体〉と〈客体〉の二項で捉えると、自己の認識したものがすべて〈真実〉と映り、それ以外のものを排除する意識が芽生える。しかし、自分が捉えた〈客体〉と思っていたものが、実は永遠に捉えられない〈客体〉が、私たちの五感によって自分の意識の中に結んだ影＝〈わたしのなかの客体〉であると気づいたとき、自己の認識がすべてではなく、自分の感覚を超える〈超越〉の存在に思いを致さざるを得ない。

〈第三項〉概念の導入は、私たちが狭い自分の感覚や認識の殻《から》に閉じこもり、自分の信ずるものを

《絶対》として、他を排除しようとする「《神》の非在＝究極のニヒリズム」と対峙し、それを超克することでもある。

本章の文脈に即して言えば、それは「熊の神様」に「わたし」の幸福を祈る「くま」の姿は、「熊の神様」や「人間の神」「蛙《かえる》の神様」などありとあらゆる種の《神》を超えた、あるいはそれらをすべて包含する、究極的な存在への畏敬の念を育むのであり、その思いが「くま」の真摯《しんし》な態度を生んでいるのである。

前作「神様」がその素晴らしさを述べたものであるとすれば、本作「神様２０１１」の深層の意味とは、「あのこと」以来、変貌《へんぼう》してしまった世界の中で、人間のエゴによって甚大な被害を蒙《こうむ》りながら、その中で人間を責めることもせず、「たんたんと生きていく」（『神様２０１１』「あとがき」）、人間以外の生物たちの存在と、それでも「わたし」の幸せを「熊の神様」に祈ってくれる「くま」の姿に触れたことが、「わたし」に「悪くない一日だった」と感じさせることになったのである。

当然のことであるが、「くま」は「防護服」など着るはずもないし、「くま」が着られる「防護服」などあるはずもない。自分だけ「防護服」を着ることもできない「わたし」は、「暑い季節にこうしてふつうの服を着て肌をだし」て散歩に行ったのであり、このことが本作を考える重要なポイントなのである。「防護服」を着ていたら、おそらく「わたし」は、「くま」や「魚」など、人間以外の生物の実態に触れる（実感する）ことはできなかっただろうし、「くま」との「抱擁」もまったく別の意味を持つものになっただろう。

一方、「防護服」も着ずに自分と散歩に出てくれた「わたし」だからこそ、「防護服」も着ないまま自分と「抱擁」してくれた「わたし」だからこそ、「くま」は自分との一体感を感じ、自分が信ずる大切な「熊の神様」に「わたし」の恩恵を祈ってくれたのである。

「この地域に住みつづけることを選んだのだから、気にするつもりなど最初からない」はずの「わたし」であるならば、「くまはあまり風呂にはいらないはずだから、体表の放射線量はいくらか高いかもしれないなどということは、問題外のことであり、それをわざわざこうして語るのは、やはり「防護服」を着ないことが、「くま」と「わたし」の関係を考える最重要の条件として、「わたし」の「識閾下《しきいきか》」にあるのだ。ここには（あるいは「放射能」の危険を前にして）、〈人間〉と〈熊〉の違いは、存在しない。そうした〈自他未分〉の振る舞いが、「くま」に感動を与え、「わたし」に「悪くない一日」だったと感じさせるのである。

ここには、関谷や水牛が囚《とら》われている〈現実〉と〈小説〉の相対はおろか、〈人間〉と〈〈人間以外の〉生物〉の違い、《神》と《神》との対決さえも凌駕《りょうが》する世界が広がっている。「神様２０１１」は、「《神》の非在＝究極のニヒリズム」を超克する素晴らしさを、わたしたちに訴えかけてくるのであり、決して人間や現実世界を批判するために書かれただけの作品ではなかったのである。

【注】

（1）「デビュー作を震災後の物語に――作家川上弘美さん、漂う怖さ「日常」再考」（「日本経済新聞」二〇一一年十月五日付夕刊）のインタビューによる。

（2）初出時には、「神様 2011」の次に「神様」が配され、そこに書き下ろされた「あとがき」が付されている。単行本『神様 2011』（講談社、二〇一一年九月）での配列は、「神様」「神様 2011」「あとがき」の順に変更された。

（3）清水良典は、「デビュー小説論　第7回　くまと「わたし」の分際――川上弘美『神様』」（「群像」七〇巻八号、二〇一五年八月）の中で、単行本『神様 2011』に付された、川上自身の「あとがき」に触れて、次のように述べている。

「この「神様 2011」の「わたし」は、もはや以前の「わたし」ではない。／じつは、それが決定的な違いである。なぜなら「ウランの神様」を前にしたとき、否応なく「わたし」は「わたしたち人間」の一人としての責任を背負わざるをえないからである。〔中略〕／川上の「自分自身に向かってくる怒り」がこれを書かせたのだとすれば、「神様 2011」とは、仕切りなおされたデビューであり、「わたし」の原点の刷新でなければならない。／新しい「川上弘美」が、そこから怒りの産声をあげているのだ」

ここでは、「記念すべき自分のデビュー作を改作しなければならなかった」、「神様 2011」の意義を、「とめどなく肥大化した科学技術のもたらした惨事」への、川上自身の「（「自分自身にも向かってくる」）怒り」の表明と位置づけている。他の評家と違い、本作を評価しているのだが、やはり「原発事故」を起こしてしまった人間の傲慢さへの糾弾という、現実面だけにとらわれており、作品の深層の意味は理解していないように思われる。

〔附記〕

右に記したように、『神様 2011』は、「神様」「神様 2011」に「あとがき」を付した形で発表・刊行された。これらの布置は、よく言われるような〈両者をともに読む〉だけの問題では決して片づかない、深い意味を有する。それは、先に引いた田中実の指摘する〈近代小説〉における「世界の複数性（＝パラレルワールド）」の問題と密接に関係するとも考えられる。

※「神様 2011」の本文はすべて、『神様 2011』（講談社、二〇一一年九月）による。

第六章　死者の鎮魂／死者との共食

――三浦哲郎「盆土産」を読む

教材としての「盆土産」、その〈意味〉を探る

三浦哲郎《てつお》「盆土産《みやげ》」(1)は、光村図書の中学校『国語2』に採録されている。本作を含むこの単元の目標は「きずなを読む　描写や例示などの効果に注目して、読みを深める」とされており、本作のほか向田邦子《むこうだくにこ》「字のない葉書」、布施英利《ふせひでと》「君は「最後の晩餐《ばんさん》」を知っているか」が採録されている(2)。

本作の「目標」として、「登場人物の描写などに注意して、それぞれの人柄や心情を読み取る」「作品に描かれている優しさや温かさなどを、表現に即して読み味わう」の二つが挙げられている。そ

れに対応し、本文の後におかれているいわゆる〈学習の手引き〉でも「1　確認しよう　作品を読み、優しさや温かさを感じるところや、悲しさや寂しさを感じるところなどを挙げてみよう」「2　読みを深めよう　表現に着目して、人物の人柄や心情を読み取ろう」とあり、作品の描写から登場人物の心情などを読み取ることに主眼が置かれている。

またこの「2」には、二つの下位項目が設定されている。そのうちの「②」では「作品中には「えびフライ」「えんびフライ」という語が何度も出てくる。「えびフライ」の語が出てくる場面を探して、そこから読み取れる話し手の心情を考えよう」とあり、本作において「えび（えんび）フライ」が占める意味の重要性に注目させようとしている。

さらに「手引き」の下には「学習の窓」として発展的な学習内容の示唆も見られる。そこには「書かれていない部分を想像して読む」とあり、「最後の場面で、少年が思わず父に言ってしまった「えんびフライ」。作品には「うっかり」としか書かれていないが、読者は、なぜ少年がそんな言葉を言ったのか、少年はそのときどんな思いだったのかなど、さまざまに想像することができる。／このように、書かれていない部分を想像して読み味わうことで、作品を読む楽しさが広がっていく」とし、生徒たちに読書の魅力を感じさせるための興味づけもなされている。

光村図書発行の「教師用指導書」（以下、指導書と略記する）の「1教材提出の意図」の項には、「作品は小学三年生の少年を語り手に据えて進行する。語彙《ごい》も言い回しも平明な親しみやすい文体の中で、作者は少年の視点に潜り込み、少年をめぐる生活のイメージと情感を生き生きと描き出す」と作品の〈語り〉の位相を規定している。

また「基本となっているのは、肉親のきずなであり、それぞれの温かい人間性である。家族一人一人が互いの存在を確かに感じ取り、思いやりながら生活しているさまは、深い感動をよぶだろう」と作品の主題を設定し、「どのような状況の中にあっても、はぐくまれる心の交流に気づかせ、成長への糧《かて》となりうる作品といえる」と作品の教材価値を認定する。

また右に挙げた「学習の窓」に関連する内容として、「登場人物の言動、情景描写を通して、私たちは作品世界を想像する。しかし、実は作品世界をより具体的に思い描くには、書かれていないことについても想像を働かせる必要がある。本作品の登場人物たちはあまり気持ちを言葉にせず、口数も少ない。方言が醸《かも》し出している雰囲気や優しさや温かさが感じられる描写について考えながら読み直してみることも文学作品を読む楽しさである」としている。確かに、これらは生徒たちに文学作品の魅力を感じさせるために重要な要素であろう。

三浦哲郎
提供：共同通信社

しかし、それをどのように指導していけばよいのか。またそうした考察を通じて、生徒たちはどのような〈読み〉を手に入れていけばよいのだろうか。特に本作は、指導書が示すような「温かい人間性」や「心の交流」という内容を読み取るだけでよいのだろうか。本章では、〈語り〉に着目しながら〈第三項〉を通して本作を読むことで、新たな作品の〈意味〉を探っていきたいと思う。

だがその前に、本作が中学国語教科書採録の教材として、何を求められているのかを確認しておきたい。

「盆土産」における《作品の意志》

(一)「家族的親和性」について

石原千秋《ちあき》は『国語教科書の中の「日本」』(ちくま新書、二〇〇九年九月。以下の引用は同書から)第三章で、中学校の国語教科書のテーマを「家族的親和性を内面化すること」としている。この「家族的親和性」は石原の「自家製の造語」であり、ウィトゲンシュタインがさまざまな「ゲーム」の中に見出した「家族的類似性」からヒントを得たものだという。

石原は、「国語教材においては、〔中略〕「動物」と「人間」は「知性」において「似ている」ということを指摘するだけではなく、その指摘が「動物は人間だ」といったテーゼになって、「動物」と「人間」との間に強い「親和性」を強調するコノテーション(暗示的意味)を発している」として、「中学国語の中の動物」によって「似ていることを教える」のだとする。同章では、各社の教科書に採録された教材を、この「家族的親和性」を用いて検討している。いくつか紹介しよう。

浅暮三文《あさぐれみつふみ》「10センチの空」（三省堂『現代の国語2』）を「アイデンティティーの物語」とし、「成長することは、内面化された家族的親和性を断ち切って、個を確立することだ」としている。

東京書籍の教科書には「家族の物語が二編、友情の物語が二編採録されている。家族の物語は「自立」がテーマで、友情の物語は「秘密の共有」がモチーフである」とする。

阿部夏丸「父のようにはなりたくない」（二年）から石原は、父、吾郎とサトシの会話部分を引用し、主人公「サトシに内面化されていた家族的親和性を父が切断して見せた」としている。その「逆のパターン」として、重松清「卒業ホームラン」（三年）を挙げ、「父親の徹夫に内面化されていた家族的親和性を息子の智が切断したのである。息子が子離れできなかった父親の背中を押したのだ」と指摘している。

「友情の物語」では、辻仁成《つじひとなり》「そこに僕はいた」（一年）の登場人物「あーちゃん」が義足になった理由を「僕」が物語の末尾で聞くことに、「「友情」の成立」を見ている。これを石原は「秘密の共有である。それが「友情」という名の家族的親和性を内面化したのである」と指摘する。そして石原は、中学国語教科書を扱った本章全体をまとめて、「「自立」と「友情」という中学国語によく現れるテーマは、家族的親和性の内面化を家族から他人に切り替える儀式だったのである」と結論づけ、中学国語教科書における「家族的親和性」の家族以外への拡大のテーマを見出すのである。
それでは、石原の指摘する「家族的親和性」という観点から見たときに、本作の主題はどのように捉えられるのだろう。同書の中で光村図書の教科書に触れた節で、石原は本作について次のように述べている。

三浦哲郎『盆土産』は、〔中略〕えびフライ一つで話を持たせた佳作だが、別れ間際の「えんびフライ」は何とも滑稽《こっけい》でもの悲しい。〔中略〕これらの小説がいまの中学生にリアリティーがあるかと言えば、難しいだろう。結局、たとえば三浦哲郎『盆土産』では繰り返される「えびフライ」や「えんびフライ」の意味を問う「学習の手引き」の類が示しているように、「学校空間での小説の読み方」にしたがって読み方を覚えるしかないようだ。

石原は直接的には、本作における「家族的親和性」について触れてはいない。だが、「繰り返される「えびフライ」や「えんびフライ」の意味を問う「学習の手引き」の類が示しているように」との発言は、指導書の問題設定を自明としているものと考えられる。つまり、やはり石原も本作から「家族のきずな」、すなわち「家族的親和性」を読み取る方向を措定《そてい》しているのだろう。
確かに本作の主題は、石原の説く「家族的親和性」ということにはなるだろう。しかし指導書の言うように、その「家族的親和性」が単に「肉親のきずなであり、それぞれの温かい人間性」であるというのであれば、それはあまりにも表面的に過ぎ、短絡的なのではないだろうか。次にそのことを考えてみよう。

（二）〈内なる必然性〉をめぐって

小説の主題を読み取ることだけに腐心しがちな私たちの読書行為について、田中実は次のように警鐘をならしている。少々長くなるが引用しておきたい。

〈ことば〉によって心を動かされ、〈感動〉を受けとるところ、ここに伝達のレベルを超えた次元があり、その意味でメッセージではなくてメタ・メッセージを所有すること、プロットを辿《たど》り、あるいはストーリーを追うことを通してその〈内なる必然性〉を読み取り、感じ取るところに文学の領域がある、と思う。ところが、対象の作品（小説）を論じようとする読者（指導者・学習者）は、しばしばその〈内なる必然性〉とは別に、プロットを丁寧に辿り、その果てにある主題（テーマ）を正確に捉えるべく訓練されてきたし、そうしているのではないか。書かれていることは正しく読むが、文字として書かれていないことは書かれていないとして排除しようとする。メッセージを正確に捉えることに努力する、これが文学研究及び国語教育研究の第一の目的になってしまっているのではないか〔以下略〕。

（「お話《プロット》を支える力——太宰治『走れメロス』」『小説の力——新しい作品論のために』大修館書店、一九九六年二月）


田中はこのように、文学教材の教材価値の第一を〈感動〉にあるとして、その〈感動〉を生み出すために〈内なる必然性〉すなわち《作品の意志》に注目する。

この《作品の意志》について田中は、

小説にテーマがあるとすれば、そのテーマをテーマたらしめている〈ことば〉の内なる仕組み、その力の根源とその行方《ゆくえ》をどう発見していくのか、そのことに注目し、そこに方法的に肉薄することが要求されていると思う。その際、〈ことば〉と〈読者〉との葛藤にはおのずとある一定のベクトルが働きだし、その動き、動かされていく言葉自体の力学、そうさせている力の根源を今《作品の意志》と呼んでおくとすると、それこそが読者の恣意《しい》も作家の事情をも踏み越えて働いているのではないか。

（「《他者》という出口——井伏鱒二『山椒魚』」、前掲『小説の力』）

と述べ、作品の内部の〈ことば〉の仕組み、すなわち《作品の意志》を捉える重要性を訴えている。

本作を、表面的なプロットやストーリーから辿れば、「家族のきずな」や「作品に描かれている優しさや温かさ」が読み取れるだろう。しかしそれでは作品の表面をなぞっただけに終わってしまう。そこには皮相な〈感動〉や通り一遍の「家族的親和性」しか現れてこない。それでは本作の《作品の意志》に触れたことにはならないし、本作の本当の価値を捉えたとはいえないのではないか。「盆土産」という作品が内包する〈内なる必然性〉とは何なのか。《作品の意志》はどのように機能しているのか。以下、本作の〈語り〉の特徴に注目しながら、そのことについて考えてみたい。

「盆土産」における〈語り〉の問題 ──昌子佳広の考察を手がかりとして──

昌子佳広《しょうじよしひろ》は、本作の〈語り〉について「この作品は少々特殊な「語り」の方法を用いている。そのことは、この作品を教材として行われる授業において意識されてきたのだろうか。仮に意識されてきていなかったとした場合、それは中学校における「読むこと」の授業内容として不要なことなのだろうか。あるいは、そのことを意識しないでこの作品を「読む」ことは成立するのだろうか」（「文学教材「盆土産」（三浦哲郎）の教材研究─「語り」の問題とその教材性─」「茨城大学教育学部紀要（教育科学）」六〇号、二〇一一年）とし、本作における〈語り〉の問題の重要性について指摘している。

〈語り〉および〈語り手〉の問題について、指導書では次のように記載されている。

「語り手」と「語り方」の特徴

登場人物は、父親・祖母・子供たち（姉と弟）、隣の子供（喜作）の五人だが、その中の一人「弟」（小学三年生の少年）を語り手に据えて全体が書かれている。そのため、語彙も言い回しも平明だが、これは、作者によって小説的虚構として計算された文体である。

語り手自身が作品中の登場人物として行動する場合、普通なら「僕」「わたし」などが主語として明示されるが、「盆土産」では、それらの第一人称（自称）代名詞を一切省いた語り方で全体を通している。例えば、作品冒頭の一文「えびフライ、とつぶやいてみた。」は、「（僕は）つぶやいてみた。」という主述関係の内容である。自称の主語をあえて省くという叙述を貫くことで、逆にその叙述の背後を統《す》べる「僕」の存在を、読み手の身近に強く感じさせる効果が意図されていると思われる。

これについて昌子は、「語り手が自称の主語を用いない（省く）ことで、まるで「読み手」であるはずの私自身が語っているかのような錯覚に陥《おちい》る、「『僕』の存在を、読み手の身近に強く感じさせる」という、そのような「効果」は確かにあると言えるだろう」と、ひとまずは指導書の記述を支持している。しかし続けて昌子は、本作の「「語り」の方法の特殊性とは、右のような形式的な意味での方法と、それのもたらす効果のことのみを指しているのではない」と指摘する。

昌子の指摘のように、指導書の言う「第一人称（自称）代名詞を一切省いた」この語り方が、「その叙述の背後を統べる「僕」の存在を、読み手の身近に強く感じさせる効果」を持つことをおさえれば十分だと言えるのだろうか。ことはそう単純ではないようである。

昌子は本作の〈語り手〉について、「一見小学三年生の少年でありながら、小学三年生の用いるそれとは到底思えない語彙・言い回し・構文をもって語るという点において、小学三年生の少年その人であることに疑いをもたせるのだ」と、〈語り手〉を作中に登場する「小学三年生の少年」と単純に同一視することに疑義を提出する。

この後、昌子は本作の〈語り手〉に関する加藤郁夫《いくお》の次の所説を紹介する（「「盆土産」（三浦哲郎）を読む――二層に重なる物語」「月刊国語教育」三一二号、東京法令出版、二〇〇六年七月）。

> 小三の息子の視点から語っているのは、おそらくは大人になった息子であろう。〔中略〕そう考えないと「盆土産」の語りは読めない。大人になった息子が、自分を前には出さず、あたかも小三の息子が語っているように見せる。その小三の息子の背後に、もう一人の語り手の存在が想定できるのである。つまり、「盆土産」の語りは二層になっているのである。

昌子は、加藤のこの主張を支持するとした上で、「その「語り」の中には、「少年」の時点では考えもしなかったはずの、父親の目に見えない心遣いに対する感慨とか、少年の発想では必要もないはずの、できごとの裏事情に関する説明だとかが時に入り交じるのである」とし、「小学校三年生」らしからぬ〈語り手〉の様態を明らかにする。

本作の教材価値について　―加藤への昌子の批判から―

そして昌子は、加藤が示した物語の顚末《てんまつ》と〈意味〉を紹介しながら、本作の教材価値について、次のように述べている。

さらにこの立場に立って加藤は、この「盆土産」で語られたできごとがあって何年も経《た》ち、大人になった語り手は、父親と自分たち家族のその後を既に知っており、父親が「出稼ぎ」をやめて東京から家族のもとに戻り、家族そろって温かな団欒《だんらん》を日常的に持つことはなかっただろう、という解釈を示している。そのうえで、この「盆土産」は「時代の流れの中での家族崩壊の予兆の物語」として語られたものであるという読みを提示している。

私は、「語り」についての加藤のとらえ方は支持するが、その立場に立って作品を読むとき、加藤の示す読みが絶対的なものとは考えない。

さらに「私はまだいくつかの読みを抱えている。加藤の言う「家族のその後」に関してさまざまに想像をめぐらせてみている」として、「家族のその後」についての自身の「想像」を列挙している。それは、「例えば、父親がある年から、さらに具体的には次の正月からもう帰って来なくなってしまった、という想像」や、「姉が他家へ嫁ぐことになった」その報告に「家族みんなで墓参りに行く。そのために急いで戻った父親は、数年前の盆土産と同じ「えびフライ」を抱えてきた……」というもの。父親が「今は実家に戻って細々と暮らして」おり、大人になって都会暮らしをしている姉と語り手が、久しぶりに「里帰りをすることにした。上野駅で待ち合わせた二人は、偶然にも同じ土産を携えている。言うまでもなく「えびフライ」である……」などである。

その上で、「この盆を最後に父親が消息を絶ったと知っている語り手がこの部分を語ったのだとしてみれば、この何気ない「語り」にも、ある種の感慨が込められていたと見えてくる」として、「今年の盆には帰れぬだろうと告げたのは、密かな父親の決意であり、予兆であったと語り手はとらえることになる。しかし父親はその決意をいったんは翻《ひるがえ》して、帰ってきた」と想像する。そして父親の一連の行動の不思議さ――帰省の連絡が急であったこと、東京に戻ると唐突に「言いだした」こと、さらには次の正月に帰るという父親の言葉を「とって付けたよう」だと評すること、など——の背後にある父親の心情を汲《く》み取り、それに対する語り手の心情や感慨を「リアルタイムな時点で生じたものなのだろうか。〔中略〕「今」だからこそそう思えたのではないだろうかと考えられる」とする。

そして語り手が「リアルタイムにおいては何の気持ちも込められてはいなかったとしか読めないのだが、語っている「今」において、あの「えんびフライ」という言葉が語り手にとってどういう意味を持つのかは、「その後」にまつわる想像に導かれてさまざまに解釈し得る」としている。そして二度と帰らなかった父親が最後に聞いた息子の言葉が、故郷の訛《なま》りを象徴する言葉「えんびフライ」であったことで、「父親と自分」「父親と家族」「父親と故郷」とは「まだ断絶してはいないはずだ、と、語り手はそのとき僅かに救われる気持ちになるのではないだろうか」と、自身の想像に基づいた「解釈」を示し、語り手の「今」の心境に思いを馳《は》せるのである。

昌子が作品の「語り」に注目し、そこから作品の多様な読みの可能性を探ろうとしたことは評価できる。ただし、それはあくまでも「想像」に基づく「読み手それぞれにとっての物語」を創出するという観点からである。これは果たして「語り」を、あるいは「語り手」の位相を丁寧に分析したことになると言えるのだろうか。

さらに、本作は加藤の言うような「時代の流れの中での家族崩壊の予兆の物語」として読むべきなのか。あるいは本作の教材価値を、昌子が見せたような「読み手それぞれにとっての物語を豊かに立ち上がらせること」にあると考えればよいのか。

加藤の解釈と昌子の想像に共通する点は、両者の〈読みのコード〉あるいは〈解釈コード〉と、それぞれが抱いているイデオロギーや価値観によって生み出されたものであるということだろう。そこには本作の時代の後で日本の都市圏に到来する「核家族」化や都市化、さらには急激な市場経済社会の蔓延《まんえん》や、高度情報化社会の到来による伝統的価値観の衰弱とそれに伴《ともな》う日本的家族制度の崩壊の物語が下敷きにあることは明らかである。また昌子の想像の場合は、それらを前提とする「ノスタルジー」の匂いが漂うことも容易に見て取れるだろう。

それは作品の〈内的必然〉なのだろうか。はたまた《作品の意志》が両者にそのような思いを抱かせるのか。いずれもそうではなさそうである。

ただし筆者も、教室の活動において、生徒に「その後の物語」を考えさせること自体を退けるものではない。そのことで、作品に積極的に向き合えるようになる、あるいは表現活動推進の観点から、「その後」の物語を想像することは否定しない。ただ、自らの想像によって〈読み〉や「解釈」を無限に膨《ふく》らませるのは、「ナンデモアリ」の弊害に陥ってしまうことを懸念《けねん》するのである。

そこで次に、田中実の提唱する〈第三項〉論に基づいて本作を読み、そこから作品の〈内的必然〉や《作品の意志》を筆者なりに考察し、本作の深層に潜む〈意味〉を探り、新たな教材価値の探求を試みてみたいと思う。

「盆土産」の〈語り〉が描き出すもの ——〈第三項〉がひらく深層の〈意味〉——

文学作品を〈読む〉ことの原理について、田中実は次のように述べている。

> 世界は主体と客体の二項では成立しない、主体と主体の捉えた客体の文章と客体そのものの三項で成立している〔中略〕つまり、**文学作品そのものは誰も捉えられないアナーキー、永遠に捉えられないブラック・ボックスでありながら、その第三項の存在自体は疑うことができません。**〔中略〕「読むこと」とは我々が捉えた〈本文《ほんもん》〉を我々自身が分析し、解釈して批評しているのです。それが読み手の〈いのち〉の鼓動と響き合い、内奥を抉《えぐ》るかどうか、そこに文学の秘密の扉が隠されている、とわたくしは考えています。

（「ポスト・ポストモダンの〈読み方〉はいかにして拓《ひら》かれるか―あとがきに代えて―」、田中実＋須貝千里［編］『文学が教育にできること―「読むこと」の秘鑰《ひやく》―』教育出版、二〇一二年三月）

本書では何度も述べてきたことだが、私たちは作品の「客体そのもの」である〈原文〉には到達することはできない。〈原文〉が私たちの意識に〈影〉として映じ、「読み手に現象した」〈本文〉

を捉え、それを読んでいるのである。〈本文〉とは当然のことながら「客体そのもの」〈原文〉ではなく、私たちの認識や価値観、感受性というフィルターを通して捉えられたものである。認識の源泉としての「客体そのもの」という〈第三項〉を措定することで、私たちが捉えているものが「客体そのもの」ではなく、それを映した〈本文〉であることが明らかになる。その〈本文〉を生み出すフィルターを意識することが、〈自己〉を、そして〈自己〉が囚《とら》われている認識の枠組みを相対化することになるのだ。

また私たちが捉えた〈他者〉とは、田中の言う「〈わたしのなかの他者〉」のことであり、私たちの知覚の外側に、認識の及ばない、不可知な「了解不能の《他者》」が存在するのである。〈第三項〉を措定することで、世界のすべての現象が、私の意識に映じたものであり、「客体そのもの」には絶対に到達できないという現実が浮かびあがってくる。さきほどの加藤や昌子をはじめとする多くの読者は、このことへの意識を欠いたまま、自分自身の意識に映った〈影〉を作品の実体だと錯覚しているのだと言えるのではないか。

また田中は、文学作品における〈読者〉と〈語り手〉の相関について、次のように述べている。先にも引用したが、ここでもう一度確認しておこう。

「近代小説の読者」とは、虚構の聴き手に変容しながら、物語の対象にメタレベルの立場に立ち批評する領域を保有しています。〔中略〕一人称の〈語り手〉の〈自分〉は〈**機能としての語り手**〉、この山括弧《かっこ》の〈**自分**〉が「自分」を語る主体です。しかし、近代小説の読者はこの〈語り―語られる〉〈語り―聴かれる〉という現象を〈聴き手〉として聴き取り、そこに物語の出来事に対してメタレベルに立つ批評空間を所有するのですから、もしこの立場をもたないまま、従来の文学研究のように手ぶらで作品世界に参入していくと、〈語り―語られる〉〈語り―聴かれる〉空間が抜け落ちて直接物語に入り込み、語られた出来事だけを読むことになります。

（「近代小説の一極北――志賀直哉『城の崎にて』の深層批評」、前掲『文学が教育にできること』）

小説を読む際には、この〈語り―語られる〉関係を相対化しなければならない。本作は、昌子や加藤が指摘したように、小学三年生の「少年」が語っているように見せながら、実は「大人になった」「少年」が語っている。大人の世界の事情や、かつての父親の立場が、ある程度はわかる年齢になった「少年」が語っているのだ（本章では便宜的に〈大人になった少年〉と呼ぶことにする）。その〈大人になった少年〉によって語られているのは小学三年生の「少年」である。〈語り―語られる〉両者の相関を考えるヒントになる表現が、本文からは抽出できる。

はじめに、文末表現があげられる。本作では、通常の客観小説のように過去形を主体として語りは進行していない。過去形と現在形が混在する。というより、両者はしっかりと使い分けられている。順に抜き出してみよう。まずは過去形である。

「えびフライとつぶやいてみた。」「と訂正された。」「姉は言った。」「気が気ではなかった。」「ひやりとさせられた。」「書いてあった。」……

このように、〈物語の現在〉にいる小学三年生の「少年」が実際に体験したことが、過去形で記されている。

これに対し、現在形である「くすぐってくる。」「驚かせることになる。」「発音がむつかしい。」「舌をかみそうになる。」「存外むつかしい。」「直らない。」「言っている。」などは、体験した出来事の叙述ではなく、状況の説明や「少年」の行為の解説、あるいは〈物語の現在〉を流れる時間から離れて繰り返される習慣など、〈語りの現在〉から加えられた表現となっている。

さらに注目すべきは、「事故でもあったのではないかと思ったのだ。」「すっかりその気でいたのだ。」「つぶやいてみないではいられないのだ。」「まずくしておくほうがいいのだ。」「噴き出してきたのだ。」という、原因や理由や帰結、あるいは文末では断定の表現でもある「のだ」である。これらも〈物語の現在〉における用法ではない。〈語り手〉である〈大人になった少年〉の判断であり、小学三年生の「少年」の行動や心情の原因を〈語りの現在〉の時点から探ったり、その意味を解説する際に用いられている。

そのほか、小学三年生の「少年」では到底使用しないであろう語彙や表現も見受けられる。「造作もない」「唐突に」「速達などには縁がない」「伝票のような紙切れ」「濃淡の著《いちじる》しい」「自分の流儀」「眠りを寸断して」などである。この中で特に注目したいのは「濃淡の著しい」である。これも〈語りの〈現在〉からの〈語り手〉の言葉であるが、それは、あれから数年（以上）たった現在でも、父親の「ボールペンの文字」が鮮やかに脳裏に焼きついていることを示している。これは、そのときの「えびフライ」の印象が、それほど強かったために記憶に焼きつけられているから、「濃淡の著しい」文字だと語られているのだ。このことは、本作の中心に「えびフライ」があることを示している。

さらに注目すべきことがいくつかある。それもやはり小学三年生の「少年」では気づきようもないことである。

「これは車えびつうえびだけんど、海ではもっと大きなやつもとれる。長えひげのあるやつもとれる。」

父親が珍しくそんな冗談を言うので、思わず首をすくめて笑ってしまった。

〈大人になった少年〉は、父親が決して「冗談」ではなく正しいことを語っていることを知っている。しかし、「沼の小えび」しか見たことのない小学三年生の「少年」には、父親が持ち帰った「冷凍えびフライ」のえびでさえ大きく見えたのに、それ以上の、しかも「長えひげの」生えたえびなど想像もつかない。父親が自分をからかっているとしか考えられないのである。それを知っている〈大人になった少年〉は、どのような意図でこの話題を語っているのだろう。さらに続けよう。

午後から、みんなで、死んだ母親が好きだったコスモスとききょうの花を摘みながら、共同墓地へ墓参りに出かけた。盛り土の上に、ただ丸い石を載せただけの小さすぎる墓を、せいぜい色とりどりの花で埋めて、供え物をし、細く裂いた松の根で迎え火をたいた。

（傍線は引用者による。以下同じ）

「せいぜい色とりどりの花で埋めて」という表現からは、母親の墓を一生懸命花で飾った様子が窺《うかが》える。しかし問題は、傍線を付した「盛り土の上に、ただ丸い石を載せただけの小さすぎる墓」だ。このようなことを小学三年生の「少年」が考えるだろうか。仮に母親が幼い頃になくなってしまっており、親近感が薄かったとしても、自分の母親の墓をこのように過小に見ることは、小学三年生の「少年」ではおそらくないだろう。これは〈大人になった少年〉が墓の大きさを判定しているのである。

実はここに本作の最大のポイントがある。〈大人になった少年〉の母親に対する心情が顕著に表れているのである。それを考えるヒントは、その直後の部分にある。

祖母は、墓地へ登る坂道の途中から絶え間なく念仏を唱えていたが、祖母の南無阿弥陀仏は、いつも『なまん、だあうち』というふうに聞こえる。ところが、墓の前にしゃがんで迎え火に松の根をくべ足していたとき、祖母の『なまん、だあうち』の合間に、ふと、

「えんびフライ……。」

という言葉が混じるのを聞いた。

祖母は歯がないから、言葉はたいがい不明瞭だが、そのときは確かに、えびフライではなくえんびフライという言葉をもらしたのだ。

念仏の合間に「えんびフライ」という言葉が混じるのも滑稽な話だが、それをこのときに〈大人になった少年〉の語り手は、わざわざ「えびフライではなくえんびフライという言葉」と注記することを忘れない。

この部分は「聞いた」が使われており、小学三年生の「少年」には間違いなく「えんびフライ」と聞こえたことを示している。それは、先に述べたように、その前の「というふうに聞こえる」と対照される言葉である。

もちろん念仏に混じった祖母の「えんびフライ」という言葉は、周りの者にも聞こえたのかはわからない。客観的事実だという確証はない。しかしこのときの「少年」には間違いなく祖母の「えんびフライ」という言葉が聞こえたのであり、それを「のだ」という断定の表現で表していることにも注意すべきであろう。

そして、この「えんびフライ」という言葉が、次に語られる母親についての感慨を生み出す直接的要因となっていることを見落としてはならない。

> 祖母は昨夜の食卓の様子を（えびのしっぽが喉につかえたことは抜きにして）祖父と母親に報告しているのだろうと思った。そういえば、祖父や母親は生きているうちに、えびのフライなど食ったことがあったろうか。祖父のことは知らないが、まだ田畑を作っているころに早死にした母親は、あんなにうまいものは一度も食わずに死んだのではなかろうか。――そんなことを考えているうちに、なんとなく墓を上目でしか見られなくなった。

ここに、この物語がどうしても語られねばならなかった要因、すなわち《作品の意志》が表出しているのではないだろうか。

祖母の念仏に混じる「えんびフライ」が、苦労の中で早死にした母親への感興《かんきょう》を、小学三年生の

「少年」の心に呼び起こした。「えんびフライ」がいままで思いもしなかった、母親と彼女の短かった人生への感慨を引き出したのである。しかしその感情を、上に引いたような明確な表現で相対化したのは、小学三年生の「少年」ではなく、〈大人になった少年〉である本作の〈語り手〉である。それは作中この部分の表現だけ、「えびのフライ」という言葉が使われていることからも明らかである。

この「えびのフライ」は「えんびフライ」や「えびフライ」とはまったく位相を異にする表現である。それは、客観的に「えび」の「フライ」をさすものであり、これこそが、それを食べずに死んでいったであろう母親の人生を、大人になってから眺めている表現ではないか。

実際の「墓参り」の際の小学三年生の「少年」の母親への感慨は、作中のこの部分で語られているほど明晰《めいせき》なものではなかっただろう。もっと漠然とした、あるいはそれだけに母親への切実な愛慕の情にあふれた感情だっただろう。それを〈大人になった少年〉の〈語り手〉が解析し、このように表現したのだと思われる。

それは次の、「父親は、少し離れた崖っぷちに腰を下ろして、黙ってたばこをふかしていた」という描写にも見て取れるだろう。確かに「なんとなく墓を上目でしか見られなくなった」小学三年生の「少年」の視界にも、傍らにいた父親の姿は映ったことだろう。しかしそのときの「少年」は、自分の感情を抑えることに精いっぱいで、このとき父親がどのような心境でいたのかまでは、思いが至らなかったはずだ。それを〈語り手〉の〈大人になった少年〉が、冷静に描き出す。父親の姿は直前の「墓を上目でしか見られなくなった」「少年」の姿とは好対照をなす、一見無表情な、なんとも間の抜けた姿だ。

しかし、〈大人になった少年〉の語り手は、そうした父親の姿も遠慮なく描出している。それは悪意からであるはずがない。さきほどの父親の「冗談」についての記述と同様、語っている現在の自分には、あのときの父親の思いが痛いほど理解できるのだ。「えびのフライ」を「あんなうまいものは一度も食わずに死んだ」という子どもにしてはぞんざいな物言いは、〈大人になった少年〉の語り手が、現在の自分の、そして父親の思いまで代弁しての表現であったとは考えられないだろうか。

本作の語り手である〈大人になった少年〉は、小学三年生の「少年」が思いもよらなかったことを、そのときに胸に湧き上がった素朴な感情と自分の姿を、相対化して語っているのである。つまり小学三年生の「少年」には理解できなかった父親の言動を、いま一度「自分のなかの他者」として捉えなおして、〈語りの現在〉における発見や感慨を込めて語っているのである。

もちろんその発露となっているのは、苦労して「早死にした母親」への愛惜の情である。先にも見たように「えびフライ（えんびフライ）」は、母親へのそうした感慨を呼び起こしてくれた何ものにも代えがたい人生の記念の品である。だからこそ、食物としての味わいだけでなく、「大人になった」いまでも決して忘れることのできない「とびきりうまいもの」となっているのである。作品の末尾で、小学三年生の「少年」が父親に、

　んだら、さいなら、と言うつもりでうっかり、
「えんびフライ」
　と言ってしまった。

という部分を、多くの先行研究や読者は「もう一度えびフライを買ってきてほしい」と思っていたのでつい口が滑った、と解釈しているが、それは間違いではないか。それでは本作の深層の〈意味〉をまったく読み損なってしまう。

母親が生きていたら、父親は出稼ぎに行かなくてもよかったかもしれない。家族と離れて一人東京で働く父親の苦労は、小学三年生の「少年」にはそれまで思いもよらなかったことだろう。「うっかり、「えんびフライ」と言ってしまった」ことには、自分に母親への感慨を喚起させてくれた「えびフライ」の強烈な印象と、それを苦労して持ち帰ってくれた父親への感謝の念が含まれていたのではないだろうか。

わずか一日半しか休暇が取れなかったのに、「えびフライ」を子どもたちに食べさせてやろうと

八時間以上も夜行列車に揺られ、その間「一晩中、眠りを寸断して」「えびフライ」を「冷やし続けながら帰ってきた」父親の苦労を、〈大人になった少年〉である語り手は「のだ。」と力強く表現している。

そんな父親の心根が、「えびフライ」に凝縮している。その「えびフライ」が、いままで想像だにしていなかった「母親」への感慨を呼び覚ましてくれた。

先にも見たように加藤や昌子は、突然のように「今夜の夜行で東京へ戻ると言い出した」父親の「とって付けたよう」な「こんだ正月に帰るすけ、もっとゆっくり」というセリフに、父親が二度と戻らないという秘めた思いを読み取っている。しかも、語り手である〈大人になった少年〉は、父親がその後戻らなかったことを知ったうえで、この物語を語っているのだと解釈する。

しかしその解釈や想像はどうであろうか。本作の《作品の意志》を踏まえた上で本作を捉え直したときに、そのような〈読み〉は生まれてくるだろうか。ましてや単純な「家族のきずな」の物語だと済ませてしまってよいのだろうか。

また、石原の言うように「えびフライ一つで話を持たせた」のなら、なぜ本作の題名は「えびフライ」でなかったのか。本作の題名が「盆土産」となっていることは、単に父親の「お盆の帰省の土産」という意味合いではない。作中では「お盆」に関する記述が二箇所ある。

「明日はもう盆の入りで、殺生はいけない」、「明日からは盆で、精進しなければならない。」こうわざわざ語る〈大人になった少年〉の脳裏には、「少年」の頃漠然と抱いた、苦労して「早死にした」母親への感慨に加え、〈語りの現在〉における母親への鎮魂の情も加えられていたのではないか。その思いが題名の「盆土産」に込められていたのではないだろうか。

このことから、さらに注目しなければならないことがある。それは指導書のいう「家族のきずな」、あるいは石原の指摘する「家族的親和性」の内実に関してである。

本作で述べられているのは、表面的な「家族のきずな」ではない。〈家族〉とは、決して父・祖母・姉・自分といった、生きている者たちのことだけを言うのではない。祖父や、苦労して「早死にした」母親と残された自分たち。死者も生者も含めた〈本当の家族〉の絆とその意味。それを考えさせるのが、本作ではないだろうか。

「（盂蘭《うら》）盆」は、もともと先祖や死者を包み込む形で、家族の絆が想定されている。先祖や死者も、生きる者につながる家族として捉えるところに「盆」の意味があると考えられる。石原の説く「家族的親和性」の〈家族〉には、生者だけでなく死んだ者までも含まれるのだ。死者を包み込む家族と、生死を越えた家族の絆。それを考えさせる物語が本作ではないのか。この点を見落として、いくら「家族のきずな」を考えても、本作の深層の〈意味〉を捉えることはできない。

〈読む〉ことの原理を問い直す

文学教材を教室で学ぶことの意義について、田中は次のように述べている。

文学という現象は読み手なり書き手なりの内部のフィルターを通過して起こる働きであり、それを教室の場で扱う意義とは文学行為が読み手の主体を発掘することにある。今まで気付かなかった自分のなかの世界を発掘し、世界が今まで考えてもみないような新しい意味に開かれる地平に導かれることである。まさしくその「手立て」として文学教育の実践があるべきで、そこに言語技術教育を含めた文学教育の使命があると思う。

（「新しい作品論のために――小説の読み方・読まれ方」『読みのアナーキーを超えて　いのちと文学』右文書院、一九九七年八月）

田中は後に、右の「読み手の主体を発掘すること」を〈自己倒壊〉と規定し、それは「読み手自身の〈宿命の発見〉」を「〈宿命の創造〉に転換させる」ものとして論じている。これを田中は〈自己教育作用〉という（前掲『文学が教育にできること』「あとがき」）。さらに田中は、小説を読むことによる〈主体の構築〉の意義を提唱する（「日本文学」二〇一三年八月・二〇一四年八月）。

作品を登場人物のレベルだけで捉えるのではなく、〈語り〉の様態から分析する。さらに作中人物と〈語り手〉との相関関係を考え、〈読む〉ことの原理を問い直すことで、作品の新たな〈読み〉と〈読み手〉の〈主体〉の在り様が問題化されるのである。

本作は、「小学三年生の少年を語り手に据えて進行する。語彙も言い回しも平明な親しみやすい文体」（指導書）であるからこそ、その扱い方次第で生徒たちにさまざまな問題を感得させ得るのだ。本作は、自分の置かれた状況や生き方、そして死者さえも含みこんだ〈家族〉との関係を改めて考えさせることができる、極めて魅力ある教材と言えるのではないだろうか。

【注】

（1）初出は「海」五四号（中央公論社、一九七九年十月）、その後『冬の雁』（文藝春秋、一九八〇年十一月）に収められた。中田睦美によれば、本作が「初めて教材に再録されたのは「昭和62年（1987、中学『国語2』光村図書）で、以来、ごく一時期を除いて今日まで掲載され続けており、中学国語の定番教材の一編といってよい」（「国語科教育と文学教材（2）—三浦哲郎「盆土産」〈精読〉の試み—」「近畿大学教養論叢」第三五巻第一号、二〇二三年九月）とされており、令和七年度版でも同教科書に再録されている。

（2）本章の初出となる論文は、二〇二二（令和四）年三月に発表したものであり、その年度版の教科書及び教師用指導書の記載に沿って執筆されている。令和七年度版の光村図書『国語2』では、単元は「人間のきずな」となっているが、本作も向田邦子「字のない葉書」と共に変わらず採録されている。単元の目標は、「教育指導要領」直近の改訂（平成29年告示）の内容に沿って改められているが、その二つ目には「登場人物の言動の意味などについて考えて、内容を解釈することができる」があり、本章で論じる内容と大きく異なるものではないと考える。そのため、以後の記述も初出の内容に基づいて進めるものとする。

第七章　岩崎京子「かさこじぞう」の〈深層批評〉

――「じぞうさま」はなぜ動いたのか・〈世界線〉を変える心の力

選べない〈世界線〉

若い女性を中心に人気の四人組ＰＯＰバンド、Official 髭男 dism の二作目のシングル「Pretender」（二〇一九年五月十五日発売、ポニーキャニオン）は、発売以来人気を誇り、二〇一九年四月に配信後、ストリーミング累計再生数が国内で初めて五億回を突破したと報じられた（「国内初の5億回再生　ヒゲダン「Pretender」」）。[1]

この楽曲の歌詞に、

もっと違う設定で　もっと違う関係で
出会える世界線　選べたらよかった
もっと違う性格で　もっと違う価値観で
愛を伝えられたらいいな　そう願っても無駄だから

とあり、「世界線」という言葉が使用されている。

この楽曲は、自分が好きな女性と付き合いはじめたものの、彼女の心はまったく自分には向かず、自分は彼女の「運命の人」ではないことを痛感しながらも、彼女とは離れがたいという、自分の思い通りにならない恋の苦悩に嘆く若者の心情が詠《うた》われている。

彼は「もっと違う設定で　もっと違う関係で　出会える世界線　選べたらよかった」と語るのだが、ここで使われている「世界線」という言葉は、もともとは相対性理論において「四次元空間に表現される質点の運動の軌跡。物理的な事象は、ある場所、ある時間に起こるが、これを時間・空間を一体化した四次元空間（ミンコフスキー空間）で表すと、一つの点となる。これを世界点という。このような事象が一般には場所を変えながら、時間的に次々に起こるようすを四次元空間で表現すると、世界点が連なった世界線として表される」（『日本大百科全書』引用は、「Japan Knowledge Lib による）という意味内容の物理用語であるが、この楽曲で〈世界線〉は〈パラレルワールド〉のように、いくつかの世界が同時的に存在することを表現している。

作詞の藤原聡《さとし》もこのことについて、インタビューで次のように答えている。

藤原：ちなみに「Pretender」のなかで〈世界線〉というワードを使っているんですけれども、僕は『STEINS;GATE（シュタインズ・ゲート）』というアニメの大ファンでして、このフレーズはそこからインスピレーションを受けたところもあります。そのアニメはタイムトラベルをする話で、世界線というものが並んでいて、もしもこうなっていたら、次はこうなっていたという前提で進んでいく世界というものがあるんですね。

——パラレルワールドのような。〔注：インタビュアー〕

藤原：そうそう。それで『STEINS;GATE』では主人公がその〈世界線〉を越えて、世界を変えたいという想いで奮闘していくんです。だから僕にとって〈世界線〉という言葉はとてもロマンチックなもので、大好きなワードなんです。〔中略〕

あと今回のＣＤジャケットは〝ニキシー管〟という、真空管のなかに数字が出てくるものがビジュアルになっているんですけど、それも『STEINS;GATE』に出てくる〝ダイバージェンスメーター〟という、世界線の変動を示すメーターから影響を受けているんですよね。その値が１を超えると世界線が変わるんですけど、このジャケットの場合は〈0.52519〉なのでまだ程遠いですね（笑）。

（「今日のうた　Official髭男dism　もう僕にとってaikoさんはずっと〝星〟ですね。」）[2]

このように、ゲームやアニメなどのいわゆる「オタク」の世界では、〈世界線〉が「パラレルワールド」と同義で使われることがあり、それが一般にも浸透していることが窺《うかが》える。「Pretender」の青年は、自分の〈世界線〉が変わらない、あるいは現在とは違う〈世界線〉が選べないことを嘆くのだが、筆者の見るところ、この〈世界線〉を変えることを描いた物語がある。それが、岩崎京子再話「かさこじぞう」である。本章では、本作を、この〈世界線〉が変わるという観点から論じ、読者に希望と勇気を与える「かさこじぞう」の作品価値を論じてみたいのだが、その前に「かさこじぞう」が、いままでどのように読まれてきたのかについて見ていこう。

岩崎京子再話「かさこじぞう」の評価

岩崎京子再話の『かさこじぞう』（絵：新井五郎）は、一九六七（昭和四十二）年五月に「むかしむかし絵本　3」としてポプラ社から刊行された（本章での引用はすべてこれによる）。一九七七（昭和五十二）年から小学校第二学年の国語教科書に掲載され、現在も数社で掲載されている。その間に、

岩崎自身によって、本文の書き換えが行われ、現在の形になっている。(3)

「かさこじぞう」の原話は、一般に「笠地蔵《かさじぞう》」として全国に伝承されている。山本将士の調査によれば、内容に差はあるものの「九州から青森まで分布」しており、「類話も含めると百話近く」もあるという。再話されたものも、一九四六年の関敬吾「笠地蔵」をはじめ五十八種類あるという（「笠地蔵の教材価値に関する比較研究―原話と再話に関する比較研究試論―」「名古屋市立大学大学院人間文化研究科　人間文化研究」第一〇号、二〇〇八年十二月）。

その中でも代表的なものとして、本章で取り上げる岩崎京子再話のほか、瀬田貞二《せたていじ》再話「かさじぞう」（画：赤羽末吉、福音館書店、一九六六年十一月）や、松谷みよこ再話の「かさじぞう」が挙げられるだろう（松谷のものは、一九八九年から二〇〇六年まで、異なる画家によるものが四種類ある）。

中でも特にほかと異なる特徴を持つものとされているのが、岩崎と松谷のものである。それは、作中の「じいさま」と「ばあさま」が、原話にはない「餅付きの真似事《まねごと》」をするシーンや「歌を歌う」シーンが挿入されていることによる。

岩田英作（「岩崎京子「かさこじぞう」のたくらみ」「島根県立大学短期大学部松江キャンパス研究紀要」49、二〇一一年。以下同じ）は、絵本や紙芝居の「かさ（こ）じぞう」九編を比較し(4)、これらに共通するテーマを、「じいさまとばあさまの地蔵さまに対する善行によって、地蔵さまからふたりに福が授けられ、ふたりはよい正月を迎えることができたというもので、仏教説話の色彩が強い因果応《いんがおう》報譚《ほうたん》である」とした上で、岩崎と松谷の再話に「餅つきの真似や歌のシーン」が挿入された意味を、次のように考察する。

①岩崎本と③松谷本が、餅つきの真似、歌のシーンを挿入することで描いているのは、モノがあるなしの幸・不幸ではない。／餅つきの真似、歌のシーンには、屈託のない笑いがあり、貧しいながらも仲良く暮らすふたりの知恵がある。〔中略〕モノの豊かさで成就する因果応報譚から心の豊かさを描いた「かさ（こ）じぞう」へ。①岩崎本と③松谷本は、一見テーマと直接関係のないようなシーンをさりげなく挿入することによって、テーマを揺さぶるような新たな価値を作品に与えることに成功したのである。

『かさこじぞう』表紙（文／岩崎京子、絵／新井五郎、ポプラ社）

と、原話やほかの再話にはないこれらのシーンの挿入によって、両作を高く評価している。

岩田は両作を、「モノでは買えない幸福を描いて、他の「かさ（こ）じぞう」とは一線を画す」とし、「その意味で、岩崎本と松谷本は、同じ独自性を持つ」と指摘した上で、岩崎の言葉に触れながら、「餅つきの真似の場面に象徴される〈清福〉を、作者はモノでもたらされる幸福以上の幸福として考えて」おり、「岩崎本の場合、むしろそれは、貧しいながらに〈清福〉に満たされたふたりへの寿《ことほ》ぎであったのではないだろうか」として、岩崎本の独自性を評価している。

右の岩田の文中にある〈清福〉とは、岩崎自身の言葉によるものである。岩崎は本作について、「日本民話のなかで、すきな話はときかれたとき、わたしはいつも、まず第一に、この「かさこじぞう」をあげてきました」として、次のように述べている（「「かさこじぞう」を書いて」同書巻末所収）。

雪にぬれている地蔵さまを見て、心をいため、かさどころか、てぬぐいまでかぶせてくるじいさま。自分はもちひとつ用意できない逆境にありながら、なお善良で、あわれみの心を失わないとは……。これはむしろおどろきではありませんか。

また、そのじいさまのすることには、文句ひとついわず、「いいことをしなすった」と、よろこぶばあさまも、なんと美しい心のもちぬしでしょう。老夫婦が心をよせあい、信頼しあう姿には、ほのぼのと胸があたたまるようです。

わたしは、〈清福〉ということばは、このふたりの姿だと思いました。じいさまとばあさまは、地蔵さまにお正月じたくをいろいろもらいますが、そのたまものにまさるしあわせを、もっていたのだということを、よみとってほしいと思います。

この岩崎自身の言葉にあるように、本作の主題をまずは、じいさまとばあさまの心根の素晴らしさだとしておいてよいだろう。これについては、多くの論者も認めるところである。

例えば安達真理子は、「餅つきの真似事場面」の有無が「作品の価値を左右する」とし、「貧しく暮らすじいさまとばあさまが、ただ地蔵様に善い行いをしたというだけでなく、貧しい中でも肩寄せ合い、明るく年を越そうとする庶民のたくましい姿も読み取ることができる」のであり、「「優しい人は幸福になれる」といった因果応報の話で終わるのではなく、相手を思いやり前向きに生きる夫婦だからこそ得ることができる幸福感が、「良い年越し」という結末に奥深さを加えることになる」(「教材の特性(再話者の意図)を生かして読む民話「かさこじぞう」―岩崎京子再話の叙情性を読み、表現する試み―」「国語教育探究」第二八号、二〇一五年八月)としている。

ほかに原田留美《るみ》は、岩崎と瀬田の「かさ(こ)じぞう」を比較し、「両者は同じ昔話の再話ではあるが、ストーリー展開はほぼ同じものの、描写の力点の置き方や表現の方法等にかなりの違いがある」としている。そしてそれぞれの本文の検討を通して、岩崎本が、「人の幸せはモノに依拠するのではなく、心の有り様そのものの中にあるという考えが読み取れる」とした上で、本作は、善行には善なる報いがあるという類の「昔話によく見られる単純な論理とは異なる」とし、「岩崎はすでに絵本執筆の段階から、登場人物を類型化して語るいわゆる昔話の一般的なあり方からの逸脱を意識して再話を行っていたのではないかと考える」(「岩崎京子「かさこじぞう」と瀬田貞二「かさじぞう」―テキスト比較表からわかる文学作品としての特徴の違いについて―」「新潟青陵学会誌」第四巻第三号、二〇一二年三月)と、作者の執筆段階での意図にまで踏み込んで論じている。

以上のように、原話の「笠地蔵」の主題は、岩田の言葉を借りれば「仏教説話の色彩が強い因果応報譚」であることは明らかであるが、岩崎の「かさこじぞう」は、そのような仏教的な因果応報譚の域を超えて、「貧しいながらも仲良く暮らすふたり」の「心の豊かさを描いた」ものであり、さらに「貧しいながらに〈清福〉に満たされたふたりへの寿ぎ」(前掲「岩崎京子「かさこじぞう」のたくらみ」)というところまで昇華するのである。

中村龍一はこうした点に加えて、「物語の始まり以前から「じいさま」と「ばあさま」はすでに清らかな幸せに満たされて日々を暮らしていた」ことに着目しながら、「それが作者岩崎京子が昔話「かさじぞう」の語り手に託した作者の境地であった」として、「人間はどんな苦境に在ろうが幸せに生きられるのだという作者の思想がもたらした不思議な話がいわさき「かさこ」の世界である」と、作品に込められた作者の思想を析出するのである(「岩崎京子 昔話再話の魅力―「かさこじぞう」、「うらしまたろう」―」「松蔭大学紀要」第二三号、二〇一八年三月。以下同じ)。

さらに中村は、

初読では、老夫婦の暮らしは赤貧《せきひん》の極まり、惨《みじ》めな生活にしか思えないが、それは私たち読者の常識的な見え方である。〔中略〕／ところが、再読してみると、「じいさま」と「ばあさま」は冒頭から〈清福〉にあって心豊かに暮らしていたことが印象深く際立つように語られていたことに読者は気づくのである。このように〈語り〉は二重に仕組まれ、〈仕掛け〉られていたのである。

と、老夫婦の精神性を語る〈語り手〉の「仕掛け」についても指摘する。確かに表層のストーリーのみを追っていくと、この老夫婦の生活は、極貧の惨めなものと言わざるを得ない。しかし、そこに、物質的な充足感とはまったく無縁の「小欲知足」とでもいうような、あるいはそのような〈欲〉そのものを思慮の外にするような、あたたかで充実した満ち足りた生活を、この老夫婦が送っていることがわかる。それを中村は、「二重に仕組まれ、〈仕掛け〉られて」いた〈語り〉というのである。

中村の指摘は正しいだろう。しかし、本作の「仕掛け」は、果たしてそれだけなのだろうか。このことに関して筆者は、本作に対して大きな疑問を抱かざるを得ない。それは本作の主題と直接結びつくものであり、本作の作品価値を決する最大の問題である。その疑問とは、《石の「じぞうさま」がなぜ動いたのか》ということである。次にこの疑問について考えることで、本作の深層の意味を探っていきたいと思う。

〈近代小説〉における「世界の複数性（＝パラレルワールド）」

「じぞうさま」を実在するものと捉えると、それが動き、贈り物を運ぶというのは、ナンセンスなものとなる。ニュートン力学以来の近代的な科学観から成り立つ私たちの常識からはまったく相容《あい》れないものである。もちろん、これは〈民話〉であり〈お話〉であり、あくまでも虚構世界の出来事と捉えれば、まったくその点は問題にはならない。

いままでの作品評価もこのことについて、どう整合性を持たせるかに心を砕いてきたと言えるだろう。

例えば、小山惠美子（「『かさこじぞう』論―岩崎京子の再話に見る物語性―」「帝京大学文学部教育学科紀要」36、二〇一一年三月）は、「「じぞうさま」を動かしたものは、〔中略〕伝承文学を継承してきた「語り手」たち」であり、「「じぞうさま」が見ていないものまでを知っているようにさせているのは実は「読み手」であり、「語り」である」として、「この物語の意味するところは、〔中略〕単なる「報恩譚」や「地蔵信仰」の具体化ではな」く、「じいさまとばあさまの行い、それこそが非現実のできごとを越えたところにある「人間愛」であ」り、「「じぞうさま」を創りだし、動かした」のは、「物語として伝えた民衆の「願い」だったのではないか」としている。作者が昔話を再話する際、「「語り手」や「読み手（聞き手）」の願いを大切にし、昔話に命を吹き込む作業をしたの」だとし、そこにこそ「人間を描いた物語文学としての『かさこじぞう』成立の意味がある」として、「じぞうさま」が動く奇跡は、作者をして、「読み手」「民衆」の願いを、物語に結実させたことによるものだと解釈している。

また、先に引いた中村龍一は、「「できごと」（ストーリー）は到底あり得ない「不思議」。しかし、民衆は修羅《しゅら》の現世を仏教的来世からの眼差《まなざ》しで生きている。この前近代の「じいさま」と「ばあさま」に起きた「不思議」をいわさき「かさこ」再話は、現代の「愛の真実」として語り継いでいるのである」（前掲「岩崎京子　昔話再話の魅力」）として、やはり作者の問題として意味づけている。

これらの解釈は確かに慧眼《けいがん》であろうし、原話やほかの再話にはない本作の魅力や独自性を言い当てたものであろうが、そうした〈読み〉は本作を、私たちの常識である〈リアリズム〉の範疇《はんちゅう》にとどめてしまうものではないだろうか。

もちろん私たちの常識的な感覚では、石の「じぞうさま」が動くはずはない。それをどうやって現実の常識や感覚と整合させるのか。いままでの作品評価は、現実感覚の範囲内での〈読み〉にとどまっているように、筆者には見えてしまう。では、このいわば〈超現実〉の事象をどう理解したらよいのだろうか。それを解くカギが、田中実の〈第三項〉論による「世界観認識」の中にある。

田中は、「序章」で紹介した三島由紀夫『小説とは何か』の中で、柳田國男《やなぎたくにお》の『遠野《とおの》物語』の「第二十二節」、死んだ曾祖母が幽霊として現れた際に、その裾《すそ》が丸い炭取にあたって回転したという話に、三島が「ここに小説があつた」と賛嘆していることについて、次のように述べている。

三島の小説論の論旨は明白にして果断、「小説の厳密な定義は、実にこの炭取が廻《まわ》るか廻らぬかにある」と裁断、娘を案じてであろう現れた第一段階までの曾祖母は「現実と超現実は併存」に収まります。しかし、この死者の着物の裾が炭取の籠を回転させる出来事はもう我々の現実の在り方を壊し、「超現実が現実を犯し」ます。世界は新しく解釈し直さざるを得ません。

（「現実は言葉で出来ている——『金閣寺』と『美神』の深層批評——」「都留文科大学大学院紀要」第一九集、二〇一五年三月）

田中は、これこそが〈小説〉であるとするのだが、それは「「炭取の廻転」という現実世界の物理法則に反する出来事は比喩・メタファー」とするのではなく、「「現実」を瓦解させる」ものであり、それこそが「三**島文学**の「**小説**」の〈**読み方**〉」であり、「三島に限らず、『**舞姫**』**以来、読者のこの解釈共同体を瓦解させるのが**〈**近代小説**〉」であるとする。

このように田中は〈近代小説〉の可能性を模索するのであるが、「近代文学研究が〈近代小説〉

の潜在力を発揮させ、その真価を活かすには、〔中略〕主体と客体の二項の外に客体そのもの＝〈第三項〉の概念、あるいは観点を〈読み〉に導入して世界の複数性（＝パラレルワールド）を拓くことが要請されます」（「〈第三項〉と〈語り〉／〈近代小説〉を〈読む〉とは何か――『舞姫』から『うたかたの記』へ――」「日本文学」二〇一七年八月）と述べ、世界はすべて自らの意識の中に構築されたものであり、自己の外界に絶対的・実体的に存在するものではない点を強調する。すなわち、人間の意識の外部に実体的な世界が存在するのではなく、世界は複数的な存在（＝パラレルワールド）であるということである。このことについて田中は、以前より哲学者の大森荘蔵の所説を引きながら、さまざまに言及してきた。

大森荘蔵は、「世界の姿」は「百面相であらわれる」のであり、「そのどの姿も等しく真実の姿であり、その中から何か一つの姿を、これこそ真実だ、と特権的に抜き出すことはできない」としている。例えば、夕暮れに山道を歩いていたとき、岩陰が人の影に見えたということに対して、それが「錯覚だとか幻影だとかと言う」のは誤りであり、そのような「一つの本物の世界（客観的世界）とその十人十色の写し（主観的世界像）、という図柄の比喩」こそが「幻影」であると主張する。それは「真実に対しての誤り」ではなく「真実の中での「誤り」」であり、それは「世界観上の真偽の分類ではなく、極めて動物的でありまた極めて文化的でもある分類」なのだと一蹴する（「真実の百面相」『流れとよどみ―哲学断章―』産業図書、一九八一年五月）。

田中は、この大森の所説を自身の「基本的な世界観認識」であるとして、「その「世界観上の真偽の分類」から見れば、世界は「壁抜け」自在の「真実の百面相」、「真実」は「同時存在」であり、パラレルワールドが広がっているのです。〔中略〕因《ちな》みに、「量子力学」は、現在、世界が複数にいろいろ考えられるというのではない、世界自体が複数ある、「多世界解釈」にあります」（「世界像の転換、〈近代小説〉を読むために――続々〈主体〉の構築――」「日本文学」二〇一四年八月）としている。

田中は近代小説の中に、この「世界の複数性（＝パラレルワールド）」を見出しながら、作品世界を論じてきたが、そのもっとも顕著なものは、三島由紀夫の「美神《びしん》」に関する論及である。

三島の「美神」（「文芸」一九五二年十二月）は、十年前にアフロディテの像を発見した古代彫刻研究の権威であるR博士が、この像と個人的秘密を分かち合いたいとの欲望から、像の背の高さを「二・一七メートル」と、故意に三センチ高く偽って公表していたという秘密を、死の床でN博士に打ち明け、N博士が測定してみると像の高さは公表された通りの「二・一七メートル」であり、R博士は「「裏切つたな」」との断末魔の叫びを残して息絶えるという物語である。

田中は本作の肝となるアフロディテ像の高さの違いを、「Nにとってのアフロディテの像の実測は二・一七メートル、Rのそれは二・一四メートル、それが互いの「真実」、**「真実」はパラレルワールドの「百面相」**」（前掲「現実は言葉で出来ている」）と、この世界の在り様を捉えている。すなわち、R博士とN博士、それぞれの世界が、同じ時空間に併存するのである。

さらに田中は、作品末尾でR博士が恐怖の果てに息絶えることについて、右の引用部分に続けて、次のように述べている。

これを対象の像の裏切りと捉えるところに、すなわち、R博士がN博士にまともに、「個人的な秘密」の対象を実測させるところに、彼の錯乱の破滅、狂気があったのです。R博士の世界はR博士の軌道を走るのでなければなりません。裏切ったのはアフロディテの像ではなく、R博士自身の二股、双方に身を置いていた矛盾《むじゅん》の結果に外なりません。

と、自分が造り出した「真実」に生ききることができずに、N博士の「真実」にも足を置いていたことに原因を見出している。まさにR博士は、自分の造り出した「世界の複数性（＝パラレルワールド）」を、自ら否定してしまったのである。

「じぞうさま」はなぜ動いたのか
―〈世界線〉を変える／選び取る〈心のちから〉―

ここまで、田中が説く〈近代小説〉における「世界の複数性（＝パラレルワールド）」について見てきたわけだが、本作「かさこじぞう」においては、どのような〈世界像〉が示されているのだろうか。

表面的には、特に時空間を移動するような、あるいは、登場人物の意識によって作られる複数の世界は示されていないように見える。しかし、田中実が唱える、〈語り手〉の意識を超えた〈機能としての語り〉という観点から本作を読み直したとき、私たちの見ている現実世界を大きく変えていく驚くべき〈仕掛け〉が布置されていたことに気づかされる。

いままで見てきたように、世界が同時的・複数的に存在するものだと捉えられるものであり、しかもそれを選ぶことができるとすれば、本作で石の「じぞうさま」が動くことも説明できるのではないか。

つまり、私たちが現在身を置いている世界のほかに、《石の「じぞうさま」が動く》世界が存在するということである。これは、あまりにも荒唐無稽《こうとうむけい》なことに思われるかもしれない。確かに、いままで見てきたような〈近代小説〉においては、「世界の複数性（＝パラレルワールド）」の存在は認めることができるが、現実世界においてはそのようなことはあり得ない、と思われるかもしれない。だが、小説や物語、虚構の世界だけでなく、現実世界においても「世界の複数性」や、私たちがいまだ知ることもできない世界の存在が明らかにされつつあるのではないか。

それは〈文学〉の世界ではなく、むしろ現実世界の在り様を捉えようとする〈物理学〉においてのほうが、積極的に論じられている。例えば、宇宙を構成する物質やエネルギーの大半が、私たちには未知のものであることは常識になりつつある。(5)

さらに〈量子力学〉の世界では、世界が私たちが感覚で捉えているものとは異なるものであること、私たちのいままでの常識では捉えきれないものであることを示している。

つとに知られるように、素粒子は、その「位置」と「運動量」のそれぞれを定めることはできるが、それらを同時に定めることはできないという特質を持ち、かつそれが観測されたときにしかその姿を表さないという、私たちが通常認識している物質の特性とまったく異なる性質を持つことも知られている（朝永辰一郎『鏡の中の物理学』講談社学術文庫、一九七六年六月、ほか）。

素粒子物理学者の松浦壮《そう》は、「私たちは最初から「世界そのもの」など見てはいません。見ていると思っているものはすべて、五感を通じて行われた「測定」と矛盾しないように構成された**世界の想像図**です」（『量子とはなんだろう　宇宙を支配する究極のしくみ』講談社ブルーバックス、二〇二〇年六月）とした上で、「光を単純に波だと考えたり、電子を単純な粒子だと考えたりすると、自然現象の説明が破綻してしまいます。これは、光や電子のような存在が五感を通じて培《つちか》われた概念では表現しきれないことを意味」しているのであり、「「世界は見えている通りである」という幻想が本当の意味で消滅した」ことを説く。さらに「量子の最も本質的な特性」である「重ね合わせ」と「絡《から》み合い」から考えると、「「量子の影響は距離も時間も飛び越える」という驚きの結論」まで導き出せるという。

また「ループ量子重力理論」においては、時間さえも消えてしまうという。高水裕一が述べるところを簡単に要約すると（『時間は逆戻りするのか　宇宙から量子まで、可能性のすべて』講談社ブルーバックス、二〇二〇年七月）、「量子力学にしたがえば、物質はすべて素粒子でできているので、重力場も素粒子でできていること」になり、「重力場」は「重力を伝える時空にほかな」らないので、「空間も時間も、素粒子でできている」ことになる。そうなると「素粒子である時間は不確定性原理によってあっちこっちに揺らいで、位置や速度を決めること」もできなくなり、「時空が揺らぐ」と「時間と空間の入れ替えが起こる」とも考えられるという。つまり、

時間とはあらかじめ決められた特別な何かではない。時間は方向づけられてなどいないし、「現在」もなければ、「過去」も「未来」もない。だとするなら、いったい時間の何が残るのか。あるのはただ、観測されたときに決まる事象どうしの関係だけだ。〔中略〕時間とは関係性のネットワークのことである。

というのである。これは時空間が確定的・固定的に存在するという私たちの常識を覆《くつがえ》すものであり、「複数的な世界」の同時存在の可能性をも示すものではないだろうか。さらにその世界は、観測し

たときに時空間も決まるのであり、それは、観測者と世界の関係性によって定まるというものである。言い換えれば、観測者がどのような状況にあるかということで、世界の在り様が決定されるということである。

まだ解明されていない部分が多いとは言え、「複数的な世界」の同時存在や、その世界像の決定要因が観測者、つまり私たちであるという可能性が示されるのである。このように現代科学の最新の知見から見れば、「かさこじぞう」の物語世界において、現実に「じぞうさま」が動き、贈り物を届ける世界の存在の可能性も生まれてくるのである。では、そのような「じぞうさま」が動き、贈り物を届ける世界を生み出す要因はいったい何なのであろうか。そこに「かさこじぞう」という作品の持つ本当の価値があると考えられるのである。

先に見たように本作を、「仏教説話の色彩が強い因果応報譚」であるとか、「貧しいながらに〈清福〉に満たされた二人への寿ぎ」の物語と読んだり、「じぞうさま」が動いたのは、作者の意図であったり、語り手や聞き手の願いであると捉えると、現実世界を変えることは不可能になり、結局のところ他力本願的な、ただ幸せを待つだけの物語になってしまう。

むしろ本作の魅力は、〈人がいかに現実世界を変えていけるのか〉という点にあるのではないだろうか。過酷な運命に対峙《たいじ》しながら、それに耐え忍ぶだけ、あるいは耐え忍んだ先に、たまさか幸福が訪れるというような消極的な幸福待望論ではなく、現実世界を、望むべき方向に変えていく、というよりはむしろ、幸福な現実世界という〈世界線〉を選び取っていけるのだということを示すものなのではないだろうか。そこにこそ本作の真の意味や価値があり、それこそが人に〈生きる力〉を与えるものなのではないだろうか。

　では、それができるのが、なぜ岩崎京子の「かさじぞう」なのか。この点が重要になってくるはずだ。「笠地蔵」をはじめ多くの作品が「じいさまとばあさま」の心根の素晴らしさを謳《うた》っている点は共通のものである。それに対して、岩崎の本作の独自性はどこにあるのか。もちろんそれは先にもみた「餅つきの真似、歌のシーン」だけではない。幸福な現実世界という〈世界線〉を選び取っていくには、実は「ばあさま」の心の在り様が重要なのである。

「じいさま」は、まちにかさを売りに行ったが、大晦日の「おおどしのいち」で、じいさまのかさなどに目を向けるような人は誰もいない。周りの物売りの大きな声に「じいさまも、まけずに　こえをはりあげる」ものの、結局かさは一つも売れず、「「としこしの　ばんに、かさこなんかかう　人はおらんじゃろ。ああ、もちこも　もたんで　かえれば、ばあさまは　どんなに　がっかりするかしれん。」」と慨嘆する。

「じいさま」は、かさが売れない現実、自分が報われない現実を嘆くしかないのである。現実はどうあがいても結局は変えることができない。過酷な運命には抗しようがなく、あきらめてそれを受け入れるしかない。「とうとう　もちこなしの　としこしだ。そんなら　ひとつ、もちつきのまねごとでもしようかのう」という「じいさま」だが、それは、苦しい現状を忘れるためのせめてもの慰めというところだろう。「じいさま」は、そのような思考の持ち主なのである。「ばあさま」は「かさこは　うれたのかね。」と尋ねるが、「じいさま」が、かさを持たずに帰ったことで、「ばあさま」は「かさこ　かぶせてきた」という「じいさま」の言葉を聞いた「ばあさま」は、「いやなかおひとつ」せず、「じいさま」の労をねぎらう。

そもそも「たいそう　びんぼうで、その日その日を　やっと　くらして」いた生活の中で、「かさこ　こさえて、まちさ　もっていったら、おかねに　かえられんかのう」と提案するのも「ばあさま」である。「じいさま」は現状を嘆くのみで、現実に対し何ら積極的な働きかけをしていないと言ったら言い過ぎであろうか。

そんな「じいさま」を責めることもせず、「じいさま」の餅つきの真似事に「あいどりの　まね」で応じたり、どこまでも「ばあさま」は明るく振る舞っている。この「ばあさま」の心情が、「かさこ」作りと「まち」へかさを売りに行くことへ「じいさま」を動かし、最終的には、「じぞうさま」を動かすことにつながっていくのである。

「ばあさま」の言動には絶望や嘆きはみられない。「ばあさま」の深層意識には〈清貧〉を超えたたくましさや希望があったのではないだろうか。それが〈世界線〉を変え、現実世界を変革していく要因だったのではないだろうか。

〈世界線〉を選ぶ〈心のちから〉

以上、岩崎京子再話「かさこじぞう」の持つ、現実を変えて、幸福な〈世界線〉を選び取っていく「ばあさま」の〈心のちから〉について考えてみた。そしてそれこそが、どんな過酷な現状でも諦めることなく、世界を変え、幸福をつかみ取っていくために必要な〈生きる力〉なのではないだろうか。田中は、文学作品の価値は、「〈ことばの仕組み〉を通して、読み手を動かし、読み手の価値世界と対峙し、変革させるところにある」(「〈原文〉という第三項―プレ〈本文〉を求めて」、田中実ほか[編]『文学の力×教材の力　理論編』教育出版、二〇〇一年六月)としている。岩崎京子「かさじぞう」は、まさに、私たちが固定観念として持っている、《石の「じぞうさま」が動くはずはない》、《現実を変えることなんて不可能だ》という「価値世界」を変革させる〈生きる力〉を、私たちに示してくれる作品だと言えるのではないだろうか。

田中は私たちの〈読書〉を「動的過程の運動」として、次のように意味づけている。

動的過程の運動とは、あくまで到達不可能である「作品対象」を〈永遠の一義〉として、これに向けて読み手が生きている文化共同体のなかで自らを支えている既成価値観や世界観を倒壊していく運動、解釈共同体との抗《あらが》いである。その過程で、〈作品の意志〉に永久運動する〈文学の力〉を引き出し、新たな〈いのち〉をよみがえらせていくことこそが、読みの神髄、批評の核心であると言えよう。〝文学作品〟によって読書主体を倒壊し、新たに構築する過程で、己の星、宿命を発見し、同時にその宿命の星を自らが一歩一歩造り出す過程、これが私の目指す読みの動的過程である。

（「〈本文〉とは何か　プレ〈本文〉の誕生」、実・須貝千里［編］『〈新しい作品論〉へ、〈新しい教材論〉へ　1』右文書院、一九九九年二月）

世界中を震撼させた新型コロナ禍やますます深刻度を増す格差社会など、子どもたちを取り巻く現状は、大変厳しいものがあるだろう。しかし、どれほど過酷に見えても、それは、いま自分の目の間にある一つの〈世界線〉であり、それとはまったく別の〈世界線〉を選び取ることもできるのではないか。現状を嘆くだけではなく、自分の〈心のちから〉次第で、未来をどうにでもデザインしていけるのではないか。文学作品を通して、そのような〈生きる力〉を培っていけるのではないか。「かさこじぞう」にはそのような力が秘められているのではないだろうか。

【注】

(1)「朝日新聞デジタル」〈二〇二一年五月十二日十八時五十六分配信〉
https://www.asahi.com/articles/ASP5D641WP5DUCVL016.html

(2)「Uta-Net」〈二〇一九年四月二十六日配信〉
(https://www.uta-net.com/user/writer/todaysong.html?id=9646、最終閲覧：二〇二五年三月九日)

(3)吉原英夫は本作の各版を詳細に比較検討し、「書き換え・削除」の内容を具体的に記している。

　吉原は、使用単語や表記の不統一、文体や表現の変更等を詳細にあげた後、岩崎が編集委員を担当する東京書籍の国語教科書昭和五十五年度版指導書に寄せた岩崎自身の「この文を決定稿だと思っております」という言葉を引きながら、本作の本文確定の経緯を、次のように見定めている。

「岩崎京子の絵本『かさこじぞう』は昭和42年5月に刊行された。この『かさこじぞう』は推敲不十分な作品であったが、昭和52年度版の四社の小学校国語教科書に掲載されるようになり、掲載にさいして手入れが施された。〔中略〕その後、絵本の第40刷から第44刷までの間に、絵本に手が加えられた。そして昭和61年度版以降の国語教科書は、手入れが施された絵本を出典とするようになり、現在に至っている」(「『かさこじぞう』のテキストと教材文について」「語学文学」第四一号、二〇〇三年三月)

　ほかの論者も指摘するところではあるが、一番大きな変更は、じぞうたちが、贈りものを運んできたときに、「じいさまが　おもわず、「ここだ、ここだ。」と、おおごえ　だしたら、うたごえは　ぴったり　とまりました。」という一文が削除されたことであろう（吉原によれば、これは絵本の第三九刷までは存在し、四四刷では削除が確認されている)。この削除をめぐっては、「昔話らしくない」という否定的な意見や、この返事によってじいさまが「見返りを求めているような印象を与える」ため、削除を積極的に評価する意見などさまざま(賛否両論)である。いずれも本作を論ずる者が、本作を民話と位置づけ原話を尊重するのか、本作に文学性を見出したり、人物描写に力点をおいて捉えるかなどによって、評価が分かれているのが現状である。

ただ、この削除は本章で論ずる内容とは直接関わりがないため、この点は問題としないこととする。

(4) 岩田が比較したのは、①岩崎京子(一九六七年)、②瀬田貞二(一九六二年)、③松谷みよこ(一九七三年)、④中島和子(一九九三年)、⑤平田昭吾(一九九八年)、⑥川崎大治(一九九八年)、⑦長崎源之助(二〇〇〇年)、⑧山下明生(二〇〇九年)、⑨広松由希子(二〇〇九年)のものである。

(5) ウォルター・ルーウィンは、「宇宙における全物質のうち、星や銀河(それから、あなたやわたし)を形作る通常物質は、わずか四パーセント程度であることも明らかになる。約二三パーセントが、暗黒物質(これは、目に見えない)と呼ばれるものだ。存在することはわかっているが、それが何なのかはわからない。残りの七三パーセント、宇宙のエネルギーの大半を占めるのが、暗黒エネルギーと呼ばれるもので、これもまた目に見えない。それが何なのか、誰にも見当もつかない。総合すると、宇宙のエネルギーおよび質量の九六パーセントについて、わたしたちは不案内ということになる。」(東江《あがりえ》一紀《かずき》[訳]『これが物理学だ! マサチューセッツ工科大学「感動」講義』文藝春秋、二〇一二年十月)と述べている。

終章　〈第三項〉と〈世界像の転換〉をめぐる「ひとつ」の考察
――いまこそ文学教育による子どもたちの心の修復を

いま、子どもたちの心に何が起こっているのか?

学校現場で起こっている子どもたちの「異変」について、その起こりを八〇年代と見て、早くから問題提起しているのが諏訪《すわ》哲二である（『オレ様化する子どもたち』中公新書ラクレ、二〇〇五年三月。以下の引用は同書から）。諏訪は、「学校では一九八〇年代に入って、子ども（生徒）のありようが大きく変わった」として、「子ども（生徒）が「オレ様化」しはじめたのである。子ども（生徒）たちが「学ぼうとしなくなり」「自分を変えようとしなくなった」。修業して一人前のおとなになろうとしなくなった」のだという。喫煙を現認されてもシラを切り通したり、授業中の私語を注意すると逆切れし、「しゃべってねえよ、オカマ！」と教師に暴言を吐きかける子どもの姿を例に挙げながら諏訪は、その変化を「自分ではえらい一人前の存在だと思っている対人関係や社会的適応性の脆《ぜい》弱《じゃく》な「弱い自己」になった」とし、子どもたちが「「オレ様化」するということは、自己をほかの自己と比べて客観化することがむずかしくなり、自己（の感覚）に閉じこもりだしたということ」だと分析する。

諏訪は、「「不登校」や「いじめ」や「援助交際」や「引きこもり」は、日本が近代化を達成して大量消費社会、高度情報化社会に突入し、その変化が子ども・若者たちに受け取られて新しい〈個人的な価値観の創出〉が始まった結果生じたもの」だと考察する。

また諏訪は、「オレ様化」した子どもたちの自我意識の在り様について、「自己が自己であるという確信を「私が私である感情的根拠」のようなものに求め」るようになり、それが他人の「私そのもの」とは比較できないことから、「自己の原型であるような「私そのもの」」が自分にとって絶対化してしまうと指摘している。

このように「オレ様化」した子どもたちは、「客観的」と「主観的」の境界が喪失され、「個」の意識が極度に「えらくなる」という、いわば〈自己相対化〉なき「自己の特権化」が行われている。

そこから脱却するには、〈他者〉の可視化と、それによる〈自己〉の相対化が必要だと考えられる。

さて、「オレ様化」した子どもたちは、その在り様に問題はあるものの、それなりの自我意識を持っていたようには見える。しかし最近の子どもたちの自我意識は屈折し、あるいは空無化しているようである。その様子を伝えてくれるのが、高橋暁子《あきこ》である（『ソーシャルメディア中毒　つながりに溺れる人たち』幻冬舎エデュケーション新書、二〇一四年十二月。以下の引用は同書から）。

高橋はＳＮＳの特徴を、「電話やメールのように一対一ではなく、不特定多数とつながり、一対多でやりとりされるコミュニケーションツール」であり、「伝えるということが目的というよりも、つながり自体が目的となる傾向にある」とし、最近の子ども（若者）たちが、ＳＮＳに相当の時間と労力をかける理由を、「自己肯定感の低い彼らが、自分を認めることができる」からだとし、「その欲求が高じて、彼らは承認を求めて投稿を繰り返す」のだという。

高橋は、人間が本質的に持つ「承認欲求」に注目し、「ティーン」が「認められたい願望と誰からも認められない現実のジレンマに陥《おちい》っている」ことから、「認められたいけれど認められないティーン。そこにＳＮＳという自己表現の場が誕生し、一人一端末が行き渡るようになった」ことで、「ティーンの欲求にＳＮＳがはまった」のだと分析している。

もともと人間の持つ「承認欲求」では、親や友人など信頼できる身近な人からの承認（「他者承認」）をもって、自分が自分を認めることができる「自己承認」へと内面化し、自己内部の欠落感を埋めることができた。しかし最近の子どもたちが求める「他者承認」は、「不特定多数に認められる」ことにあり、それでしか「自己承認」できないという。

これを象徴するのがSNSにおける「友達の数」である。SNSによって、友達が数として明示されるようになる。他人のアカウントを見れば、「友達の数」を比較することも可能になる。しかも「リアルの人間関係には濃淡があるのに、SNSの人間関係は〝1〟か〝0〟かしかない。SNSによって、大切なのは友達の質ではなく、誰とつながるかでもなく、「数」になってしまった」と高橋は指摘する。

「友達やフォロワー」の数を増やし、「いいね！」をもらうためだけに、多くの人が行きたいと願う有名スポットを訪れて、「映え」る写真を撮ってSNSにアップするなどの、「リア充」への憧れなどは数え切れない。こうした「止まらない承認欲求の連鎖」による「自己顕示欲の暴走と過激化」という、SNSによって生み出された「コミュニケーションと対人関係の変質」は、子どもたちをいびつなコミュニケーションと対人関係へと導き、病的とも呼べる「自他の関係性」の迷路へと子どもたちを追いこんでいる。SNSの問題は、ますます深刻化する「いじめ」や「スクールカースト」の問題と決して無縁ではない。(1)

子どもたちの自我意識の在り様、コミュニケーションと自他の関係性をめぐる議論からは、学校現場における、そしてなによりも国語教育における、文学教育の重要性が浮かび上がってくると筆者は考える。閉塞しきった子どもたちの心の問題解決のために、いまこそ田中実が提唱する〈第三項〉と、それに基づく〈世界像の転換〉が必要であると訴えたい。その要諦は、文学教育を通して子どもたちを「了解不能な《他者》」と対峙《たいじ》させ、そのことで自己を見つめ、他者との差異を考えることによってもたらされる、自我意識の修復と自他の関係性の（再）構築にある。

子どもたちの〈心〉の修復のために

―「異界」および〈深層〉・〈外部〉・〈超越〉を志向すること―

そのことを考えるにあたって、子どもたちの心のケアにあたっている専門家の声に耳を傾けておきたい。

臨床心理士で、長年子どものカウンセリングに携わってきた岩宮恵子は、「今も子どもは大人の常識的な日常の世界とは違う世界――これを「異界」と呼ぶことにする――に近い所に生きている。この世の常識とは違う世界での体験を踏まえて子どもは大人になっていく」（『生きにくい子どもたち――カウンセリング日誌から』岩波書店、一九九七年三月）として、子どもたちが大人とは違う世界に生きていることに注目する。

その上で岩宮は、

この世で生きにくい思いをしているクライエントがどのような物語をつくり出し、そしてそれを生きぬこうとしているのか、そして治療者自身はその中でどのような役割をになっているのかなど、さまざまに考えていくことは、クライエントを深く理解する上で大切な見方だと思う。

として、〈不幸を心におさめるための物語〉や〈癒《いや》しのための物語〉の存在に言及している。人間の深層心理を写し出す、こうした〈癒しのための物語〉、あるいは「物語による癒し」については、心理学者の河合《かわい》隼雄も説き続けてきたことであるが、それが子どもたちの心のケアの現場で果たす役割について、岩宮は豊富な臨床例を挙げて説明している。

そうした〈癒しのための物語〉として岩宮が特に注目するのが、村上春樹の小説である。岩宮は、村上が自身の小説を書く態度を「自己治療的な行為」とし、「「何かのメッセージがあってそれを小説に書く」という方もおられるかもしれないけれど、少なくとも僕の場合はそうではない。僕はむしろ、自分の中にどのようなメッセージがあるのかを探し出すために小説を書いているような気がします」という発言（河合隼雄・村上春樹『村上春樹、河合隼雄に会いにいく』岩波書店、一九九六年）を引きながら、この〈癒しのための物語〉について、次のように述べている。

村上は主張したいメッセージを意識したうえで小説を書いているわけではないらしい。彼にとっては、表層的な意識から遠く離れ、どこまでも自分の中に入り込んでメッセージを探し出すプロセスそのものが小説を書くということなのである。そしてそのように小説を書く行為自体が、自分自身の病んでいる部分を癒したり、欠落している何かを埋め合わせたりする行為になっているというのだ。〔中略〕

作家が自分の内側にどこまでも入り込み、その中でメッセージを探し出し、それを物語として生み出していくプロセスと、心理療法の中で治療者との関係に支えられたクライエント(相談者)が自分の内側にひそんでいる自分自身の物語を見出し、その物語を生きていくこととは、どこかでとても似ている。

(「はじめに」『思春期をめぐる冒険―心理療法と村上春樹の世界―』日本評論社、二〇〇四年五月→新潮文庫、二〇〇七年六月。引用は文庫版から)

本書でも論じたように、村上春樹の小説世界は人間の深層心理から発するものである。だからこそ、心に深刻な問題を抱えたクライエントたちの多くが、村上の小説に深く共感するのである。この点については後述することとして、もう少しこの自我意識の在り様について考えてみたい。

科学者たちは、自我意識あるいは自己の認識について、どのように捉えているのだろう。分子生物学者で、DNA(ゲノム)研究の第一人者である中村桂子は、免疫学者の多田富雄と解剖学者の養老猛との対談集（『「私」はなぜ存在するか　脳・免疫・ゲノム』哲学書房、一九九四年九月。以下の引用は同書から）の「まえがき」の中で、現代社会の中に問題を感じる人々は、そこに欠けているものが「生命」であると気づかずにはいられない状態になっており、「科学技術文明を支えた「機械論的価値観」に対して「生命論的」視点が必要であるという提案が、情報科学、哲学などさまざまな立場から出されて」おり、三人の専門領域の「すべての分野から浮び上ってくる」ものは、「個体」という問題であり、「生きものの基本は、やはり個体である」と結論づけている。この、「個体」をどう扱うのか。「個体」を、どのように捉えるのか。それは文学にも、そして国語（文学）教育にも共通する課題ではないだろうか。この対談集の中から、自己の認識について言及した部分に注目してみよう。

多田は、人は他者による自己認識のモデルとして「ひとに見られる仮りの自己」を作る。そのとき一番重要な自己の特徴は、「脳で規定される自己とか、自我意識」ではなく、身体的特徴や表情や服装なのだという。それを多田は、「直覚的な自己」と呼び、デカルトの「コギト」も、この「直覚的自己」にすぎないと指摘する。中村も、「自己」とは直覚的なものであり、抽象的なものには意味がないと賛同し、その「直覚的」なものの背景にあるものを見ようとする。

ここで二人が主張しているのは、自己を言語や論理で捉えるのではなく、「直覚的」に捉える「直覚的な自己」の存在であり、それが私たちの自己認識や自我意識の基盤にあるということである。

養老もこの「直覚的な自己」を認め、人間の脳における時空間の処理が、目玉や耳といった身体に基づくものだとした上で「目玉には時間がないけれど、耳や運動には時間があるから、それを脳が一緒にする時、時間と空間が発生」するという。「ことばは、この二つを一緒にして使っている」が、「そういうところは必ず哲学の問題になる」のだという。

養老は「言語で世界を説明しようとするから、言語のもっている限界は必ず哲学に露呈」するのであり、「言語の限界」が世界観を歪《ゆが》めると指摘する。そう考えれば、「すべては言語ゲームの内にある」という発想も、この問題の乗り越えのために生じたものだとも言えるのではないか。さらに言えば、この議論の中には〈言語論的転回〉が見失ったものも含まれているのではないか。ここに、「言語ゲーム論」が発生する要因があると考えられるし、「直覚的自己」の問題が浮上するのである。

科学者たちの説く、「直覚的な自己」の存在は、田中実が説く〈言語以前〉の領域に関わるものである。そしてそれは必然的に「了解不能の《他者》」の領域に連なるのであり、〈深層〉・〈外部〉・〈超越〉をも志向することにもなる。では次に、「言語ゲームの外」について考えてみよう。

〈「鉄のカーテン」の向こう〉と「〈了解不能〉の領域」を〈知覚〉するために

哲学者の大森荘蔵《しょうぞう》は、われわれにとって他者意識は、「鉄のカーテン」の向こうにあって直接認識することができないとする。「他者の意識」は、「電子とか電場、磁場の意味」のような「理論概念の意味」と同様に、「知覚的映像的な想像によって理解されるのではなく思考的に理解される意味として与えられている」ものであり、「それは思考的意味である他はない」とする（「「他我」の意味制作《ポイエーシス》」『時間と自我』青土社、一九九二年三月）。そして大森は、

以上のような思考的意味の広大な領域を思わないではウィトゲンシュタインの近来有名な言語ゲームの本当の意義も理解できないはずである。言葉の意味として映像的な意味（イマージュ）しか考えられないソシュールをはじめとする言語学者の偏見から免《まぬか》れて、言語使用を意味とする見解に到達し、それを洗練したのが言語ゲーム論なのである。それ故に知覚的映像的意味とは相反する思考的意味を認めないでは言語ゲーム論は不可能であったと思われる。

と結論している。「思考的意味」は、ソシュールの「映像的意味」を否定するものであるとともに、「言語ゲーム論」の成立にも不可欠な要素であったのだ。

このことについては、すでに論じたので[2]、ここで詳述することは避けるが、大森の「思考的意味」をめぐる所説は、「言語ゲームの外」を志向するものであり、田中実が説く「了解不能の《他者》」へと連なるものである。しかし一般には、知覚不能なもの、「了解不能の《他者》」に対しては、そ

れが知覚し得ないから認められないとの批判がいまだになされている。〈超越〉、あるいは知覚不能なものに対するアレルギー反応を抑え、〈世界像の転換〉を図ることの意義について、相沢毅彦《たけひこ》は次のように述べている。

なぜ世界を新たなものとして捉える必要があるのだろうか。一つにはこれまでに主流となっている既存の世界の捉え方だけでは現状の行き詰まった様々な問題を打開していくことができないと考えるからである。〔中略〕「了解不能の《他者》」や〈超越〉といった概念を「超越項」であるが故に扱わないといった〔中略〕捉え方だけでは、人間に認識できる領域のみを扱うことになり、世界における極めて限定的な領域しか扱えないという点で、かなりの不都合が生じ、ひいては現在直面している問題や矛盾《むじゅん》から抜け出すことはできなくなってしまうと思われるからである。

（「出版の理由及び執筆作業から見えてきた研究上の病理」、田中実［監修］、相沢毅彦ほか［編］『「読むこと」の術語集―文学研究・文学教育―』双文社出版、二〇一四年八月）

相沢は、二〇一二年の日文協国語教育部会夏季研究集会における基調報告（「〈超越〉とポストモダン――「語ることの虚偽」の課題を内包しつつ――」「日本文学」二〇一二年十二月）など、一貫して「了解不能の《他者》」や〈超越〉という概念を排除することの愚《ぐ》を訴え続けている。それは近代のリアリズム・実証主義に毒されてしまったポストモダンの閉塞状況の打開に向けての貴重な問題提起であり、私たちの、そして子どもたちの〈世界像の転換〉の成否を握る重要な鍵になるものであるはずだ。

〈第三項〉と〈世界像の転換〉　—「了解不能の《他者》」との対峙—

私たちは、外界を、そして他者や世界をどのように知覚し、認識しているのか。従来の実在論では、〈主体〉と〈客体〉は相対するものであり、〈客体〉は私たち〈主体〉の外側に、事実として、客観的に存在するという二元論で捉えられてきた。
しかし私たちは〈身体〉によって、他者や外界と隔てられている。そのため、外界のすべての事象に関する情報は、感覚器官を通して得られたものである。私たちは、五感によって得られた刺激を信号に変換して、その信号を神経系を通して大脳に送り、そこで情報処理して外界を認識している。この認識の仕組みを、田中実は次のように説明している。

眼に見え、耳に聞こえ、知覚できる外界の客体の対象世界はわたくしに知覚できる通り、そのまま外界に実在しているのではない、捉えられる客体の対象は外界（＝世界）も内界（＝私）もわたくし個人にそう捉えられた客体の対象世界としてそう捉えられているに過ぎない、知覚できる外界は脳内現象であり、それは主体の捉える客体の対象の事物との相関、いわば力学として働いている、〔中略〕知覚も認識も出来ない**客体そのもの**を〈**第三項**〉＝**了解不能の《他者》**と名付け、わたくし達の知覚し、思惟して現れる外界の森羅万象《しんらばんしょう》を対象化して〈**わたしのなかの他者**〉と呼んで、両者を峻別《しゅんべつ》している点、〔中略〕これが**世界観認識**にとって決定的です。

（「現実は言葉で出来ている―『金閣寺』と『美神』の深層批評―」「都留文科大学大学院紀要」第一九集、二〇一五年三月）

田中は、従来〈客体〉と捉えられてきたものは、私たちの外側にあって、認識も知覚もできない〈客体そのもの〉が〈主体〉の意識に映じた「〈客体そのもの〉の影」であることを明らかにする。そして「人が客体の対象である世界をあるいは外界を捉えようとするとき、客体の対象そのものが捉えられないのは、そう捉えようとした瞬間、常に客体の対象が主体の捉えた対象（＝〈わたしのなかの他者〉）と化しますから、客体そのもの（＝了解不能の《他者》）とは分離し、前者に閉じ込められる」とし、「客体そのもの」は認識不可能だとする。だが、私たちの認識を生み出す源泉が、この

「客体そのもの」であることに間違いはない。「客体そのもの」が存在しなければ、私たちに与えられる感覚与件や、意識に映じている「客体そのものの影」も消滅してしまうからだ。〈第三項〉論を嫌い、不可知な領域に眼を背け続けるならば、永久に不可知論、あるいは懐疑論の世界の内で彷徨《ほうこう》するしかない。

この〈第三項〉論から私たちの読書行為を考えるとどうなるのか。田中は次のように述べている。

> 読んだ瞬間、紙の上の印刷されたシニフィアン（インクの跡）と読み取られたシニフィエ（概念）とが原初の通り、一瞬分離し、脳内で意味作用を起こし、この連続が言語活動であり、客体として紙の上に残っているのはインクの跡でしかありません。インクの跡には読み手は戻れないのです。既にインクの跡は言語に変容しています。だから、読み手は常に自身の捉えている出来事の上にまた読書行為を重ねるしかなく、**言語**（文字）**は永遠に言語**（文字）**には出会えないジレンマを抱えます。**従って、この「意識上には知覚空白の言語運動の秘技」を意図的に持ち出し、この分離と結合という言語原初の裂け目、この永遠の沈黙を意図的に引き受ける必要があるのです。「読むこと」が客体の対象の文字の集積に「還元不可能な複数性」を決定づけられていることを引き受け、このアナーキズムと相対する読書行為に転換することが求められているのです。

（「世界像の転換、〈近代小説〉を読むために――続々〈主体〉の構築――」「日本文学」二〇一四年八月）

読書行為が「一回限りの、永遠に繰り返される誤読」であり、〈意味〉の根拠を、作者にも他者にも、そして自分自身にも求められないという、ポストモダンが標榜《ひょうぼう》した「ナンデモアリ」の読書行為では、結局のところ、自己と他者の相対化など生まれようもない。

それが本章の冒頭で見たように、〈自己相対化〉なき「自己の特権化」による、子どもたちの意識の「オレ様化」を生み出すのだろうし、そのような状況におかれてしまうからこそ、若者や子どもたちは、可視化され計量化された「友達やフォロワー」の数と、「いいね！」の数だけを血眼《ちまなこ》になって追い求めなければならなくなってしまうのだ。こうした自他の相対化の欠如《けつじょ》や、偏狭《へんきょう》な自我認識の拡大を食い止めるにはどうしたらよいだろうか。田中は、

「客体そのもの」は未来永劫《えいごう》、読み手には了解不能と考えていますから、そこに直接「意味や価値を見出す」ことは出来ません。了解不能の絶対性とは何かと問題を立て、そこに「意味や価値を見出す」のではなく、読み手に起こる瓦解や倒壊に価値を見出すのです。

（前掲「現実は言葉で出来ている」）

と述べ、「了解不能の《他者》」を措定《そてい》することによってなし得る「自己倒壊」と、それを潜り抜けた後に来る「宿命の創造」の必要性を訴えるのである。それは、〈自己〉と〈他者〉、そして〈自分〉と〈世界〉の関係を再構築することであり、子どもたちの心の修復につながるものである。その要諦を田中は、次のように述べている。

近代社会になると、「ありのまま」に世界を捉えようとしましたが、同時にそれを相対化し、「ありのまま」とは人が知覚し、意識された世界でしかないことを知ります。それはまた無意識領域が存在することを知らしめます。この言語化を許さない領域と葛藤しながら、目指すべきことは主客相関の世界像のメタレベルでの永劫の沈黙、了解不能の《他者》と向き合うことです。そのためには、捉えた世界像それ自体が底抜けの領域で成立していたことを引き受けなければなりません。
（前掲「世界像の転換、〈近代小説〉を読むために」）

〈第三項〉論を前提とした世界認識や読書行為がもたらす「了解不能の《他者》」との対峙によって、はじめて〈自己倒壊〉が起こりうるのであり、それが「〈主体〉の（再）構築」を可能にするのであるが、そのために、いま、〈世界像の転換〉が求められているのである。「〈主体〉の構築」を実践していくには「世界像の転換」を必須とするのです。相対主義の闇、ここから退却し、撤退するのでなく、これを潜り抜け、〈いのち〉の意味を抉《えぐ》り出すことを願います」（前掲「現実は言葉で出来ている」）と田中は言う。

文学教育による子どもたちの心の修復に向けて

田中は、村上春樹の小説世界の深層に言及した論考で、鷗外《おうがい》の「舞姫」を例に挙げ、豊太郎とエリスの恋愛物語を読む、いままでの近代文学研究の枠組みを、痛烈に批判している。

これは「近代的自我の覚醒《かくせい》と挫折《ざせつ》」という図式、枠組みに収まります。現在もこのバリエーションで読まれていますが、これでは現代の読者に瓦解も倒壊も起こりません。「近代小説」以前、「近代の物語」なのです。人物と人物の関係の変容（移動）の物語（ストーリー）を読むのではなく、そう語っている〈語り手〉と人物たちの関係を対象化し、そこに込められた〈仕掛け〉、〈超越〉を読むのです。

（「村上春樹の「神話の再創成」――「void＝虚空」と日本の「近代小説」――」、馬場重行・佐野正俊［編］『〈教室〉の中の村上春樹』ひつじ書房、二〇一一年八月）

現在の近代文学研究に基づく〈読み〉の実践では、結局のところ表面的な「物語（ストーリー）」に囚《とら》われ、〈主体〉と〈客体〉の二元論で小説を捉えるか、〈主体〉も〈客体〉もない閉塞した〈テクスト〉に飲み込まれ、自己という牢獄《ろうごく》に絡《から》め取られ、永遠の独我論に陥ってしまうだろう。そこには、子どもたちの心の修復など望むべくもない。

「了解不能の《他者》」と向き合うことを前提とした〈読解〉や〈解釈〉という学習活動を展開する〈国語（文学）教育〉の現場においては、対象となる小説と自己の関係が必然的に問われるわけだし、同じ小説をめぐる自他の〈読み〉の違いを意識せざるを得ない。それは、他者の「私そのもの」を可視化し、自分の「私そのもの」と相対化させる営みであり、〈自己相対化〉なき「自己の特権化」からの脱却へとつながるのではないか。問題は、〈国語（文学）教育〉の現場で、それをどう展開するかということだろう。その実践のために、田中が示す〈近代小説〉を読むための作業を確認しておこう。

現代小説も含む「近代小説」の〈読み方〉のわたくしの基本は、客体の対象を実体の「作品」とするのでも非実体の「テクスト」（＝「還元不可能な複数性」）と捉えるだけでもなく、客体そのもの（＝第三項）が〈影〉として現れた〈本文〉を対象化し、これを読み込んでこの

〈ことばの仕組み〉と格闘します。これは「作品論」や「物語論」＝ナラトロジーを斥《しりぞ》けるだけではない、真正の「テクスト」論、文化記号論をも斥けることを意味します。対象の発見が自己発見に反転し、自己発見がさらに対象の発見に反転することが〈自己倒壊〉を促しながら、〈深層批評〉を招き、これが宿命の創造を可能にしていくと考えています。

（前掲「村上春樹「神話の再創成」」）

どうしたら、こうした〈読み方〉を教室で展開できるか。どうしたら、子どもたちとこのように文学教材を〈読む〉ことが可能になるのか。なによりもそれは、私たち教師自身が、あるいは、子どもたちより少しだけ早くこの世に生を受け、現実を生きる〈私たち〉が、自らの「宿命の創造」を賭けて文学教材に向き合い、己の〈世界像の転換〉を図っていくことによってしか開かれないだろう。

大量消費社会や高度情報化社会の到来による、使い捨て文化の蔓延《まんえん》や情報の氾濫《はんらん》。「個人の尊厳」を守ることを、一方的に自分の正当性を主張することだと履《は》き違える大人たちのエゴ。価値観の多様化のみをいたずらに主張することで生まれる、安直で表層的な〈個性の尊重〉、などなど。子どもたちに真剣に向き合おうともせず、子どもたちの心を育もうともしない風潮が、社会に蔓延している。子どもたちが失ってしまったものを回復し、子どもたちの心を修復し、子どもたちの自我意識を再構築すること。これは、国語（文学）教育が担う大きな使命ではないか。

しかし、一九九〇年代以降、中・高の国語科教育において文科省は、〈表現活動〉の重視と「単元を貫く言語教育」を推進してきた。さらに、近代日本文学研究における〈文学（教育）否定〉論とそれに呼応する〈カルチュラル・スタディーズ〉隆盛は、国語（文学）教育の現場から、作品を丹念に読み、解釈するという活動を放棄させた。教室では、どのような奇怪な〈読み〉も受け入れられる「ナンデモアリ」という混乱が続いてきた。そこでは表面的な言葉の意味や出来事の展開と、表層的な文脈を追うことに終始し、文章の内容を深く捉えることをせず、自分の理解の範囲の中でしか、ものを考えないという悪弊《あくへい》が横行する。

それに続く昨今の「グローバル」化の志向や「アクティブ・ラーニング」の導入も、結局のところ、道具としての語学能力の取得や、子どもたち主体の活動のみを重視する余り、文脈を深く読み取るどころか、表面的な知識の獲得さえおぼつかない状況に陥ってはいないだろうか。それでは、混乱した現代社会の荒波に揉《も》まれ、極度に「生きにくい」現実を生きている子どもたちの、心と命を護《まも》り育むことは難しいだろう。

鈴木啓子は、田中実の〈第三項〉論による〈読み〉の実践の意義について、次のように述べている。

田中実がＷＨＹの思想を語るに当たり、ロラン・バルトの還元不可能な複数性、全知の視点の虚偽性を論じることから始めるのは、神亡き後の「モダン」「ポストモダン」を生きる我々がはまる陥穽《かんせい》を見つめているからにほかなるまい。その上で小説のＷＨＹに挑めといっているのだ。ちなみに浮ヶ谷《うきがや》〔浮ヶ谷幸子。文化人類学者。鈴木はこの前の部分で、現代人と病気のかかわりについて触れた浮ヶ谷の文章を引用している〕が、病気と向き合うために提示する処方箋《しょほうせん》は、「他者を介し自己と対話する」「開かれた自己」の在り方である。私には、この提唱が田中の読みの実践理論における「〈原文〉という第三項」の概念に通じているように思われる。「〈原文〉という第三項」という他者を介し、これを鏡として、「私の中の〈本文〉」という自己と対話し、これを倒壊させることで「開かれた自己」を生きること。それが田中のＨＯＷとＷＨＹの思想の要諦ではなかろうか。

（「ＨＯＷとＷＨＹ」、前掲『「読むこと」の術語集』）

鈴木が、浮ヶ谷幸子を援用し、病気になった人が「なぜ私が」と問うことと、田中の〈第三項〉論に共通のモチーフを見出して、「「自己対話」」の意義を強調していることは、先に見た岩宮恵子の説く〈不幸を心におさめるための物語〉や〈癒しのための物語〉の提唱につながるものである。やはり〈第三項〉論は、現代社会において「病んだ」人々の、心の修復や自己の回復に寄与するものであることは、論を俟《ま》たないところなのだ。

最後にもう一度、〈第三項〉を基盤において〈近代小説〉を読んでいくことが、子どもたちの心の修復を可能にするのだと訴えて、本章を閉じたいと思う。

【注】

（1）子どもたちとSNSの問題に触れたものに、次の山下航正と大谷哲の発言がある。

ア、周囲とつながることによって安心を得たいという欲求は、社会生活を送る誰もが持っているものである。そしてそれ故に、つながりを失うことへの不安やつながりを断たれることへの反発という内面の動きが生ずる。これがTwitterやLINEといったSNSへの依存やスクールカーストの成立の背景となり、いじめへと発展していく一因となっていることは想像に難くない。（山下航正「〈第三項〉と〈語り〉――〈ことば〉の向こうへ――」「日本文学」二〇一三年十二月）

イ、教室で向かい合う学生、生徒たちの環境の現在は、――これは〈ことば〉をめぐる環境といってもいいのですが、――大きく様変わりしています。情報化社会における、それは例えばSNSに顕著な〈ことば〉をめぐる環境の変化です。〈ことば〉をめぐる環境の変化とはコミュニケーションの環境の変化でもあり、それにかかわる問題、一方では過剰につながりを求め、その一方では自分が拒否されることを恐れるといった形で生じている問題についてはは過去基調報告においてもとりあげられています。「キャラ」（キャラ作り・キャラの分担）、「スクールカースト」「いじめ」として〈あらわれたもの〉の背景にはＳＮＳ、情報化社会という環境があるとする文脈のものです。（大谷哲「〈ことば〉と〈わたし〉」「日本文学」二〇一四年十二月）

（2）本書「はじめに」で、大森が「思考的意味」を唱えて「言語ゲームの外」を志向したことについて詳述した。本章で紹介した多田・中村・養老の三氏の発言からも、「言語ゲームの外」を想起することは可能であろう。

【参考文献表】（著編者名・五十音順）

一、単行本

赤祖父哲二・中村博保・森常治『いかに読むか――記号としての文学』中教出版、昭和五十六（一九八一）年十一月
芥川龍之介『芥川龍之介全集　第一巻』岩波書店、一九七七年七月
芥川龍之介『芥川龍之介全集　第二巻』岩波書店、一九七七年九月
芥川龍之介『芥川龍之介全集　第十巻』岩波書店、一九七八年五月
浅野洋・芹澤光興・三嶋譲［編］『芥川龍之介を学ぶ人のために』世界思想社、二〇〇〇年三月
池田晶子『14歳からの哲学―考えるための教科書―』トランスビュー、二〇〇三年三月
池田晶子『14歳の君へ　どう考えどう生きるか』毎日新聞社、二〇〇六年十二月
石原千秋『国語教科書の中の「日本」』ちくま新書、二〇〇九年九月
『岩波講座　文学9　表現の方法6　研究と批評 上』岩波書店、一九七六年四月
市川真人『芥川賞はなぜ村上春樹に与えられなかったか　擬態するニッポンの小説』幻冬舎新書、二〇一〇年七月
岩崎京子、新井五郎［絵］『むかしむかし絵本3　かさこじぞう』ポプラ社、昭和四十二（一九六七）年五月
岩宮恵子『生きにくい子どもたち――カウンセリング日誌から』岩波書店、一九九七年三月
岩宮恵子『思春期をめぐる冒険―心理療法と村上春樹の世界―』新潮文庫、二〇〇七年六月
梅原猛『美と倫理の矛盾』講談社、昭和五十二（一九七七）年六月
海老井英次［編］『鑑賞　日本現代文学第11巻　芥川龍之介』角川書店、昭和五十六（一九八一）年七月

大森荘蔵『流れとよどみ―哲学断章―』産業図書、一九八一年五月
大森荘蔵『時間と自我』青土社、一九九二年三月
ガザニガ、マイケル・S／藤井留美［訳］『〈わたし〉はどこにあるのか　ガザニガ脳科学講義』紀伊國屋書店、二〇一四年九月
辛島デイヴィッド『Haruki Murakamiを読んでいるときに我々が読んでいる者たち』みすず書房、二〇一八年九月
柄谷行人『終焉をめぐって』福武書店、一九九〇年五月
柄谷行人［編］『近代日本の批評　昭和篇〔上〕』福武書店、一九九〇年十二月
河合隼雄『講座心理療法2　心理療法と物語』岩波書店、二〇〇一年一月
河合隼雄『こころの声を聴く―河合隼雄対話集―』新潮文庫、平成十（一九九八）年一月
河合隼雄『無意識の構造　改版』中公新書、二〇一七年五月
河合隼雄・村上春樹『村上春樹、河合隼雄に会いにいく』岩波書店、一九九六年十二月
川上弘美『神様　２０１１』講談社、二〇一一年九月
川田洋一『地球環境と仏教思想』第三文明社、一九九四年八月
川端康成『川端康成全集　第五巻』新潮社、平成十一（一九九九）年十月
川端康成『川端康成全集　第三十二巻』新潮社、平成十一（一九九九）年十月
川端康成『川端康成全集　第三十三巻』新潮社、昭和五十七（一九八二）年五月
川端康成・横光利一・岡本かの子・太宰治『昭和文学全集　第五巻』小学館、昭和六十一（一九八六）年十二月
菅野博史『一念三千とは何か』第三文明社、一九九二年七月
栗本慎一郎『意味と生命　暗黙知理論から生命の量子論へ』青土社、一九八八年六月
駒尺喜美『芥川龍之介の世界』法政大学出版局、一九七二年十一月

酒井邦嘉『言語の脳科学　脳はどのようにことばを生みだすか』中公新書、二〇〇二年七月
鷺只雄・田中実・阿毛久芳・新保祐司・牛山恵［編］『文学研究のたのしみ』鼎書房、二〇〇二年四月
柴田元幸、沼野充義、藤井省三、四方田犬彦［編］国際交流基金［企画］『世界は村上春樹をどう読むか』文春文庫、二〇〇九年六月
庄司達也［編］『芥川龍之介　ハンドブック』鼎書房、二〇一六年五月
諏訪哲二『オレ様化する子どもたち』中公新書ラクレ、二〇〇五年三月
清田文武［編］『森鷗外『舞姫』を読む』勉誠出版、二〇一三年四月
関口安義［編］『アプローチ　芥川龍之介』明治書院、平成四（一九九二）年五月
関口安義［編］『芥川龍之介　新辞典』翰林書房、二〇〇三年十二月
高橋暁子『ソーシャルメディア中毒　つながりに溺れる人たち』幻冬舎エデュケーション新書、二〇一四年十二月
高橋直道［監修］・桂紹隆ほか［編］『シリーズ大乗仏教　第七巻　唯識と瑜伽行』春秋社、二〇一二年八月
高水裕一『時間は逆戻りするのか　宇宙から量子まで、可能性のすべて』講談社ブルーバックス、二〇二〇年七月
竹田青嗣『言語的思考へ　脱構築と現象学』径書房、二〇〇一年十二月
多田富雄・中村桂子・養老猛『「私」はなぜ存在するか　脳・免疫・ゲノム』哲学書房、一九九四年九月
田中実『小説の力――新しい作品論のために』大修館書店、一九九六年二月
田中実『読みのアナーキーを超えて　いのちと文学』右文書院、一九九七年八月
田中実［監修］、相沢毅彦・大谷哲・齋藤知也・佐野正俊・馬場重行［編］『「読むこと」の術語集―文学研究・文学教育―』双文社出版、二〇一四年八月
田中実［編］『「読むことの倫理」をめぐって　文学・教育・思想の新たな地平』右文書院、二〇〇三年二

月
田中実・須貝千里［編］『〈新しい作品論〉へ、〈新しい教材論〉へ　1』右文書院、一九九九年二月
田中実・須貝千里［編］『「これからの文学教育」のゆくえ』右文書院、二〇〇五年七月
田中実＋須貝千里［編］『文学が教育にできること―「読むこと」の秘鑰―』教育出版、二〇一二年三月
田中実・須貝千里［編］『文学の力×教材の力　理論編』教育出版、二〇〇一年六月
田中実・須貝千里・難波博孝［編］『第三項理論が拓く文学研究／文学教育　高等学校』明治図書、二〇一八年十月
谷川俊太郎・三田誠広・池田晶子『目で見るものと心で見るもの』草思社、一九九九年六月
田村充正・馬場重行・原善［編］『川端文学の世界1　その生成』勉誠出版、平成十一（一九九九）年三月
丹治愛［編］『知の教科書　批評理論』講談社選書メチエ、二〇〇三年十月
ドゥアンヌ、スタニスラス／高橋洋［訳］『意識と脳――思考はいかにコード化されるか』紀伊國屋書店、二〇一五年九月
朝永辰一郎『鏡の中の物理学』講談社学術文庫、一九七六年六月
中村光夫・三島由紀夫『対談・人間と文学』講談社文芸文庫、二〇〇三年七月
西研・竹田青嗣・本郷和人『歴史と哲学の対話』講談社、二〇一三年一月
仁平政人『川端康成の方法―二〇世紀モダニズムと「日本」言説の構成―』東北大学出版会、二〇一一年九月
長谷川泉『第五版　近代名作鑑賞　三契機説鑑賞法70則の実例』至文堂、昭和五十二（一九七七）年八月
馬場重行・佐野正俊［編］『〈教室〉の中の村上春樹』ひつじ書房、二〇一一年八月
バルト、ロラン／花輪光［訳］『物語の構造分析』みすず書房、一九七九年十一月
久松潜一、木俣修、成瀬正勝、川副国基、長谷川泉［編］『現代日本文学大事典　増訂縮刷版』明治書院、

昭和四十三（一九六八）年七月
ヒューム、デイビット／木曾好能［訳］『人間本性論　第一巻』法政大学出版局、一九九五年二月
フッサール、E／長谷川宏［訳］『現象学の理念』作品社、一九九七年六月
古田博司『ヨーロッパ思想を読み解く――何が近代科学を生んだか』ちくま新書、二〇一四年八月
ポランニー、マイケル／高橋勇夫［訳］『暗黙知の次元』ちくま学芸文庫、二〇〇三年十二月
マックィラン、マーティン／土田知則［訳］『ポール・ド・マンの思想』二〇〇二年八月
前田愛［編］『国文学解釈と鑑賞　別冊　日本文学新史　近代』至文堂、一九八六年三月
松浦壮『量子とはなんだろう　宇宙を支配する究極のしくみ』講談社ブルーバックス、二〇二〇年六月
松澤和宏・田中実［編］『これからの文学研究と思想の地平』右文書院、二〇〇七年七月
丸山圭三郎『言葉と無意識』講談社現代新書、一九八七年十月
三島由紀夫『決定版　三島由紀夫全集34』新潮社、二〇〇三年九月
水田宗子『物語と反物語の風景　文学と女性の想像力』田畑書店、一九九三年十二月
三宅義藏『「羅生門」55の論点』大修館書店、二〇二二年九月
三好行雄『芥川龍之介論』筑摩書房、昭和五十一（一九七六）年九月
ミラー、J・ヒリス／伊藤誓・大島由起夫［訳］『読むことの倫理』法政大学出版局、二〇〇〇年十一月
村上春樹『女のいない男たち』文藝春秋、二〇一四年四月
村上春樹『職業としての小説家』スイッチ・パブリッシング、二〇一五年九月
村上春樹『夢を見るために毎朝僕は目覚めるのです　村上春樹インタビュー集　1997-2011』文春文庫、二〇一二年九月
村上春樹・川上未映子『みみずくは黄昏に飛びたつ　川上未映子　訊く／村上春樹　語る』新潮社、二〇一七年四月
横山紘一『阿頼耶識の発見　よくわかる唯識入門』幻冬舎新書、二〇一一年三月

横山紘一『唯識思想入門』第三文明社、一九七六年十月
吉田精一［編］『日本文学鑑賞辞典　近代編』東京堂出版、昭和三十五（一九六〇）年六月
ルーウィン、ウォルター／東江一紀［訳］『これが物理学だ！　マサチューセッツ工科大学「感動」講義』文藝春秋、二〇一二年十月
ルービン、ジェイ『村上春樹と私　日本の文学と文化に心を奪われた理由』東洋経済新報社、二〇一六年十一月

二、雑誌特集

「第二十二回群像新人文学賞発表」「群像」講談社、昭和五十四（一九七九）年六月

三、雑誌論文

相沢毅彦「〈超越〉とポストモダン――「語ることの虚偽」の課題を内包しつつ――」「日本文学」二〇一二年十二月
安達真理子「教材の特性（再話者の意図）を生かして読む民話「かさこじぞう」―岩崎京子再話の叙情性を読み、表現する試み―」「国語教育探究」第二八号、二〇一五年八月
荒木奈美「川上弘美「神様」「草上の昼食」論―「くま」の生きづらさを通して見えてくるもの―」「札幌大学総合論叢」第三二号、二〇一一年十月
石川巧「「羅生門」精読――「下人の行方は、誰も知らない」と書く「作者」」「日本文学」二〇一六年四月
石原千秋「宗教としての研究――教室で文学は教えられるか――」「日本文学」二〇一五年四月
今井清人「村上春樹論」「国文学解釈と鑑賞　別冊　卒業論文のための作家論と作品論」平成七（一九九五）年一月

岩田英作「岩崎京子「かさこじぞう」のたくらみ」「島根県立大学短期大学部松江キャンパス研究紀要」49、二〇一一年
大谷哲「〈ことば〉と〈わたし〉」「日本文学」二〇一四年十二月
加藤郁夫「「盆土産」（三浦哲郎）を読む―二層に重なる物語」「月刊国語教育」三一二号、東京法令出版、平成十八（二〇〇六）年七月
加藤典洋「理論と授業――理論を禁じ手にすると文学教育はどうなるのか――」「日本文学」二〇一三年三月
鎌田均「「自分とは何か」を問い続ける〈言葉の力〉―川上弘美『神様』を例にして―」「日本文学」二〇一一年一月
小林芳仁「川端康成の実録的犯罪小説」「国文学　解釈と鑑賞」一九九三年五月
古守やす子「読む〈語り〉の構造から立ち現れる〝神様〟――川上弘美『神様』『神様２０１１』――」「日本文学」二〇一七年七月
小山惠美子「『かさこじぞう』論―岩崎京子の再話に見る物語性―」「帝京大学文学部教育学科紀要」36、平成二十三（二〇一一）年三月
齋藤知也「〈言語以前〉への闘い―横光利一『蠅』をめぐる文学研究と国語教育研究の交差―」「日本文学」二〇一六年十二月
清水良典「デビュー小説論　第７回　くまと「わたし」の分際――川上弘美「神様」」「群像」七〇巻八号、講談社、二〇一五年八月
昌子佳広「文学教材「盆土産」（三浦哲郎）の教材研究―「語り」の問題とその教材性―」「茨城大学教育学部紀要（教育科学）」六〇号、二〇一一年
新城郁夫「解体される犯罪小説：川端康成「それを見た人達」をめぐって」「日本東洋文化論集」三号、琉球大学法文学部、一九九七年三月

鈴木愛理「現代小説の教材価値に関する研究―川上弘美「神様」「神様2011」を中心として―」「広島大学大学院教育学研究科紀要　第二部」第六一号、二〇一二年十二月
関谷一郎「川上弘美「神様」の読み方・教え方――松本和也氏の論考をたたき台にして」「現代文学史研究」第二一集、二〇一四年十二月
高柴慎治「川上弘美「神様」を読む」「国際関係・比較文化研究」五巻二号、静岡県立大学国際関係学部、二〇〇七年三月
竹田青嗣「批評のテーブルと事そのもの」「日本文学」二〇一二年三月
田中実「消えたコーヒーカップ」「社会文学」第一六号、日本社会文学会、二〇〇一年十二月
田中実「〈近代小説〉の神髄は不条理、概念としての〈第三項〉がこれを拓く――鷗外初期三部作を例にして――」「日本文学」二〇一八年八月
田中実「現実は言葉で出来ている―『金閣寺』と『美神』の深層批評―」「都留文科大学大学院紀要」第一九集、二〇一五年三月
田中実「現実は言葉で出来ているII―『夢十夜』「第一夜」の深層批評―」「都留文科大学研究紀要」第八四集　二〇一六年十月
田中実「〈原文〉と〈語り〉再考――村上春樹『神の子どもたちはみな踊る』の深層批評」「国文学　解釈と鑑賞」ぎょうせい、二〇一一年七月
田中実「春季大会　講演要旨（平成二十五年六月七日）「読むこと」を読む―第三項とは何か―」「日本語日本文学」第二四号、創価大学日本語日本文学会、二〇一四年三月
田中実「小説の読み方――『蠅』に触れて――」「国文学　解釈と鑑賞」至文堂、二〇〇七年二月
田中実「世界像の転換、〈近代小説〉を読むために――続々〈主体〉の構築――」「日本文学」二〇一四年八月
田中実「〈第三項〉と〈語り〉／〈近代小説〉を〈読む〉とは何か――『舞姫』から『うたかたの記』へ――」

「日本文学」二〇一七年八月
田中実「都留最期の日のために―これからの文学研究・文学教育―」「国文学論考」第四八号、都留文科大学国語国文学会、平成二十四（二〇一二）年三月
田中実「「読みの背理」を解く三つの鍵―テクスト、〈原文〉の影・〈自己倒壊〉そして《語り手の自己表出》―」「国文学　解釈と鑑賞」至文堂、二〇〇八年七月
田中実「読むことのモラリティ」「神奈川大学評論」第五五号、二〇〇六年十一月
田中実「「読むことのモラリティ」再論」「国文学」二〇〇七年五月
坪井秀人「国文学者の自己点検」「日本文学」二〇〇〇年一月
寺杣雅人「横光利一「蠅」の成立―新出異同の推移から―」「尾道短期大学研究紀要」四七巻一号、一九九八年
中田睦美「国語科教育と文学教材（2）―三浦哲郎「盆土産」〈精読〉の試み―」「近畿大学教養論叢」第三五巻第一号、令和五（二〇二三）年九月
中村龍一「岩崎京子　昔話再話の魅力―「かさこじぞう」、「うらしまたろう」―」「松蔭大学紀要」第二三号、二〇一八年三月
林房雄「十一月作品評」「文学界」昭和八（一九三三）年十二月
原田留美「岩崎京子「かさこじぞう」と瀬田貞二「かさじぞう」―テキスト比較表からわかる文学作品としての特徴の違いについて―」「新潟青陵学会誌」第四巻第三号、二〇一二年三月
日置俊次「横光利一「蠅」論」「青山学院大学文学部紀要」第五五号、二〇一三年
樋口久仁「川端康成『散りぬるを』論―そのリアリティ生成の論理について―」「キリスト教文化研究所年報」第二七号、ノートルダム清心女子大学キリスト教文化研究所、二〇〇五年三月
平岡敏夫「「羅生門」の異空間」『日本の文学　第一集』有精堂、一九八七年四月
水牛健太郎「季刊・文芸時評《二〇一一年・夏》文学の言葉は遅い」「三田文学」九〇巻一〇六号、

二〇一一年八月
三好行雄「奉教人の死（芥川龍之介―現代文学鑑賞 二）」「国文学 解釈と鑑賞」昭和三十六（一九六一）年十一月
山下航正「〈第三項〉と〈語り〉――〈ことば〉の向こうへ――」「日本文学」二〇一三年十二月
山本将士「笠地蔵の教材価値に関する比較研究―原話と再話に関する比較研究試論―」「名古屋市立大学大学院人間文化研究科 人間文化研究」第一〇号、二〇〇八年十二月
吉原英夫「『かさこじぞう』のテキストと教材文について」「語学文学」第四一号、北海道教育大学語学文学会、二〇〇三年三月

四、その他

「今日のうた Official髭男dism もう僕にとってaikoさんはずっと〝星〟ですね。」「Uta-Net」（二〇一九年四月二十六日配信 https://www.uta-net.com/user/writer/todaysong.html?id=9646）
「国内初の5億回再生 ヒゲダン「Pretender」」「朝日新聞デジタル」（二〇二一年五月十二日十八時五十六分配信 https://www.asahi.com/articles/ASP5D641WP5DUCVL016.html）
「デビュー作を震災後の物語に――作家川上弘美さん、漂う怖さ「日常」再考」「日本経済新聞」二〇一一年十月五日付夕刊
「「ノルウェイの森」フランスの監督が映画化」「読売新聞」二〇〇八年七月三十一日付朝刊
バーンバウム、アルフレッド／中野満美子「インタビュー」「村上春樹はいかにして「世界のムラカミ」になったのか 初期翻訳者は語る「たまたま日本語で書いている、アメリカの作家」」「Buzz Feed」（https://www.buzzfeed.com/jp/mamikonakano/sekai-no-murakami 2016/05/14 08:59 最終閲覧：二〇二五年三月九日）
「村上春樹さん作「騎士団長殺し」 香港当局「下品」」「読売新聞」二〇〇八年七月二十一日付朝刊

ルービン、ジェイ「残念！　それでも世界は「村上春樹」が大好きだ　ボブ・ディランがノーベル文学賞を受賞！」「東洋経済ONLINE」(https://toyokeizai.net/articles/-/140283　2016/10/13 20:15　最終閲覧：二〇二五年三月九日)
ルービン、ジェイ「なぜ村上春樹は世界中の人々に「ささる」のか　村上作品の英訳者・ルービン氏、大いに語る」「東洋経済ONLINE」(https://toyokeizai.net/articles/-/85403　2015/09/25 6:00、最終閲覧：二〇二五年三月九日)
Brooks Cleanth, Keats's *Sylvan Historian: History Without Footnotes*, Chales Kaplan and William Dvid Anderson,eds. *Criticism: Major Statements*, 4th ed. New York:Bedford, 2000.

〔注記〕
発表年の表記について、原典での表記を尊重したため和暦と西暦が混在しているが、読者の便宜をはかるために和暦にも西暦を付した。

あとがき

本書には、ここ十年ほどの間に発表した、近代日本文学の作品を〈第三項〉という認識の枠組みから捉えた論文と、国語教育における文学教材の教材価値を、やはり〈第三項〉論から考えた論考に、ここ数年の筆者の関心の中心となっている、人間の〈深層心理〉や〈不可知の世界〉を描いた文学（作品）について考察した文章を収録した。

いずれも近代日本文学において、「目に見えないもの」や「〈超越〉的な世界」を作家たちはどのように認識し、それをどのように描いたのかという関心から発したものである。また、そうした文学作品の内実を解明することで、「人間の〈意識の底〉はどうなっているのか」という、「人間存在そのもの」についての筆者の問題意識に基づいたものである。

前著『川端康成——文学の構造と〈美〉の生成——』（鼎書房、二〇二三年三月）の「あとがき」でも述べたが、本書の分析で中心的に用いた〈第三項〉論との出会いは、二〇一二年に二松學舍大学大学院に博士論文を提出した際、田中実先生が学外審査員を務めてくださったという御縁による。私の現在の研究の方向性への示唆を与えてくださったのも、本書で述べた内容について考えたことも、田中先生のお教えを基礎にしたものである。改めて感謝申し上げたい。

いまから四十年前の学部生時代、イギリス経験論がご専門の小池英光先生のゼミで学んでいた私は、その頃から常に「自分が見ている世界と隣の友人が見ている世界は本当に同じものなのか」とか、「私たちが認識している世界は、本当に私たちの認識のままに存在しているのか」などといった疑問を抱き、いつもそうした問題について考えていた。

大学院入学後の文学研究のテーマに川端康成を選んだのも、本書で述べたような「見えない世界」と、そこに描かれる「この世ならぬ〈美〉」という川端文学の特質や魅力に惹《ひ》かれてのことであった。そんな私にとって〈第三項〉論は、感覚的にも自然に受け入れられるものであったし、近代文学において「見えない世界を視る」「不可知の世界を描く」作家たちの文学の特質を見極めたいという、自分の文学研究の関心とも合致するものであった。

日本において近代以前は、「見えないもの」の存在が信じられており、人々は「見えるもの」と共に「見えないもの」を感じ取っていた。自分たちの世界が「見えるもの」だけでできているのではなく、「見えないもの」によって支えられていると考えていたのだ。

このことについて、建築家の杉浦康平と、漫画家で江戸風俗研究家の杉浦日向子が、対談の中で次のように語っている。

康平　僕は漫画の熱心な読者ではないんだけれど、日向子さんの『百物語』は特に好きな漫画のひとつです。江戸の街中で見聞きした不思議な話……として創作されているけれど、舞台装置が「この世」と「あの世」の境目、いってみれば「見えるもの」と「見えないもの」の隙間ですよね。

〔中略〕

〔バリ島やインドでの夕暮れの情景では〕陽が落ちて夕闇が迫ってくると、どこからともなく花や果実の匂いが立ちこめて、動物の蠢《うごめ》きが感じられ、精霊の存在も信じられるようになる。それまで光に照らされていた世界が闇に包まれていくと、日中には気づかされなかった五感の深い働きが呼び覚まされるんですよ。人間以前の感覚を持った生き物へと変容していく。闇の訪れとともに、「この世」の光景がむしろよく見え始める。

日向子　昔の人は、そうした感覚を「気配」と言う言葉で表していたんですね。ひと昔前の人たちは気配に敏感で、空っぽの部屋に入ってもさっきまでそこに人がいた気配がすぐに感じとれたんですね。後ろから見つめられている気配がするとか、気配というのはすごく貴重な感性だと思います。

康平　今は部屋に入ると、蛍光灯をパッとつけちゃって昼間と同じ明るさにする。気配なんていうかそけきものはかき消されて、探りようがないですね（笑）。
日向子　当時の室内の明かりというと行燈《あんどん》ですね。これが六〇ワット電球の五十分の一から百分の一の明るさしかないんだそうです。もはや照明というより照影。つまり影を作ることによってもののありかを知らせる。その程度の明るさなんですね。行燈がついていても部屋の四隅は真っ暗ですからそこに妖怪が寝そべっていてもわからないんです。

〔中略〕

康平　こうして考えてみると、「見ること」にはどうやらふたつの意味がありそうです。ひとつは外界の光が紡《つむ》ぎだす映像として見とること。つまりありのままの景色としての世界。もうひとつは「見えるもの」の奥に隠されている「見えないもの」を見ぬくこと。実は世界は、このふたつが寄り添ってできているわけです。見えないものが見えたときに初めて、見ることの面白さがわかるんじゃないかと思うんですよ。

（「見えないものがこの世界を支えている　杉浦康平 vs 杉浦日向子」谷川俊太郎ほか『目で見るものと心で見るもの』草思社、一九九九年六月）

二人が述べているように、「見えるもの」と「見えないもの」は不即不離《ふそくふり》の関係にある。「生きている者」と「死んだ者」、「この世」と「あの世」、また「この世」にあっても「見えるもの」と「見えないもの」、それらは別々の世界にあってまったく反対の、あるいは無関係のように見えても、決してそうではない。両者は深く結びついており、私たちの生活や人生にも大きな影響を及ぼしているはずだ。

近代以降においても、心理学や物理学の発展とともに、私たちの意識の下に、自分でも知覚しえない〈無意識（潜在意識）〉の世界が広がっていることや、宇宙を構成する「観測不可能な物質」の存在も明らかになってきている。世界も私たちも、「見えるもの」だけでできているわけではないのだ。「見えない世界を視る」ことは、世界と人間、さらには自分自身の本当の姿を見ることにつながるのではないだろうか。

本書の初出は、以下の通りである。収録にあたり、既発表のものには加筆・修正を施した。

はじめに　書き下ろし　一部、拙稿「「量子力学」と〈神学論争〉——日文協において〈世界像の転換〉は可能なのか」（「日本文学」第六四巻四号、二〇一五年四月）の内容と重なる部分がある。

序　章　書き下ろし

第一部

第一章　「日本近代文学研究上の課題と第三項論の意義に関する私論―その序説―」（『創価大学日本語日本文学』第二五号、二〇一五年三月）、および「近代日本文学研究上の課題と第三項論の意義に関する私論（二）―〈他者認識〉と〈世界像の転換〉をめぐって―」（『創価大学日本語日本文学』第二六号、二〇一六年三月）

第二章　「「作者の死」から「読者の死」へ―〈読むことの倫理（モラリティ）〉を忘れた〈読み〉に向けて―」（『日本文学』第六二巻八号、二〇一三年八月）

第三章　「読むことのモラリティ（倫理）」（田中実［監修］『「読むこと」の述語集―文学研究・文学教育―』双文社出版、二〇一四年八月）

第四章　「村上春樹の文学世界（一）―村上春樹の「地下二階」をめぐって―」（『創価大学日本語日本文学』第三〇号、二〇二〇年三月）

第二部

第一章　「令和五年度　川口分館　市民自由講座「日本近代の名作を読み直す　第三回　芥川龍之介「羅生門」の「夜の底」を読む」（二〇二三年十一月十八日、於：生涯学習セン

ター川口分館）での講演をもとに書き下ろし

第二章　「「〈第三項〉と〈語り〉」がひらく、深層の〈意味〉―川端康成の《実録的犯罪小説》・「散りぬるを」を中心に」（『日本文学』第六四巻三号、二〇一五年三月）

第三章　「読む　馬車はなぜ転落したのか―横光利一「蠅」の不条理―」（『日本文学』第六二巻四号、二〇一九年四月）

第四章　「「熊の神様」を信じることの意味をめぐって―川上弘美「神様」私論―」（『日文教国語教育』四四号、二〇一七年十一月）

第五章　「川上弘美「神様　２０１１」が描き出すもの―「《神》の非在」と対峙する「わたし」―」（田中実ほか［編］『第三項理論が拓く文学研究／文学教育　高等学校』二〇一八年十月、明治図書）

第六章　「三浦哲郎「盆土産」（『国語２』光村図書）を読む―〈第三項〉と〈語り〉から浮かび上がる、深層の〈意味〉」（『創価大学日本語日本文学』第三二号、二〇二二年三月）

第七章　「岩崎京子「かさこじぞう」の〈深層批評〉―「じぞうさま」はなぜ動いたのか・〈世界線〉を変える心のちから―」（田中実ほか［編］『第三項理論が拓く文学研究／文学教育　小学校』二〇二三年二月、明治図書）

※「第五章」「第七章」の本書への転載を許してくださった、明治図書さんに感謝申し上げる。

終章　「第三項と〈世界像の転換〉をめぐる「ひとつ」の考察―いまこそ文学教育による子どもたちの心の修復を―」（『日本文学』第六四巻一二号、二〇一五年十二月）

本書の刊行にあたっては、第三文明社の皆さんに大変お世話になった。ただでさえ遅筆な上に体調が優れなかったことなどもあって、遅々として執筆が進まなかった。同編集部の皆さんは忍耐強く原稿を待ち、その間に黙々と編集作業を続けてくださった。そのお陰でなんとか刊行に漕ぎつけることができた。本書が日の目を見ることができたのは、同社のお陰である。ご面倒をおかけしたことを、心から深くお詫びするとともに、厚く御礼申し上げたい。

若き日よりご指導いただいた恩師の先生方や両親をはじめ、本書を捧げたい方々の多くは泉下《せんか》にある。幽明《ゆうめい》、境《さかい》を異《こと》にしても、「目に見えない」姿でいまも見守ってくださっていることを感じるこの頃である。

かつて所属した、日本文学協会国語教育部会の諸先輩をはじめ、多くの方々から学恩を受け、たくさんの皆さんのお世話になった。ここで詳しく挙げることは控えるが、心から深く感謝したい。

今後はさらに、文学や哲学はもとより、心理学や物理学、医学や宗教学など、さまざまな学問が明らかにしてくれる知見を参照しながら、人間の隠された深層を解明し、人間そのものの本質に迫っていければと思う。

二〇二五（令和七）年三月十六日

山中　正樹

数字・英文

ま行

や行

ら行

わ行

た行

さ行

2. 事項

あ行

か行

や行

ら行

は行

ま行

た行

な行

さ行

か行

人名・事項索引

凡例

・本索引は「人名」と「事項」に分けた。
・「人名」では、外国人名は姓で立項した。また、姓のみの場合も含め、本文中の表記に従うものとする。
・太字のページ数は章題（副題も含む）になっているもので、章全体に頻出するものである。

1. 人名

あ行

【著者略歴】
山中正樹（やまなか・まさき）
創価大学文学部教授・博士（文学）。愛知県名古屋市生まれ。南山大学文学部哲学科卒業。愛知県立高校国語科教員の後、名古屋大学大学院文学研究科博士課程後期(国文学専攻)満期退学。豊田短期大学日本文化学科講師、桜花学園大学人文学部准教授、創価大学文学部准教授を経て、2012年4月より現職。
著書に『三島由紀夫事典』（分担執筆、勉誠出版）、『「読むこと」の術語集―文学研究・文学教育―』（分担執筆、双文社出版）、『表現文化論入門　インターメディアリティへの誘い』（分担執筆、第三文明社）、『高校生のための文章表現法』（三恵社）、『川端康成――文学の構造と〈美〉の生成――』（鼎書房）など。

見《み》えない世界《せかい》を視《み》る
――近代日本《きんだいにほん》における〈非《ひ》リアリズム小説《しょうせつ》〉

2025年5月3日　初版第1刷発行

著　　者　山中正樹《やまなかまさき》
発 行 者　松本義治
発 行 所　株式会社　第三文明社
東京都新宿区新宿 1-23-5
郵便番号　〒160-0022
電話番号　03（5269）7144　（営業代表）
03（5269）7145　（注文専用）
03（5269）7154　（編集代表）
振替口座　00150-3-117823
ＵＲＬ　https://www.daisanbunmei.co.jp/
印刷・製本　精文堂印刷株式会社

ISBN 978-4-476-03431-8